U0575701

想北平

老舍◎著

三环出版社
SANHUAN PUBLISHING HOUSE

图书在版编目（CIP）数据

想北平 / 老舍著. -- 海口：三环出版社（海南）
有限公司，2024. 8. --（感悟名家经典）. -- ISBN 978-
7-80773-270-9

Ⅰ. I266

中国国家版本馆 CIP 数据核字第 2024KY7347 号

感悟名家经典 想北平
GANWU MINGJIA JINGDIAN XIANG BEIPING

著　　者　老　舍
责任编辑　刘金玲
责任校对　朱静楠
装帧设计　立丰天
出版发行　三环出版社（海口市金盘开发区建设三横路 2 号）
　　　　　邮　编 570216　邮　箱　sanhuanbook@163.com
社　　长　王景霞　　总 编 辑　张秋林
印刷装订　三河市金兆印刷装订有限公司
书　　号　ISBN 978-7-80773-270-9
印　　张　13
字　　数　250 千字
版　　次　2024 年 8 月第 1 版
印　　次　2024 年 8 月第 1 次印刷
开　　本　787 mm×960 mm　1/16
定　　价　68.00 元

关于作者

老舍（1899—1966）原名舒庆春，字舍予。满族人，生于北京。1918年毕业于北京师范学校。1924年起先后任英国伦敦大学东方学院中文讲师以及齐鲁大学、山东大学教授。1938年任中华全国文艺界抗敌协会总务部主任。1946年应邀与曹禺赴美国讲学。新中国成立后回国，先后担任中国文联和中国作协副主席兼北京文联主席，并被北京市人民政府授予"人民艺术家"称号。1966年"文革"中不堪凌辱，投太平湖自尽。主要作品有：长篇小说《老张的哲学》《赵子曰》《骆驼祥子》等，中篇小说《月牙儿》《我这一辈子》，短篇小说集《赶集》《樱海集》等，话剧剧本《龙须沟》《茶馆》等。

目　　录

想北平

一些印象（四、五、六、七）

四

　　济南的秋天是诗境的。设若你的幻想中有个中古的老城，有睡着了的大城楼，有狭窄的古石路，有宽厚的石城墙，环城流着一道清溪，倒映着山影，岸上蹲着红袍绿裤的小妞儿。你的幻想中要是这么个境界，那便是济南。设若你幻想不出——许多人是不会幻想的——请到济南来看看吧。

　　请你在秋天来。那城，那河，那古路，那山影，是终年给你预备着的。可是，加上济南的秋色，济南由古朴的画境转入静美的诗境中了。这个诗意秋光秋色是济南独有的。上帝把夏天的艺术赐给瑞士，把春天的赐给西湖，秋和冬的全赐给了济南。秋和冬是不好分开的，秋睡熟了一点便是冬，上帝不愿意把它忽然唤醒，所以作个整人情，连秋带冬全给了济南。

　　诗的境界中必须有山有水。那末，请看济南吧。那颜色不同，方向不同，高矮不同的山，在秋色中便越发的不同了。以颜色说吧，山腰中的松树是青黑的，加上秋阳的斜射，那片青黑便多出些比灰色深，比黑色浅的颜色，把旁边的黄草盖成一层灰中透黄的阴影。山脚是镶着各色条子的，一层层的，有的黄，有的灰，有的绿，有的似乎是藕荷色儿。山顶上的色儿也随着太阳的转移而不同。山顶的颜色不同还不重要，山腰中的颜色不同才真叫人想作几句诗。山腰中的颜色是永远在那儿变动，特别是在秋天，那阳光能够忽然清凉一会儿，忽然又温暖一会儿，这个变动并不激烈，可是山上的颜色觉得出这个变化，而立刻随着变换。忽然黄色更真了一些，忽然又暗了一些，忽然像有层看不见的薄雾在那儿流动，忽然像有股细风替"自然"调合着彩色，轻轻的抹上一层各色俱全而全是淡美的色道儿。有这样的山，再配上那蓝的天，晴暖的阳光；蓝得像要由蓝变绿了，可又没完全绿了；晴暖得要发燥了，可是有点凉风，正像诗一样的温柔；这便是济南的秋。况且因为颜色的不同，那山的高低也更显然了。高的更高了些，低的更低了些，山的棱角曲线在晴空中更真了，更分明了，更瘦硬了。看山顶上那个塔！

　　再看水。以量说，以质说，以形式说，哪儿的水能比济南？有泉——到处是泉——有河，有湖，这是由形式上分。不管是泉是河是湖，全是那么清，全是那么甜，哎呀，济南是"自然"的 Sweet heart 吧？大明湖夏日的莲花，城河的绿柳，自然是美好的了。可是看水，是要看秋水的。济南有秋山，又有秋水，这个秋才算个秋，因为秋神是在济南住家的。先不用说别的，只说水中的绿藻吧。那份儿绿色，除了上帝心中的绿色，恐怕没有别的东西能比拟的。这种鲜绿全借着水的清澄显露出来，好像美人借着镜子鉴赏自己的美。是的，这些绿藻是自己享受那水的甜美呢，不是为谁看的。它们知道它们那点绿的心事，它们终年在那儿吻着水皮，做着绿色的香梦。淘气的鸭子，用黄金的脚掌碰它们一两下。浣女的影儿，吻它们的绿叶一两下。只有这个，是它们的香甜的烦恼。羡慕死诗人呀！

在秋天，水和蓝天一样的清凉。天上微微有些白云，水上微微有些波皱。天水之间，全是清明，温暖的空气，带着一点桂花的香味。山影儿也更真了。秋山秋水虚幻的吻着。山儿不动，水儿微响。那中古的老城，带着这片秋色秋声，是济南，是诗。

要知济南的冬日如何，且听下回分解。

五

上次说了济南的秋天，这回该说冬天。

对于一个在北平住惯的人，像我，冬天要是不刮大风，便是奇迹；济南的冬天是没有风声的。对于一个刚由伦敦回来的，像我，冬天要能看得见日光，便是怪事；济南的冬天是响晴的。自然，在热带的地方，日光是永远那么毒，响亮的天气反有点叫人害怕。可是，在北中国的冬天，而能有温晴的天气，济南真得算个宝地。

设若单单是有阳光，那也算不了出奇。请闭上眼想：一个老城，有山有水，全在蓝天下很暖和安适的睡着；只等春风来把他们唤醒，这是不是个理想的境界？

小山整把济南围了个圈儿，只有北边缺着点口儿，这一圈小山在冬天特别可爱，好像是把济南放在一个小摇篮里，它们全安静不动的低声的说：你们放心吧，这儿准保暖和。真的，济南的人们在冬天是面上含笑的。他们一看那些小山，心中便觉得有了着落，有了依靠。他们由天上看到山上，便不觉的想起：明天也许就是春天了吧？这样的温暖，今天夜里山草也许就绿起来吧？就是这点幻想不能一时实现，他们也并不着急，因为有这样慈善的冬天，干啥还希望别的呢。

最妙的是下点小雪呀。看吧，山上的矮松越发的青黑，树尖上顶着一髻儿白花，像些小日本看护妇。山尖全白了，给蓝天镶上一道银边。山坡上有的地方雪厚点，有的地方草色还露着，这样，一道儿白，一道儿暗黄，给山们穿上一件带水纹的花衣；看着看着，这件花衣好像被风儿吹动，叫你希望看见一点更美的山的肌肤。等到快日落的时候，微黄的阳光斜射在山腰上，那点薄雪好像忽然害了羞，微微露出点粉色。就是下小雪吧，济南是受不住大雪的，那些小山太秀气。

古老的济南，城内那么狭窄，城外又那么宽敞，山坡上卧着些小村庄，小村庄的房顶上卧着点雪，对，这是张小水墨画，或者是唐代的名手画的吧。

那水呢，不但不结冰，反倒在绿藻上冒着点热气。水藻真绿，把终年贮蓄的绿色全拿出来了。天儿越晴，水藻越绿，就凭这些绿的精神，水也不忍得冻上；况且那长枝的垂柳还要在水里照个影儿呢。看吧，由澄清的河水慢慢往上看吧，空中，半空中，天上，自上而下全是那么清亮，那么蓝汪汪的，整个的是块空灵的蓝水晶。这块水晶里，包着红屋顶，黄草山，像地毯上的小团花的小灰色树影；这就是冬天的济南。

树虽然没有叶儿，鸟儿可并不偷懒，看在日光下张着翅叫的百灵们。山东人是百灵鸟的崇拜者，济南是百灵的国。家家处处听得到它们的歌唱；自然，小黄鸟儿也不少，而且在百灵国内也很努力的唱。还有山喜鹊呢，成群的在树上啼，扯着浅蓝的尾巴飞。树上虽没有叶，有这些羽翎装饰着，也倒有点像西洋美女。坐在河岸上，看着它们在空中飞，听着溪水活活的流，要睡了，这是有催眠力的；不信你就试试；睡吧，决冻不着你。

要知后事如何，我自己也不知道。

六

到了齐大，暑假还未曾完。除了太阳要落的时候，校园里轻易不见一个人影。那几条白石凳，上面有枫树给张着伞，便成了我的临时书房。手里拿着本书，并不见得念；念地上的树影，比读书还有趣。我看着：细碎的绿影，夹着些小黄圈，不一定都是圆的，叶儿稀的地方，光也有时候透出七棱八角的一小块。小黑驴似的蚂蚁，单喜欢在这些光圈上慌手忙脚的来往过。那边的白石凳上，也印着细碎的绿影，还落着个小蓝蝴蝶，抿着翅儿，好像要睡。一点风儿，把绿影儿吹醉，散乱起来；小蓝蝶醒了懒懒的飞，似乎是作着梦飞呢；飞了不远，落下了，抱住黄蜀菊的蕊儿。看着，老大半天，小蝶儿又飞了，来了个楞头磕脑的马蜂。

真静。往南看，千佛山懒懒的倚着一些白云，一声不出。往北看，围子墙根有时过一两个小驴，微微有点铃声。往东西看，只看见楼墙上的爬山虎。叶儿微动，像竖起的两面绿浪。往下看，四下都是绿草。往上看，看见几个红的楼尖。全不动。绿的，红的，上上下下的，像一张画，颜色固定，可是越看越好看。只有办公处的大钟的针儿，偷偷的移动，好似惟恐怕叫光阴知道似的，那么偷偷的动，从树隙里偶尔看见一个小女孩，花衣裳特别花哨，突然把这一片静的景物全刺激了一下；花儿也更红，叶儿也更绿了似的；好像她的花衣裳要带这一群颜色跳舞起来。小女孩看不见了，又安静起来。槐树上轻轻落下个豆瓣绿的小虫，在空中悬着，其余的全不动了。

园中就是缺少一点水呀！连小麻雀也似乎很关心这个，时常用小眼睛往四下找；假如园中，就是有一道小溪吧，那要多么出色。溪里再有些各色的鱼，有些荷花！那怕是有个喷水池呢，水声，和着枫叶的轻响，在石台上睡一刻钟，要作出什么有声有色有香味的梦！花木够了，只缺一点水。

短松墙觉得有点死板，好在发着一些松香；若是上面绕着些密罗松，开着些血红的小花，也许能减少一些死板气儿。园外的几行洋槐很体面，似乎缺少一些小白石凳。可是继而一想，没有石凳也好，校园的全景，就妙在只有花木，没有多少人工作的点缀，砖砌的花池咧，绿竹篱咧，全没有；这样，没有人的时候，才真像没有人，连一点人工经营的痕迹也看不出；换句话说，这才不俗气。

啊，又快到夏天了！把去年的光景又想起来；也许是盼望快放暑假吧。快放暑假吧！把这个整个的校园，还交给蜂蝶与我吧！太自私了，谁说不是！可是我能念着树影，给诸位作首不十分好，也还说得过去的诗呢。

学校南边那块瓜地，想起来叫人口中出甜水；但是懒得动；在石凳上等着吧，等太阳落了，再去买几个瓜吧。自然，这还是去年的话；今年那块地还种瓜吗？管他种瓜还是种豆呢，反正白石凳还在那里，爬山虎也又绿起来；只等玫瑰开呀！玫瑰开，吃棕子，下雨，晴天，枫树底下，白石凳上，小蓝蝴蝶，绿槐树虫，哈，梦！再温习温习那个梦吧。

七

有诗为证，对，印象是要有诗为证的；不然，那印象必是多少带点土气的。我想写"春夜"，多么美的题目！想起这个题目，我自然的想作诗了。可是，不是个诗人，怎办呢；这似乎要"抓瞎"——用个毫无诗味的词儿。新诗吧？太难；脑中虽有几堆"呀，噢，唉，喽"和那俊美的"；"，和那珠泪滚滚的"！"。但是，没有别的玩艺，怎能把这些宝贝缀上去呢？此路不通！旧诗？又太死板，而且至少有十几年没动那些七庚八葱的东西了；不免出丑。

到底硬联成一首七律，一首不及六十分的七律；心中已高兴非常，有胜于无，好歹不论，正合我的基本哲学。好，再作七首，共合八首；即便没一首"通"的吧，"量"也足惊人不是？中国地大物博，一人能写八首春夜，呀！

唉！湿膝病又犯了，两膝僵肿，精神不振，终日茫然，饭且不思，何暇作诗，只有大喊拉倒，予无能为矣！只凑了三首，再也凑不出。

想另作一篇散文吧，又到了交稿子的时候；况且精神不好，其影响于诗与散文一也；散了吧，好歹的那三首送进去，爱要不要；我就是这个主意！反正无论怎说，我是有诗为证：

一

多少春光轻易去？无言花鸟夜如秋。

东风似梦微添醉，小月知心只照愁！

柳样诗思情入影，火般桃色艳成羞。

谁家玉笛三更后？山倚疏星人倚楼。

二

一片闲情诗境里，柳风淡淡析声凉。

山腰月少青松黑，篱畔光多玉李黄。

心静渐知春似海，花深每觉影生香。

何时买得田千顷，遍种梧桐与海棠！

三

且莫贪眠减却狂，春宵月色不平常！

碧桃几树开蝴蝶，紫燕联肩梦海棠。

花比诗多怜夜短，柳如人瘦为情长。

年来潦倒漂萍似，惯与东风道暖凉。

得看这三大首！五十年之后，准保有许多人给作注解——好诗是不需注解的。我的评注者，一定说我是资本家，或是穷而倾向资本主义者，因为在第二首里，有"何时买得田千顷"之语。好，我先自己作点注吧：我的意思是买山地呀，不是买一千顷良田，全种上花木，而叫农民饿死，不是。比如千佛山两旁的秃山，要全种上海棠，那要多么美，这才是我的梦想。这不怨我说话不清，是律诗自身的别扭；一句非七个字不可，我怎能忽然来句八个九个字的呢？

得了，从此再不受这个罪；《一些印象》也不再续。暑假中好好休息，把腿养好，能加入将来远东运动会的五百哩竞走，得个第一，那才算英雄好汉；诌几句不准多于七个字一句的诗，算得什么！

（原载 1931 年 3 月至 6 月《齐大月刊》第 1 卷第 5、6、7、8 期）

非正式的公园（济南通信）

济南的公园似乎没有引动我描写它的力量，虽然我还想写那么一两句；现在我要写的地方，虽不是公园，可是确比公园强的多，所以——非正式的公园；关于那正式的公园，只好，虽然还想写那么一两句，待之将来。

这个地方便是齐鲁大学，专从风景上看。齐大在济南的南关外，空气自然比城里的新鲜，这已得到成个公园的最要条件。花木多，又有了成个公园的资格。确是有许多人到那里玩，意思是拿它当作——非正式的公园。

逛这个非正式的公园以夏天为最好。春天花多，秋天树叶美，但是只在夏天才有"景"，冬天没有什么特色。

当夏天，进了校门便看见一座绿楼，楼前一大片绿草地，楼的四围全是绿树，绿树的尖上浮着一两个山峰，因为绿树太密了，所以看不见树后的房子与山腰，使你猜不到绿荫后边还有什么；深密伟大，你不由的深吸一口气。绿楼？真的，"爬山虎"的深绿肥大的叶一层一层的把楼盖满，只露着几个白边的窗户；每阵小风，使那层层的绿叶掀动，横着竖着都动得有规律，一片竖立的绿浪。

往里走吧，沿着草地——草地边上不少的小蓝花呢——到了那绿荫深处。这里都是枫树，树下四条洁白的石凳，围着一片花池。花池里虽没有珍花异草，可是也有可观；况且往北有一条花径，全是小红玫瑰。花径的北端有两大片洋葵，深绿叶，浅红花；这两片花的后面又有一座楼，门前的白石阶栏像享受这片鲜花的神龛。楼的高处，从绿槐的密叶的间隙里看到，有一个大时辰钟。

往东西看，西边是一进校门便看见的那座楼的侧面与后面，与这座楼平行，花池东边还有一座；这两座楼的侧面山墙，也都是绿的。花径的南端是白石的礼堂，堂前开满了百日红，壁上也被绿蔓爬匀。那两座楼后，两大片草地，平坦，深绿，像张绿毯。这两块草地的南端，又有两座楼，四周围蔷薇作成短墙。设若你坐在石凳上，无论往哪边看，视线所及不是红花，便是绿叶；就是往上下看吧：下面是绿草，红花，与树影；上面是绿枫树叶。往平里看，有时从树隙花间看见女郎的一两把小白伞，有时看男人的白大衫。伞上衫上时时落上些绿的叶影。人不多，因为放暑假了。

拐过礼堂，你看见南面的群山，绿的。山前的田，绿的。一个绿海，山是那些高的绿浪。

礼堂的左右，东西两条绿径，树荫很密，几乎见不着阳光。顺着这绿径走，不论是往西往东，你看见些小的楼房，每处有个小花园。园墙都是矮松做的。

春天的花多，特别是丁香和玫瑰，但是绿得不到家。秋天的红叶美，可是草变黄了。冬天树叶落净，在园中便看见了山的大部分，又欠深远的意味。只有夏天，一切颜色消沉在绿的中间，由地上一直绿到树上浮着的绿山峰，成功以绿为主色的一景。

（原载 1932 年 7 月《华年》第 1 卷第 12 期）

趵突泉的欣赏（济南通信）

千佛山、大明湖和趵突泉，是济南的三大名胜。现在单讲趵突泉。

在西门外的桥上，便看见一溪活水，清浅，鲜洁，由南向北的流着。这就是由趵突泉流出来的。设若没有这泉，济南定会丢失了一半的美。但是泉的所在地并不是我们理想中的一个美景。这又是个中国人的征服自然的办法，那就是说，凡是自然的恩赐交到中国人手里就会把它弄得丑陋不堪。这块地方已经成了个市场。南门外是一片喊声，几阵臭气，从卖大碗面条与肉包子的棚子里出来。进了门有个小院，差不多是四方的。这里，"一毛钱四块！"和"两毛钱一双！"的喊声，与外面的"吃来"联成一片。一座假山，奇丑；穿过山洞，接联不断的棚子与地摊，东洋布，东洋磁，东洋玩具，东洋……加劲的表示着中国人怎样热烈的"不"抵制劣货。这里很不易走过去，乡下人一群跟着一群的来，把路塞住。他们没有例外的全买一件东西还三次价，走开又回来摸索四五次。小脚妇女更了不得，你往左躲，她往左扭；你往右躲，她往右扭，反正不许你痛快的过去。

到了池边，北岸上一座神殿，南西东三面全是唱鼓书的茶棚，唱的多半是梨花大鼓，一声"哟"要拉长几分钟，猛听颇像产科医院的病室。除了茶棚还是日货摊子——说点别的吧！

泉太好了。泉池差不多见方，三个泉口偏西，北边便是条小溪流向西门去。看那三个大泉，一年四季，昼夜不停，老那么翻滚。你立定呆呆的看三分钟，你便觉出自然的伟大，使你不敢再正眼去看。永远那么纯洁，永远那么活泼，永远那么鲜明，冒，冒，冒，永不疲乏，永不退缩，只是自然有这样的力量！冬天更好，泉上起了一片热气，白而轻软，在深绿的长的水藻上飘荡着，使你不由的想起一种似乎神秘的境界。

池边还有小泉呢：有的像大鱼吐水，极轻快的上来一串小泡；有的像一串明珠，走到中途又歪下去，真像一串珍珠在水里斜放着；有的半天才上来一个泡，大，扁一点，慢慢的，有姿态的，摇动上来；碎了；看，又来了一个！有的好几串小碎珠一齐挤上来，像一朵攒整齐的珠花，雪白。有的……这比那大泉还更有味。

新近为增加河水的水量，又下了六根铁管，做成六个泉眼，水流得也很旺，但是我还是爱那原来的三个。

看完了泉，再往北走，经过一些货摊，便出了北门。

前年冬天一把大火把泉池南边的棚子都烧了。有机会改造了！造成一个公园，各处安着喷水管！东边作个游泳池！有许多人这样的盼望。可是，席棚又搭好了，渐次改成了木板棚；乡下人只知道趵突泉，把摊子移到"商场"去（就离趵突泉几步）买卖就受损失了；于是"商场"四大皆空，还叫趵突泉作日货销售场；也许有道理。

（原载 1932 年 8 月《华年》第 1 卷第 17 期）

小麻雀

雨后，院里来了个麻雀，刚长全了羽毛。它在院里跳，有时飞一下，不过是由地上飞到花盆沿上，或由花盆上飞下来。看它这么飞了两三次，我看出来：它并不会飞得再高一些，它的左翅的几根长翎拧在一处，有一根特别的长，似乎要脱落下来。我试着往前凑，它跳一跳，可是又停住，看着我，小黑豆眼带出点要亲近我又不完全信任的神气。我想到了：这是个熟鸟，也许是自幼便养在笼中的。所以它不十分怕人。可是它的左翅也许是被养着它的或别个孩子给扯坏，所以它爱人，又不完全信任。想到这个，我忽然的很难过。一个飞禽失去翅膀是多么可怜。这个小鸟离了人恐怕不会活，可是人又那么狠心，伤了它的翎羽。它被人毁坏了，而还想依靠人，多么可怜！它的眼带出进退为难的神情，虽然只是那么个小而不美的小鸟，它的举动与表情可露出极大的委屈与为难。它是要保全它那点生命，而不晓得如何是好。对它自己与人都没有信心，而又愿找到些倚靠。它跳一跳，停一停，看着我，又不敢过来。我想拿几个饭粒诱它前来，又不敢离开，我怕小猫来扑它。可是小猫并没在院里，我很快的跑进厨房，抓来了几个饭粒。及至我回来，小鸟已不见了。我向外院跑去，小猫在影壁前的花盆旁蹲着呢。我忙去驱逐它，它只一扑，把小鸟擒住！被人养惯的小麻雀，连挣扎都不会，尾与爪在猫嘴旁搭拉着，和死去差不多。

瞧着小鸟，猫一头跑进厨房，又一头跑到西屋。我不敢紧追，怕它更咬紧了可又不能不追。虽然看不见小鸟的头部，我还没忘了那个眼神。那个预知生命危险的眼神。那个眼神与我的好心中间隔着一只小白猫。来回跑了几次，我不追了。追上也没用了，我想，小鸟至少已半死了。猫又进了厨房，我愣了一会儿，赶紧的又追了去；那两个黑豆眼仿佛在我心内睁着呢。

进了厨房，猫在一条铁筒——冬天升火通烟用的，春天拆下来便放在厨房的墙角——旁蹲着呢。小鸟已不见了。铁筒的下端未完全扣在地上，开着一个不小的缝儿小猫用脚往里探。我的希望回来了，小鸟没死。小猫本来才四个来月大，还没捉住过老鼠，或者还不会杀生，只是叼着小鸟玩一玩。正在这么想，小鸟，忽然出来了，猫倒像吓了一跳，往后躲了躲。小鸟的样子，我一眼便看清了，登时使我要闭上了眼。小鸟几乎是蹲着，胸离地很近，像人害肚痛蹲在地上那样。它身上并没血。身子可似乎是蜷在一块，非常的短。头低着，小嘴指着地。那两个黑眼珠！非常的黑，非常的大，不看什么，就那么顶黑顶大的愣着。它只有那么一点活气，都在眼里，像是等着猫再扑它，它没力量反抗或逃避；又像是等着猫赦免了它，或是来个救星。生与死都在这俩眼里，而并不是清醒的。它是胡涂了，昏迷了；不然为什么由铁筒中出来呢？可是，虽然昏迷，到底有那么一点说不清的，生命根源的，希望。这个希望使它注视着地上，等着，等着生或死。它怕得非常的忠诚，完全把自己交给了一线的希望，一点也不动。像把生命要从两眼中流出，它不叫也不动。

小猫没再扑它，只试着用小脚碰它。它随着击碰倾侧，头不动，眼不动，还呆呆的注视着地上。但求它能活着，它就决不反抗。可是并非全无勇气，它是在猫的面前不动！我轻轻的过去，把猫抓住。将猫放在门外，小鸟还没动。我双手把它捧起来。它确是没受了多大的伤，虽然胸上落了点毛。它看了我一眼！

我没主意：把它放了吧，它准是死？养着它吧，家中没有笼子。我捧着它好像世上一切生命都在我的掌中似的，我不知怎样好。小鸟不动，蜷着身，两眼还那么黑，等着！愣了好久，我把它捧到卧室里，放在桌子上，看着它，它又愣了半天，忽然头向左右歪了歪用它的黑眼睁了一下；又不动了，可是身子长出来一些，还低头看着，似乎明白了点什么。

（原载 1934 年 10 月《文学评论》第 1 卷第 2 期）

头一天

那时候，（一晃儿十年了！）我的英语就很好。我能把它说得不像英语，也不像德语，细听才听得出——原来是"华英官话"。那就是说，我很艺术的把几个英国字匀派在中国字里，如鸡兔之同笼。英国人把我说得一愣一愣的，我可也把他们说得直眨眼；他们说的他们明白，我说的我明白，也就很过得去了。

⋯⋯⋯⋯

给它个死不下船，还有错儿么？！反正船得把我运到伦敦去，心里有底！

果然一来二去的到了伦敦。船停住不动，大家都往下搬行李，我看出来了，我也得下去。什么码头？顾不得看；也不顾问，省得又招人们眨眼。检验护照。我是末一个——英国人不像咱们这样客气，外国人得等着。等了一个多钟头，该我了。两个小官审了我一大套，我把我心里明白的都说了，他俩大概没明白。他们在护照上盖了个戳儿，我"看"明白了："准停留一月Only"。（后来由学校呈请内务部把这个给注销了，不在话下。）管它Only还是"哼来"，快下船哪，别人都走了。敢情还得检查行李呢。这回很干脆："烟？"我说"no"；"丝？"又一个"no"。皮箱上画了一道符，完事。我的英语很有根了，心里说。看别人买车票，我也买了张；大家走，我也走；反正他们知道上哪儿。他们要是走丢了，我还能不陪着么？上了火车。火车非常的清洁舒服。越走，四外越绿，高高低低全是绿汪汪的。太阳有时出来，有时进去，绿地的深浅时时变动。远处的绿坡托着黑云，绿色特别的深厚。看不见庄稼，处处是短草，有时看见一两只摇尾食草的牛。这不是个农业国。

走着走着，绿色少起来，看见了街道房屋，街道上走动着红色的大汽车。再走，净是房屋了，全挂着烟尘，好像熏过的伦敦了。我想起幼年所读的地理教科书。

⋯⋯⋯⋯

车停在Cannon Street。大家都下来，站台上不少接客的男女，接吻的声音与姿式各有不同。我也慢条斯理的下来；上哪儿呢？啊，来了救兵，易文思教授向我招手呢。他的中国话比我的英语应多得着九十多分。他与我一人一件行李，走向地道车站去；有了他，上地狱也不怕了。坐地道火车到了Liverpool Street。这是个大车站，把行李交给了转运处，他们自会给送到家去。然后我们喝了杯啤酒，吃了块点心。车站上，地道里，转运处，咖啡馆，给我这么个印象：外面都是乌黑不起眼，可是里面非常的清洁有秩序。后来我慢慢看到，英国人也是这样。脸板得要哭似的，心中可是很幽默，很会讲话。他们慢，可是有准。易教授早一分钟也不来；车进了站，他也到了。他想带我上学校去，就在车站的外边。想了想，又不去了，因为这天正是礼拜。他告诉我，已给我找好了房，而且是和许地山在一块。我更痛快了，见了许地山还有什么事作呢，除了说笑话？

....

易教授住在 Barnet，所以他也在那里给我找了房。这虽在"大伦敦"之内，实在是属 Hertfordshire，离伦敦有十一哩，坐快车得走半点多钟。我们就在原车站上了车，赶到车快到目的地，又看见大片的绿草地了。下了车，易先生笑了。说我给带来了阳光。果然，树上还挂着水珠，大概是刚下过雨去。

....

正是九月初的天气，地上潮阴阴的，树和草都绿得鲜灵灵的。由车站到住处还要走十分钟。街上差不多没有什么行人，汽车电车上也空空的。礼拜天。街道很宽，铺户可不大，都是些小而明洁的，此处已没有伦敦那种乌黑色。铺户都关着门，路右边有一大块草场，远处有一片树林，使人心中安静。

....

最使我忘不了的是一进了胡同：Carnarvon Street。这是条不大不小的胡同。路是柏油碎石子的，路边上还有些流水，因刚下过雨去。两旁都是小房，多数是两层的，瓦多是红色。走道上有小树，多像冬青，结着红豆。房外二尺多的空地全种着花草，我看见了英国的晚玫瑰。窗都下着帘，绿蔓有的爬满了窗沿。路上几乎没人，也就有十点钟吧，易教授的大皮鞋响声占满了这胡同，没有别的声。那些房子实在不是很体面，可是被静寂，清洁，花草，红绿的颜色，雨后的空气与阳光，给了一种特别的味道。它是城市，也是村庄，它本是在伦敦作事的中等人的居住区所。房屋表现着小市民气，可是有一股清香的气味，和一点安适太平的景象。

....

将要作我的寓所的也是所两层的小房，门外也种着一些花，虽然没有什么好的，倒还自然；窗沿上悬着一两枝灰粉的豆花。房东是两位老姑娘，姐已白了头，胖胖的很傻，说不出什么来。妹妹作过教师，说话很快，可是很清晰，她也有四十上下了。妹妹很尊敬易教授，并且感谢他给介绍两位中国朋友。许地山在屋里写小说呢，用的是一本油盐店的账本，笔可是钢笔，时时把笔尖插入账本里去，似乎表示着力透纸背。

....

房子很小：楼下是一间客厅，一间饭室，一间厨房。楼上是三个卧室，一个浴室。由厨房出去，有个小院，院里也有几棵玫瑰，不怪英国史上有玫瑰战争，到处有玫瑰，而且种类很多。院墙只是点矮矮的木树，左右邻家也有不少花草，左手里的院中还有几株梨树，挂了不少果子。我说"左右"，因自从在上海便转了方向，太阳天天不定从哪边出来呢！

    …………

这所小房子里处处整洁，据地山说，都是妹妹一个人收拾的；姐姐本来就傻，对于工作更会"装"傻。他告诉我，她们的父亲是开面包房的，死时把买卖给了儿子，把两所小房给了二女。姊妹俩卖出去一所，把钱存起吃利；住一所，租两个单身客，也就可以维持生活。哥哥不管她们，她们也不求哥哥。妹妹很累，她操持一切；她不肯叫住客把硬领与袜子等交洗衣房：她自己给洗并熨平。在相当的范围内，她没完全商业化了。

易先生走后，姐姐戴起大而多花的帽子，去作礼拜。妹妹得作饭，只好等晚上再到教堂去。她们很虔诚；同时，教堂也是她们惟一的交际所在。姐姐并听不懂牧师讲的是什么，地山告诉我。路上慢慢有了人声，多数是老太婆与小孩子，都是去礼拜的。偶尔也跟着个男人，打扮得非常庄重，走路很响，是英国小绅士的味儿。邻家有弹琴的声音。

    …………

饭好了，姐姐才回来，傻笑着。地山故意的问她，讲道的内容是什么？她说牧师讲的很深，都是哲学。饭是大块牛肉。由这天起，我看见牛肉就发晕。英国普通人家的饭食，好处是在干净；茶是真热。口味怎样，我不敢批评，说着伤心。

    …………

饭后，又没了声音。看着屋外的阳光出没，我希望点蝉声，没有。什么声音也没有。连地山也不讲话了。寂静使我想起家来，开始写信。地山又拿出账本来，写他的小说。

    …………

伦敦边上的小而静的礼拜天。

（原载 1934 年 8 月《良友画报》第 92 期）

记涤洲

　　死是多么容易想到的事，可是白涤洲的死大概朋友们谁也没想到吧？这才使人跺脚！才三十多岁，天不怕地不怕——因为身体好——精明强干，舍己从人，涤洲，竟自死了；谁在事前敢这么想，谁是疯子；而今"天"是疯了：从青岛到北平，我的泪不能干，不能干！

　　十六七岁的时候，我俩是同学。虽然隔着班级，不知道怎的我和涤洲最说得来。那时候，他偏着头，穿着瘦蓝布褂，身量就不矮，常考第一。有的同学和他好，有的不大对劲儿；没人恨他。他简单，有点乡下气，好说，也有些不高明而宽厚的幽默。说起西山来，他的眼——老那么扣扣着点——发了光。他得意，自称为山精。我俩很好，可是我找不到他有什么特别可爱的地方。我承认他聪明，没脾气，可是我同时怕他只为考第一，样样功课叫好，而落得什么也不真好；天才往往倒不见得考第一。对他的脾气也是这样，我怕他为太讨好而学圆滑了；我爱硬干的人。

　　他在师范学校毕业后就派作了校长，接我的手。这时候，我俩的交情更深了些，我看出他的本事，和交友的厚道。我这才明白：他的精明使他更忠厚——本来应当更圆滑——这就是说，他"肯"吃亏。他吃了亏，向好友们说说，一种幽默的出气方法。假若没地方去说，他可受不住。这个人必须有些好友，他自己是个好朋友。我想不起更足以表现他整个人格的称号；对，只有"好朋友"，大家有什么事都找他。有时候因为事的琐细，他说声"他妈的"，可是马上穿起大衫，不怕是在怎样劳累以后，还是去给办那件小事。什么都是他，钱归他拿着，房契，他保存，书在他那里堆着。他高兴，他对事事点头。啊，涤洲，你的死，我们大家都负着责任。你是累死了。

　　在小学校界里几年，他成了很重要的人物。几个好友都看出来：涤洲不应当这样下去，他应该求学，他有才力。他盘算了一番，只接受这个建议，而不接受任何人的金钱。他考入了北大。一边求学，一边还得养活一家子人。他又接了我的事，在教育会里作干事。大家都说："涤洲和舍予是一对儿。"其实，我凭哪样赶得上他呢？就以我俩的事说，我的钱，他管着，明知他那么忙。我的家人，他给照应着。我的书，他代保存着；有人借去一本书，他都写个小条钉在书架上。回到北平，我住在他家。我帮助了他什么呢？还不就是能彼此谈得来，他能和我谈那些带"他妈的"的话？夏天我在他那儿住，他满头大汗的回来，抱着个出号的西瓜。脱了大衫，他去找刀：

感悟名家经典

"来，舍予，看我宰这个肥的！"吃了瓜，他脱了袜子，脚登在椅上，和我说起来。在他的谈话里，永远不自傲；对于学问，他常叹气；对于作人，他才肯点头——"我是个好人！"把吃亏受累的事都向我诉了委屈，手——那指甲微有点长的手——拍在腿上："嘿，还忘了给老杨去定铺位呢，他后天上南京。"他又跑了，甭管天气多热。

就在这么忙，这么多事的几年中，他居然成了个学者。什么事我都敢希望他，除了成为学者。他堵了我的嘴，可是激动了我的心。我不知怎样对他好了：应帮助他成为学者——自然第一是先别求他办事了。不求他办事，怎能行呢？他是我的主心骨！求他办事？当然耽误了他的用功。朋友，涤洲，恐怕不是我一个人对你这样吧？我们想过了，而事情终于托你给办。只有你办得好，只有你肯替我们受累。你是散处各方的朋友的总办事处。你死了，涤洲，我们……说什么呢？！眼泪有什么用呢？！十天没有接到你的信，我还心里说：莘田到了北平，热闹起来，忘了我！我还——该死！——给你汇钱，详详细细的写信，托你给办事。钱汇到北平，电报到了青岛——涤洲病故！

每次到北平来，洗澡，吃饭，买东西，听戏，都是你陪着；这次，你独自睡在法源寺。你的一切，我知道。你的高身量，深色的衣服，手，脸，想主意时把下唇一咬……都记得，都记得，只是没了你，像个梦！

你这一辈子，受过多少累，吃过多少苦，家中遭了多大的变故，你总不灰心，始终努力，就这样死了吗？前年我由济南赶来，是为祭你的夫人，安慰你。你还是笑着，泪终日在眼眶里。去年你过济南，我们谈了半夜。你老那么高兴，要强，不怕，你老是我们中最年少最有为的一位——朋友。朋友！你决不肯——我知道——弃舍了我们。你在我们心中老活着。想起了你，会使我们努力作人，努力治学。命是短的，作好作坏是一样的——早晚得死。有你死在前面，我们懂得了：作好要快呀，命是短的。涤洲，我说不出什么来了。我只能叫几声"好朋友"，哭着跑回青岛。人家说咱俩是一对儿，唉！！！

廿三年十月十七，北平

（原载 1934 年 10 月 27 日《国语周刊》第 161 期）

还想着它

钱在我手里，也不怎么，不会生根。我并不胡花，可是钱老出去的很快。据相面的说，我的缝指太宽，不易存财；到如今我还没法打倒这个讲章。在德法意等国跑了一圈，心里很舒服了，因为钱已花光。钱花光就不再计划什么事儿，所以心里舒服。幸而巴黎的朋友还拿着我几个钱，要不然哪，就离不了法国。这几个钱仅够买三等票到新加坡的。那也无法，到新加坡再讲吧。反正新加坡比马赛离家近些，就是这个主意。

上了船，袋里还剩下十几个佛郎，合华币大洋一元有余；多少不提，到底是现款。船上遇见了几位留法回家的"国留"——复杂着一点说，就是留法的中国学生。大家一见如故。不大会儿的工夫，大家都彼此明白了经济状况；最阔气的是位姓李的，有二十七个佛郎；比我阔着块巴来钱。大家把钱凑在一处，很可以买瓶香槟酒，或两枝不错的吕宋烟。我们既不想喝香槟或吸吕宋，连头发都决定不去剪剪，那么，我们到底不是赤手空拳，干吗不快活呢？大家很高兴，说得也投缘。有人提议：到上海可以组织个银行。他是学财政的。我没表示什么，因为我的船票只到新加坡；上海的事先不必操心。

船上还有两位印度学生，两位美国华侨少年，也都挺和气。两位印度学生穿得满讲究，也关心中国的事。在开船的第三天早晨，他俩打起来：一个弄了个黑眼圈，一个脸上挨了一鞋底。打架的原因：他俩分头向我们诉冤，是为一双袜子。也不是谁卖给谁，穿了（或者没穿）一天又不要了，于是打起来。黑眼圈的除用湿手绢捂着眼，一天到晚嘟囔着："在国里，我吐痰都不屑于吐在他身上！他脏了我的鞋底！"吃了鞋底的那位就对我们讲："上了岸再说；揍他，勒死，用小刀子捅！"他俩不再和我们讨论中国的问题，我们也不问甘地怎样了。

那两位华侨少年中的一位是出来游历：由美国到欧洲大陆，而后到上海，再回家。他在柏林住了一天，在巴黎住了一天，他告诉我，都是停在旅馆里，没有出门。他怕引诱。柏林巴黎都是坏地方，没意思，他说。到了马赛，他丢了一只皮箱。那一位少年是干什么的，我不知道。他一天到晚想家。想家之外，便看法国姑娘。而后告诉那位出来游历的："她们都钓我呢！"

所谓"她们"，是七八个到安南或上海的法国舞女，最年轻的不过才三十多岁。三等舱的食堂永远被她们占据着。她们吸烟，吃饭，抢大腿，练习唱，都在这儿。领导的是个五十多岁的小干老头儿，脸像个干橘子。她们没事的时候也还光着大腿，有俩小军官时常和她们弄牌玩。可是那位少年老说她们关心着他。

三等舱里不能算不热闹，舞女们一唱就唱两个多钟头。那个小干老头似乎没有夸奖她们的时候，差不多老对她们喊叫。可是她们也不在乎。她们唱或抢腿，我们就瞎扯，扯腻了便到甲板上过过风。我们的茶房是中国人，永远蹲在暗处，不留神便踩了他的脚。他卖一种黑玩艺，五个佛郎一小包，舞女们也有买的。

二十多天就这样过去：听唱，看大腿，瞎扯，吃饭。舱中老是这些人，外边老是那些水。没有一件新鲜事，大家的脸上眼看着往起长肉，好像一船受填时期的鸭子。坐船是件苦事，明知光阴怪可惜，可是没法不白白扔弃。书读不下去，海是看腻了，话也慢慢的少起来。我的心里想着：到新加坡怎办呢？

就在那么心里悬虚一天的，到了新加坡。再想在船上吃，是不可能了，只好下去。雇上洋车，不，不应当说雇上，是坐上；此处的洋车夫是多数不识路的，即使识路，也听不懂我的话。坐上，用手一指，车夫便跑下去。我是想上商务印书馆。不记得街名，可是记得它是在条热闹街上；上欧洲去的时候曾经在此处玩过一天。洋车一直跑下去，我心里说：商务印书馆要是在这条街上等着我，便是开门见喜；它若不在这条街上，我便玩完。事情真凑巧，商务馆果然等着我呢。说不定还许是临时搬过来的。

这就好办了。进门就找经理。道过姓字名谁，马上问有什么工作没有。经理是包先生，人很客气，可是说事情不大易找。他叫我去看看南洋兄弟烟草公司的黄曼士先生——在地面上很熟，而且好交朋友。我去见黄先生，自然是先在商务馆吃了顿饭。黄先生也一时想不到事情，可是和我成了很好的朋友；我在新加坡，后来，常到他家去吃饭，也常一同出去玩。他是个很可爱的人。他家给他寄茶，总是龙井与香片两种，他不喜喝香片，便都归了我；所以在南洋我还有香片茶吃。不过，这都是后话。我还得去找事，不远就是中华书局，好，就是中华书局吧。经理徐采明先生至今还是我的好朋友。倒不在乎他给找着个事作，他的人可爱。见了他，我说明来意。他说有办法。马上领我到华侨中学去。这个中学离街市至少有十多里，好在公众汽车（都是小而红的车，跑得飞快）方便，一会儿就到了。徐先生替我去吆喝。行了，他们正短个国文教员。马上搬来行李，上任大吉。有了事作，心才落了实，花两毛钱买了个大柚子吃吃。然后支点钱，买了条毯子，因为夜间必须盖上的。买了身白衣裳，中不中，西不西，自有南洋风味。赊了部《辞源》；教书不同自己读书，字总得认清了——有好些好些字，我总以为认识而实在念不出。一夜睡得怪舒服；新《辞源》摆在桌上被老鼠啃坏，是美中不足。预备用皮鞋打老鼠，及至见了面，又不想多事了，老鼠的身量至少比《辞源》长，说不定还许是仙鼠呢，随它去吧。老鼠虽大，可并不多。讲多是壁虎。到处是它们：棚上墙上玻璃杯里——敢情它们喜甜味，盛过汽水的杯子总有它们来照顾一下。它们还会唱，吱吱的，没什么好听，可也不十分讨厌。

天气是好的。早半天教书，很可以自自然然的，除非在堂上被学生问住，还不至于四脖子汗流的。吃过午饭就睡大觉，热便在暗中渡过去。六点钟落太阳，晚饭后还可以作点工，壁虎在墙上唱着。夜间必须盖条毯子，可见是不热；比起南京的夏夜，这里简直是仙境了。我很得意，有薪水可拿，而夜间还可以盖毯子，美！况且还得冲凉呢，早午晚三次，在自来水龙头下，灌顶浇脊背，也是痛快事。

可是，住了不到几天，我发烧，身上起了小红点。平日我是很勇敢的，一病可就有点怕死。身上有小红点哟，这玩艺，痧疹归心，不死才怪！把校医请来了，他给了我两包金鸡纳霜，告诉我离死还很远。吃了金鸡纳霜，睡在床上，既然离死很远，死我也不怕了，于是依旧勇敢起来。早晚在床上听着户外行人的足声，"心眼"里制构着美的图画：路的两旁杂生着椰树槟榔；海蓝的天空；穿白或黑的女郎，赤着脚，趿拉着木板，嗒嗒的走，也许看一眼树丛中那怒红的花。有诗意呀。矮而黑的锡兰人，头缠着花布，一边走一边唱。躺了三天，颇能领略这种浓绿的浪漫味儿，病也就好了。

一卜雨就更好了。雨来得快，止得快，沙沙的一阵，天又响晴。路上湿了，树木绿到不能再绿。空气里有些凉而浓厚的树林子味儿，马上可以穿上夹衣。喝碗热咖啡顶那个。

学校也很好。学生们都会听国语，大多数也能讲得很好。他们差不多都很活泼。因为下课后便不大穿衣，身上就黑黑的，健康色儿。他们都很爱中国，愿意听激烈的主张与言语。他们是资本家——大小不同，反正非有俩钱不能入学读书——的子弟，可是他们愿打倒资本家。对于文学，他们也爱最新的，自己也办文艺刊物的。他们对先生们不大有礼貌，可不是敌意的；他们爽直。先生们若能和他们以诚相见，他们便很听话。可惜有的先生爱耍些小花样！学生们不奢华。一身白衣便解决了衣的问题；穿西服受洋罪的倒是先生们，因为先生们多是江浙与华北的人，多少习染了上海的派头儿。吃也简单，除了爱吃刨冰，他们并不多花钱。天气使衣食住都简单化了。以住说吧，有个床，有条毯子，便可以过去。没毯子，盖点报纸，其实也可以将就。再有个自来水管，作冲凉之用，便万事亨通。还有呢，社会是个工商社会，大家不讲究穿，不讲究排场，也不讲究什么作诗买书，所以学生自然能俭朴。从一方面说，这个地方没有上海或北平那样的文化；从另一方面说，它也没有酸味的文化病。此地不能产生《儒林外史》。自然，大烟窑子等是有的，可是学生还不至于干这些事儿。倒是由内地的先生们觉得苦闷，没有社会。事业都在广东福建人手里，当教员的没有地位，也打不进广东或福建人的圈里去。教员似乎是一些高等工人，雇来的；出钱办学的人们没有把他们放在心里。玩的地方也没有，除了电影，没有可看的。所以住到三个月，我就有点厌烦了。别人也这么说。还拿天气说吧，老那么好，老那么好，没有变化，没有春夏秋冬，这就使人生厌。况且别的事儿也是死板板的没变化呢。学生们爱玩球，爱音乐，倒能有事可作。先生们在休息的时候，只能弄点汽水闲谈。我开始写《小坡的生日》。

本来我想写部以南洋为背景的小说。我要表扬中国人开发南洋的功绩：树是我们栽的，田是我们垦的，房是我们盖的，路是我们修的，矿是我们开的。都是我们作的。毒蛇猛兽，荒林恶瘴，我们都不怕。我们赤手空拳打出一座南洋来。我要写这个。我们伟大。是的，现在西洋人立在我们头上。可是，事业还仗着我们。我们在西人之下，其他民族之上。假如南洋是个糖烧饼，我们是那个糖馅。我们可上可下。自要努力使劲，我们只有往上，不会退下。没有了我们，便没有了南洋；这是事实，自自然然的事实。马来人什么也不干，只会懒。印度人也干不过我们。西洋人住上三四年就得回家休息，不然便支持不住。干活是我们，作买卖是我们，行医当律师也是我们。住十年，百年，一千年，都可以，什么样的天气我们也受得住，什么样的苦我们也能吃，什么样的工作我们有能力去干。说手有手，说脑子有脑子。我要写这么一本小说。这不是英雄崇拜，而是民族崇拜。所谓民族崇拜，不是说某某先生会穿西装，讲外国话，和懂得怎样给太太提着小伞。我是要说这几百年来，光脚到南洋的那些真正好汉。没钱，没国家保护，什么也没有。硬去干，而且真干出玩艺来。我要写这些真正中国人，真有劲的中国人。中国是他们的，南洋也是他们的。那些会提小伞的先生们，屁！连我也算在里面。

可是，我写不出。打算写，得到各处去游历。我没钱，没工夫。广东话，福建话，马来话，我都不会。不懂的事还很多很多。不敢动笔。黄曼士先生没事就带我去看各种事儿，为是供给我点材料。可是以几个月的工夫打算抓住一个地方的味儿，不会。再说呢，我必须描写海，和中国人怎样在海上冒险。对于海的知识太少了；我生在北方，到二十多岁才看见了轮船。

那么，只好多住些日子了。可是我已离家六年，老母已七十多岁，常有信催我回家。为省得闲着，我开始写《小坡的生日》。本来想写的只好再等机会吧。直到如今，啊，机会可还没来。

写《小坡的生日》的动机是：表面的写点新加坡的风景什么的。还有：以儿童为主，表现着弱小民族的联合——这是个理想，在事实上大家并不联合，单说广东与福建人中间的成见与争斗便很厉害。这本书没有一个白小孩，故意的落掉。写了三个多月吧，得到五万来字；到上海又补了一万。

这本书中好的地方，据我自己看，是言语的简单与那些像童话的部分。它不完全是童话，因为前半截有好些写实处——本来是要描写点真事。这么一来，实的地方太实，虚的地方又很虚，结果是既不像童话，又非以儿童为主的故事，有点四不像了。设若有工夫删改，把写实的部分去掉，或者还能成个东西。可是我没有这个工夫。顶可笑的是在南洋各色小孩都讲着漂亮——确是漂亮——的北平话。

《小坡的生日》写到五万来字，放年假了。我很不愿离开新加坡，可是要走这是个好时候，学期之末，正好结束。在这个时节，又有去作别的事情的机会。若是这些事情中有能成功的，我自然可以辞去教职而仍不离开此地，为是可以多得些经验。可是这些事都没成功，因为有人从中破坏。这么一来，我就决定离开。我不愿意自己的事和别人捣乱争吵。在阳历二月底，我又上了船。

到现在想起来，我还很爱南洋——它在我心中是一片颜色，这片颜色常在梦中构成各样动心的图画。它是实在的，同时可以是童话的，原始的，浪漫的。无论在经济上，商业上，军事上，民族竞争上，诗上，音乐上，色彩上，它都有种魔力。

（原载 1934 年 10 月《大众画报》第 12 期）

哭白涤洲

十月十二接到电报："涤洲病危"。十四起身；到北平，他已过去。接到电报，隔了一天才动身，我希望在这一天再得个消息——好的。十二号以前，什么信儿都没听到，怎能忽然"病危"？涤洲的身体好，大家都晓得，所以我不信那个电报，而且深信必再有电更正。等了一天，白等；我的心凉了。在火车上我的泪始终在眼里转。车到前门，接我的是齐铁恨——他在南京作事——我俩的泪流下来了。我恨我晚来了一天，可是铁恨早来一天也没见到"他"。十二的早晨，"他"就走了。

这完全像个梦。八月底，我们三个——涤洲、铁恨、与我——还在南京会着。多么欢喜呀！涤洲张罗着逛这儿那儿，还要陪我到上海，都被我拦住了。他先是同刘半农先生到西北去；半农先生死后，他又跑到西安去讲学。由西安跑到南京，还要随我上上海。我没叫他去。他的身体确是好，但是那么热的天，四下里跑，不是玩的。这只是我的小心；梦也梦不到他会死。他回到北平，有信来，说：又搬了家。以后，再没信了，我心里还说：他大概是忙着作文章呢。敢情他又到河南讲学去了。由河南回来就病。十二号我接到那个电报。这不像个梦？

今天翻弄旧稿，夹着他一封信——去年一月十日在西山发的。"苓儿死去……咽气恰与伊母下葬同时，使我不能不特别哀痛。在家里我抱大庄，家母抱菊，三辈四人，情形极惨。现在我跑到西山，住在第三小学的最下一个院子，偌大的地方只有我一个人。天极冷，风顶大，冰寒的月光布满了庭院，我隔着玻窗，凝望南山，回忆两礼拜来的遭遇，止不住的眼泪流下来！"

"两礼拜来的遭遇"是大孩子蓝死，夫人死，女孩苓死。跟着——老天欺侮起来好人没完！——是菊死，和白老伯死；一气去了五口。蓝是夜间死的，他一边哭一边给我写信。紧跟着又得到白夫人病故的信，我跑回北平去安慰他。他还支持着，始终不放声的哭，可是端茶碗的时候手颤。跟着又死去三口，大家都担心他。他失眠，闭上眼就看见他的孩子。可是他不喝酒，不吸烟，像棵松树似的立着。他要作好到底。现在，剩下六十多的老母，廿多岁的续娶的夫人，与五岁的大庄！人生是什么呢？

朋友里，他最好。他对谁也好。有他，大家的交情有了中心。什么都是他作，任劳任怨的作，会作，肯作，有力气作。对家人，对朋友，永远舍己从人。对事情，明知上当，还作，只求良心上过得去。他很精明，但不掏出手段；他很会办事，多一半是因为肯办，肯认真办。他就这么累死了。

对学问，他很谦虚，总说他自己"低能"。可是在事情那么忙乱的时候，他居然在音韵学上有成就，有著作。他作到别人所不能作到的了：就在家中死了五口以后，他会跑到西北去调查方音！他还笑着说呢：到外边散散心。死了五口，散心？拿调查工作散心，他不是心狠，是尽人力所及的铸造自己。他老要对得起自己，对得起朋友，对得起一生。卅五岁就死去，这样的人，只有无知的老天知道怎回事！

自我一认识他，他仿佛就是个高个子。老推平头，老穿深色的衣服，腮上胡子很重。偶尔穿上洋服，他笑自己。他知道自己不漂亮。同样，他知道自己的一切缺点。有一次，他把件绸子大衫染得发了绿头，他笑着把它藏起去："这不行，这不行，穿它还能上街？"他什么也不行，他觉得。于是高过他的人，他不巴结。低于他的人，他帮忙。对他自己，在幽默的轻视中去努力。高高的个子，灰色或蓝色的长袍，一天到晚他奔忙。他没有过人的思想，只求在他才力所及的事上、学问上、作人上，去作。他实在。说给他一件新事，或一个新的思想，他要想了，然后他拍着腿："高！高！"到此为止；他能了解，而永远不能作出来，新的。旧社会的享受，他没享受过；新的，也没享受过。他老想使别人过得去，什么新的旧的，反正自己没占了便宜。自己不占便宜就舒服。因此，他心宽。死了五口，还能支持，还替朋友办事，还努力工作，就是这个力量的果实。谁都说，过了那一场，涤洲什么也不怕了。他竟会死了！

他死的时候，一群朋友围着他，眼看着咽气，没办法。他给朋友帮过多少忙，而大家只能看着他死。他死后，由上海汉口青岛赶来许多朋友，来哭；有什么用呢？他已经死在医院了，老太太还拉着大庄给他送果子来。噢，什么也别说了吧，要惨到什么地步呢！涤洲，涤洲，我们只有哭；没用，是没用。可是，我们是哭你的价值呀。我们能找到比你俊美的人，比你学问大的人，比你思想高的人；我们到哪儿去找一位"朋友"，像你呢？

（原载 1934 年 12 月《人间世》第 17 期）

小动物们

鸟兽们自由的生活着，未必比被人豢养着更快乐。据调查鸟类生活的专门家说，鸟啼绝不是为使人爱听，更不是以歌唱自娱，而是占据猎取食物的地盘的示威；鸟类的生活是非常的艰苦。兽类的互相残食是更显然的。这样，看见笼中的鸟，或栅中的虎，而替它们伤心，实在可以不必。可是，也似乎不必替它们高兴；被人养着，也未尽舒服。生命仿佛是老在魔鬼与荒海的夹间儿，怎样也不好。

我很爱小动物们。我的"爱"只是我自己觉得如此；到底对被爱的有什么好处，不敢说。它们是这样受我的恩养好呢，还是自由的活着好呢？也不敢说。把养小动物们看成一种事实，我才敢说些关于它们的话。下面的述说，那么，只是为述说而述说。

先说鸽子。我的幼时，家中很贫。说出"贫"来，为是声明我并养不起鸽子；鸽子是种费钱的活玩艺儿。可是，我的两位姐丈都喜欢玩鸽子，所以我知道其中的一点儿故典。我没事儿就到两家去看鸽，也不短随着姐丈们到鸽市去玩；他们都比我大着二十多岁。我的经验既是这样来的，而且是幼时的事，恐怕说得不能很完全了；有好多鸽子名已想不起来了。

鸽的名样很多。以颜色说，大概应以灰、白、黑、紫为基本色儿。可是全灰全白全黑全紫的并不值钱。全灰的是楼鸽，院中撒些米就会来一群；物是以缺者为贵，楼鸽太普罗。有一种比楼鸽小，灰色也浅一些的，才是真正的"灰"；但也并不很贵重。全白的，大概就叫"白"吧，我记不清了。全黑的叫黑儿，全紫的叫紫箭，也叫猪血。

猪血们因为羽色单调，所以不值钱，这就容易想到值钱的必是杂色的。杂色的种类多极了，就我所知道的——并且为清楚起见——可以分作下列的四大类：点子、乌、环、玉翅。点子是白身腔，只在头上有手指肚大的一块黑，或紫；尾是随着头上那个点儿，黑或紫。这叫作黑点子和紫点子。乌与点子相近，不过是头上的黑或紫延长到肩与胸部。这叫黑乌或紫乌。这种又有黑翅的或紫翅的，名铁翅乌或铜翅乌——这比单是乌又贵重一些。还有一种，只有黑头或紫头，而尾是白的，叫作黑乌头或紫乌头；比乌的价钱要贱一些。刚才说过了，乌的头部的黑或紫毛是后齐肩，前及胸的。假若黑或紫毛只是由头顶到肩部，而前面仍是白的，这便叫作老虎帽，因为很像廿年前通行的风帽；这种确是非常的好看，因而价值也就很高。在民国初年，兴了一阵子蓝乌和蓝乌头，头尾如乌，而是灰蓝色儿的。这种并不好看，出了一阵子锋头也就拉倒了。

环，简单的很：全白而项上有一黑圈者叫墨环；反之，全黑而项上有白圈者是玉环。此外有紫环，全白而项上有一紫环。"环"这种鸽似乎永远不大高贵。大概可以这么说，白尾的鸽是不易与黑尾或紫尾的相抗，因为白尾的飞起来不大美。

玉翅是白翅边的。全灰而有两白翅是灰玉翅；还有黑玉翅、紫玉翅。所谓白翅，有个讲究：翅上的白翎是左七右八。能够这样，飞起来才正好，白边儿不过宽，也不过窄。能生成就这样的，自然很少，所以鸽贩常常作假，硬插上一两根，或拔去些，是常有的事。这类中又有变种：玉翅而有白尾的，比如一只黑鸽而有左七右八的白翅翎，同时又是白尾，便叫作三块玉。灰的、紫的，也能这样。要是连头也是白的呢便叫作四块玉了。四块玉是较比有些价值的。

在这四大类之外，还有许多杂色的鸽。如鹤袖，如麻背，都有些价值，可不怎么十分名贵。在北平，差不多是以上述的四大类为主。新种随时有，也能时兴一阵，可都不如这四类重要与长远。

就这四大类说，紫的老比别的颜色高贵。紫色儿不容易长到好处，太深了就遭猪血之诮，太浅了又黄不唧的寒酸。况且还容易长"花了"呢，特别是在尾巴上，翎的末端往往露出白来，像一块癣似的，把个尾巴就毁了。

紫以下便是黑，其次为灰。可是灰色如只是一点，如灰头、灰环，便又可贵了。

这些鸽中，以点子和乌为"古典的"。它们的价值似乎永远不变，虽然普通，可是老是鸽群之主。这么说吧，飞起四十只鸽，其中有过半的点子和乌，而杂以别种，便好看。反之，则不好看。要是这四十只都是点子，或都是乌，或点子与乌，便能有顶好的阵容。你几乎不能飞四十只环或玉翅。想想看吧：点子是全身雪白，而有个黑或紫的尾，飞起来像一群玲珑的白鸥；及至一翻身呢，那黑或紫的尾给这轻洁的白衣一个色彩深厚的裙儿，既轻妙而又厚重。假若是太阳在西边，而东方有些黑云，那就太美了：白翅在黑云下自然分外的白了；一斜身儿呢，黑尾或紫尾——最好是紫尾——迎着阳光闪起一些金光来！点子如是，乌也如是。白尾巴的，无论长得多么体面，飞起来没这种美妙，要不怎么不大值钱呢。铁翅乌或铜翅乌飞起来特别的好看，像一朵花，当中一块白，前后左右都镶着黑或紫，他使人觉得安闲舒适。可是铜翅乌几乎永远不飞，飞不起，贱的也是几十块钱一对儿吧。玩鸽子是满天飞洋钱的事儿，洋钱飞起却是不如在手里牢靠的。

可是，鸽子的讲究儿不专在飞，正如女子出头露脸不专仗着能跑五十米。它得长得俊。先说头吧，平头或峰头（峰读如凤；也许就是凤，而不是峰），便决定了身价的高低。所谓峰头或凤头的，是在头上有一撮立着的毛；

平头是光葫芦。自然凤头的是更美，也更贵。峰——或凤——不许有杂毛，黑便全黑，紫便全紫，挽着白的便不够派儿。它得大，而且要像个荷包似的向里包包着。鸽贩常把峰的杂毛剔去，而且把不像荷包的收拾得像荷包。这样收拾好的峰，就怕鸽子洗澡，因为那好看的头饰是用胶粘的。

头最怕鸡头，没有脑杓儿，楞头磕脑的不好看。头须像算盘子儿，圆忽忽的，丰满。这样的头，再加上个好峰，便是标准美了。

眼，得先说眼皮。红眼皮的如害着眼病，当然不美。所以要强的鸽子得长白眼皮。宽宽的白眼皮，使眼睛显着大而有神。眼珠也有讲究，豆眼、隔棱眼，都是要不得的。可惜我离开鸽子们已念多年，形容不上来豆眼等是什么样子了；有机会到北平去住几天，我还能把它们想起来，到鸽市去两趟就行了。

嘴也很要紧。无论长得多么体面的鸽，来个长嘴，就算完了事。要不怎么，有的鸽虽然很缺少，而总不能名贵呢；因为这种根本没有短嘴的。鸽得有短嘴！厚厚实实的，小墩子嘴，才好看。

头部以外，就得论羽毛如何了。羽毛的深浅，色的支配，都有一定的。老虎帽的帽长到何处，虎头的黑或紫毛应到胸部的何处，都不能随便。出一个好鸽与出一个美人都是历史的光荣。

身的大小，随鸽而异。羽色单调一些的，像紫箭等，自然是越大越蠢，所以以短小玲珑为贵。像点子与乌什么的，个子大一点也不碍事。不过，嘴儿短，长得娇秀，自然不会发展得很粗大了，所以美丽的鸽往往是小个儿。

大个子的，长嘴儿的，可也有用处。大个子的身强力壮翅子硬，能飞，能尾上戴鸽铃，所以它们是空中的主力军。别的鸽子好看，可供地上玩赏；这些老粗儿们是飞起来才见本事，故尔也还被人爱。长翅儿也有用，孵小鸽子是它们的事；它们的嘴长，"喷"得好——小鸽不会自己吃东西，得由老鸽嘴对嘴的"喷"。再说呢，喷的时候，老的胸部羽毛便糙了；谁也不肯这么牺牲好鸽。好鸽下的蛋，总被人拿来交与丑鸽去孵，丑鸽本来不值钱，身上糙旧一点也没关系。要作鸽就得美呀，不然便很苦了。

有的丑鸽，仿佛知道自己的相貌不扬，便长点特别的本事以与美鸽竞争。有力气戴大鸽铃便是一例。可是有力气还不怎样新奇，所以有的能在空中翻跟头。会翻跟头的鸽在与朋友们一块飞起的时候，能飞着飞着便离群而翻几个跟头，然后再飞上去加入鸽群，然后又独自翻下来。这很好看，假若他是白色的，就好像由蓝空中落下一团雪来似的。这种鸽的身体很小，面貌可不见得美。他有个标帜，即在项上有一小撮毛儿，倒长着。这一撮倒毛儿好像老在那儿说："你瞧，我会翻跟头！"这种鸽还有个特点，脚上有毛儿，像诸葛亮的羽扇似的。一走，便扑喳扑喳的，很有神气。不会翻跟头的可也有时候长着毛脚。这类鸽多半是全灰全白或全黑的。羽毛不佳，可是有本事呢。

为养毛脚鸽，须盖灰顶的房，不要瓦。因为瓦的棱儿往往伤了毛脚而流出血来。

哎呀！我说"先说鸽子"，已经三千多字了，还没说完！好吧，下回接着说鸽子吧，假若有人爱听。我的题目《小动物们》，似乎也有加上个"鸽"的必要了。

（原载 1935 年 3 月《人间世》第 24 期）

小动物们（鸽）续

养鸽正如养鱼养鸟，要受许多的辛苦。"不苦不乐"，算是说对了。不过，养鱼养鸟较比养鸽还和平一些；养鸽是斗气的事儿。是，养鸟也有时候怄气，可鸟儿究竟是在笼子里，跟别的鸟没有直接的接触。鸽子是满天飞的。张家的也飞，李家的也飞，飞到一处而裹乱了是必不可免的。这就得打架。因此，玩别的小玩艺用不着法律，养鸽便得有。这些法律虽不是国家颁布的，可是在玩鸽的人们中间得遵守着。比如说吧，我开始养鸽子，我就得和四邻的"鸽家"们开谈判。交情好的呢，可以规定：彼此谁也不要谁的鸽；假若我的鸽被友家裹了去，他还给我送回来；我对他也这样。这就免去许多战争。假若两家说不来呢，那就对不起了，谁得着是谁的，战争可就无可避免了。有这样的敌人，养鸽等于斗气。你不飞，我也不飞；你的飞起来，我的也马上飞起去，跟你"撞"！"撞"很过瘾，两个鸽阵混成一团，合而复分，分而复合；一会儿我"拉过"你的来，一会儿你又"拉过"我的去，如看拔河一样起劲。谁要是能"得过"一只来，落在自己的房上，便设法用粮食引诱下来，算作自己的战胜品。可是，俘虏是在房上，时时可以飞去；我可就下了毒手，用弩打下来，假若俘虏不受引诱而要逃走。打可得有个分寸，手法要好，讲究恰好打在——用泥弹——鸽的肩头上。肩头受伤，没有性命的危险，可是失了飞翔的能力。于是滚下房来，我用网接住；将养几天，便能好过来。手法笨的，弹中胸部，便一命呜呼；或是弹子虚发，把鸽惊走，是谓泄气。

"撞"实过瘾，可也别扭，我没法训练新鸽与小鸽了。新鸽与小鸽必须有相当的训练才认识自己的家，与见阵不迷头。那么，我每放起鸽去，敌人也必调动人马，那我简直没有训练新军的机会；大胆放出生手，准保叫人家给拉了去。于是，我得早早的起，敛旗息鼓的，一声不出的，去操练新军。敌人也会早起呀，这才真叫怄气！得设法说和了，要不然简直得出人命了。

哼，说和却不容易。比如我只有三十只能征惯战的鸽，而敌人有八十只，他才不和我开和平会议呢。没办法，干脆搬家吧。对这样的敌人，万幸我得过他一只来，我必定拿到鸽市去卖；不为钱，为是羞辱他。他也准知道我必到鸽市去，而托鸽贩或旁人把那只买回去，他自己没脸来和我过话。

即使没这种战争，养鸽也非养气之道；鸽时时使你心跳。这么说吧，我有点事要出门，刚走到巷口，见天上有只鸽，飞得两翅已疲，或是惊惶不定，显系飞迷了头；我不能漏这个空，马上飞跑回家，放起我的鸽来裹住这只宝贝。有天大的事也得放下。其实得到手中，也许是只最老丑的糟货，可是多少是个幸头，不能轻易放过。养鸽的人是"满天飞洋钱，两脚踩狗屎"，因为老仰首走路也。

训练幼鸽也是很难放心的事，特别是经自己的手孵出来的。头几次飞，简直没把握，有时候眼看着你自己家中孵出的幼鸽，飞到别家去，其伤心不亚于丢失了儿女。

最难堪的是闹"鸦虎子"。"鸦虎子"是一种小鹰，秋冬之际来驻北平，专欺侮鸽子。在这个时节，养鸽的把鸽铃都撤下来，以免鸦虎闻声而来，在放鸽以前，要登高一望，看空中有无此物。及至鸽已飞起，而神气不对，忽高忽低，不正经着飞，便应马上"垫"起一只，使大家落下，以免危险；大概远处有了那个东西。不幸而鸦虎已到，那只有跺脚，而无办法。鸦虎子捉鸽的方法是把鸽群"托"到顶高，高得几乎像燕子那么小了，它才绕上去，单捉一只。它不忙，在鸽群下打旋，鸽们只好往高处飞了。越飞越高，越飞越乏；然后鸦虎猛的往高处一钻，鸽已失魂，紧跟着它往下一"砸"，群鸽屁滚尿流，一直的往下掉。可是鸦虎比它们快。于是空中落下一些羽毛，它捉住一只，找清静地方去享受。其余的幸得逃命，不择地而落，不定都落到哪里去呢！幸而有几只碰运气落在家中的房上，亦只顾喘息，如呆如痴，非常的可怜。这个，从始至终，养鸽的是目不敢瞬的看着；只是看着，一点办法没有！鸦虎已走，养鸽的还得等着，等着失落的鸽们回来。一会儿飞回来一只，又待一会儿又回来一只。可是等来等去，未必都能回来，因惊破了胆的鸽是很容易被别家得去的。检点残军，自叹晦气，堂堂七尺之躯会干不过个小小的鸦虎子！

普通的飞法是每天飞三次，每飞一次叫作"一翅儿"。三次的支配大概是每日的早晚中三时，这随天气的冷暖而变动。夏日太热，早晚为宜，午间即不放鸽；冬日自然以午间为宜，因为暖和些。夏天的鸽阵最好看，高处较凉一些，鸽喜高飞；而且没有鸦虎什么的，鸽飞得也稳；鸦虎是到别处去避暑了。每要飞一翅儿，是以长竿——竿头拴些碎布或鸡毛——一挥，鸽即飞起。飞起的都是熟鸽，不怕与别家的"撞"。其中最强者，尾系鸽铃，为全军奏乐。飞起来，先擦着房，而后渐次高升，以家中为中心来回的旋转。鸽不在多少，飞起来讲究尾彩配合的好，"盘儿"——即鸽阵——要密，彼此的距离短而旋转得一致。这样有盘儿有精神，悦目。盘儿大而松懈，东一个西一个的乱飞，则招人讥诮。当盘儿飞到相当的时间，则当把生鸽或幼鸽掷于房上，盘儿见此，则往下飞。如欲训练生鸽或幼鸽，即当盘儿下落之际续入，随盘儿飞转几圈，就一齐落于房上，以免丢失。以一鸽或二鸽掷于房上，招盘儿下来，叫做"垫"。

老鸽不限于随盘儿飞，有时被主人携到十数里之外去放，仍能飞回来。

有时候卖出去，过一两月还能找到了老家。

养鸽的人家，房脊上摆琉璃瓦两三块，一黄二绿，或二绿一黄，以作标帜。鸽们记得这个颜色与摆法，即不往生地方落。

新鸽买来，用线拢住翅儿，以防飞走。过几天，把翅儿松开些，使能打扑噜而不能高飞，掷之房上，使它认识环境。再过几天，看鸽性是强烈还是温柔而决定松绑的早晚。老鸽绑的日久，幼鸽绑的期短。松绑以后，就可以试着训练了。

鸽食很简单，通常都用高粱。到换毛的时候或极冷的时候才加些料豆儿。每天喂鸽最好有一定的次数。

住处也不须怎么讲究，普通的是用苇扎成个栅子，栅里再砌起窝来，每一窝放一草筐，够一对鸽住的。最要紧的是要干燥和安全。窝门不结实，或砌的不好，黄鼠狼就会半夜来偷鸽吃。窝干燥清洁，鸽不易得病；如得起病来，传染的很快，那可了不得。

该说鸽市。

对于鸽的食水，我没详说，因为在重要的点上大家虽差不多，可是每人都有自己的手法，不能完全相同；既是玩吗，个人总设法证明自己的方法最好。谈到鸽市，规矩可就是普通的了，示奇立异是行不通的。

在我幼时，天天有鸽市。我记得好像是这样：逢一五是在护国寺的后身，二六是在北新桥，三是土地庙，四是花市，七八是西城车儿胡同，九十是隆福寺外。每逢一五，是否在护国寺后身，我不敢说准了；想了半天，也想不起来。

鸽贩是每天必上市的。他们大约可分三种：第一种是阔手，只简单的拿着一个鸽笼，专买卖中上等的鸽子。第二种，挑着好几个笼，好歹不论，有利就买就卖。第三种是专买破鸽雏鸽与鸽蛋——送到饭庄当菜用，我最不喜欢这第三种，鸽子一到他们手里就算无望了。顶可怜是雏鸽，羽毛还没长全，可是已能叫人看出是不成材料的货，便入了死笼。雏鸽哆嗦着，被别的鸽压在笼底上，极细弱的叫着！再过几点钟便成了盘中的菜了。

此外，还有一种暗中作买卖而不叫别人知道的，这好像是票友使黑杵，虽已拿钱而不明言。这种人可不甚多。

养鸽的人到市上去，若是卖鸽，便也是提笼。若是去买鸽，既不知准能买到与否，自然不必拿着笼去。只去卖一二只鸽，或是买到一二只，既未提笼，就用手绢捆着鸽。

买鸽的时候，不见得准买一对。家中有只雄的，没有伴儿，便去买只雌的；或者相反。因此，卖鸽的总说"公儿欢，母儿消"。所谓"欢"者，就是公鸽正想择配，见着雌的便咕咕的叫着追求。所谓"消"者，是雌鸽正想出嫁，有公鸽向她求爱，她就点头接受。买到欢公或消母，拿到家中即能马上结婚，不必费事。欢与消可以——若是有笼——当面试验。可是，市上的鸽未必雄的都欢，雌的都消。况且有时两雄或两雌放在一处而充作一对儿卖。这可就得看买主的眼睛了。你本想去买一只欢公，而市上没有；可是有一只，虽不欢，但是合你的意。那么，也就得买这一只；现在不欢，过几天也许就欢起来。你怎么知道那是个公的呢？为买公鸽而去，却买了只母的回来，岂不窝囊得慌！市上是不甚讲道德的，没眼睛的就要受骗。

看鸽是这样的：把鸽拿在左手中，拢着鸽的翅与腿，用右手去托一托鸽的胸。鸽在此时，如瞪眼，即是公；眨眼的，即是母。头大的是公，头小的是母。除辨别公母，鸽在手中也能觉出挺拔与否。真正的行家，拿起鸽来，还能看出鸽的血统正不正来，有的鸽，外表很好，而来路不正，将来下蛋孵窝，未必还能出好鸽。这个，我可不大深知；我没有多少经验。

看完了头部，要用手将一将鸽翅，看翅活动与否，有力没有，与是否有伤——有的鸽是被弩弹打过而翅子僵硬不灵的。对于峰，尾，都要吹一吹，细看看；恐怕是假作的。都看好了，才讲价钱。半日之中，鸽受罪不少。所以真正好鸽，如鸽市上去卖，便放在笼内，只准看，不准动手。这显着硬气，可是鸽子的身分得真高；假如弄只破鸽而这么办，必会被人当笑话说。还有呢，好鸽保养的好，身上有一层白霜，像葡萄霜儿那样好看，经手一摸，便把霜儿蹭了去；所以不许动手。可是好鸽上市，即使不许人动，在笼中究竟要受损失，尾巴是最易磨坏的。所以要出手好鸽往往把买主请到家中来看，根本不到市上去。因此，市上实在见不着什么值钱的鸽子。

关于鸽，我想起这么些儿来，离详尽还远得很呢。就是这一点，恐怕还有说错了的地方；二十多年前的事是不易老记得很清楚的。

现在，粮食贵，有闲的人也少了，恐怕就还有养鸽的也不似先前那样讲究了。可是这也没什么可惜。我只是为述说而述说，倒不提倡什么国鸟国鸽的。

（原载 1935 年 4 月《人间世》第 26 期）

春　风

　　济南与青岛是多么不相同的地方呢！一个设若比作穿肥袖马褂的老先生，那一个便应当是摩登的少女。可是这两处不无相似之点。拿气候说吧，济南的夏天可以热死人，而青岛是有名的避暑所在；冬天，济南也比青岛冷。但是，两地的春秋颇有点相同。济南到春天多风，青岛也是这样；济南的秋天是长而晴美，青岛亦然。

　　对于秋天，我不知应爱哪里的：济南的秋是在山上，青岛的是海边。济南是抱在小山里的；到了秋天，小山上的草色在黄绿之间，松是绿的，别的树叶差不多都是红与黄的。就是那没树木的山上，也增多了颜色——日影、草色、石层，三者能配合出种种的条纹，种种的影色。配上那光暖的蓝空，我觉到一种舒适安全，只想在山坡上似睡非睡的躺着，躺到永远。青岛的山——虽然怪秀美——不能与海相抗，秋海的波还是春样的绿，可是被清凉的蓝空给开拓出老远，平日看不见的小岛清楚的点在帆外。这远到天边的绿水使我不愿思想而不得不思想；一种无目的的思虑，要思虑而心中反倒空虚了些。济南的秋给我安全之感，青岛的秋引起我甜美的悲哀。我不知应当爱哪个。

　　两地的春可都被风给吹毁了。所谓春风，似乎应当温柔，轻吻着柳枝，微微吹皱了水面，偷偷的传送花香，同情的轻轻掀起禽鸟的羽毛。济南与青岛的春风都太粗猛。济南的风每每在丁香海棠开花的时候把天刮黄，什么也看不见，连花都埋在黄暗中，青岛的风少一些沙土，可是狡猾，在已很暖的时节忽然来一阵或一天的冷风，把一切都送回冬天去，棉衣不敢脱，花儿不敢开，海边翻着愁浪。

　　两地的风都有时候整天整夜的刮。春夜的微风送来雁叫，使人似乎多些希望。整夜的大风，门响窗户动，使人不英雄的把头埋在被子里；即使无害，也似乎不应该如此。对于我，特别觉得难堪。我生在北方，听惯了风，可也最怕风。听是听惯了，因为听惯才知道那个难受劲儿。它老使我坐卧不安，心中游游摸摸的，干什么不好，不干什么也不好。它常常打断我的希望：听见风响，我懒得出门，觉得寒冷，心中渺茫。春天仿佛应当有生气，应当有花草，这样的野风几乎是不可原谅的！我倒不是个弱不禁风的人，虽然身体不很足壮。我能受苦，只是受不住风。别种的苦处，多少是在一个地方，多少有个原因，多少可以设法减除；对风是干没办法。总不在一个地方，到处随时使我的脑子晃动，像怒海上的船。它使我说不出为什么苦痛，而且没法子避免。它自由的刮，我死受着苦。我不能和风去讲理或吵架。单单在春天刮这样的风！可是跟谁讲理去呢？苏杭的春天应当没有这不得人心的风吧？我不准知道，而希望如此。好有个地方去"避风"呀！

（原载 1935 年 3 月 24 日《益世报》）

何容何许人也

　　粗枝大叶的我可以把与我年纪相仿佛的好友们分为两类。这样的分类可是与交情的厚薄一点也没关系。第一类是因经济的压迫或别种原因，没有机会充分发展自己的才力，到二十多岁已完全把生活放在挣钱养家，生儿养女等等上面去。他们没工夫读书，也顾不得天下大事，眼睛老钉在自己的忧喜得失上。他们不仅不因此而失去他们的可爱，而且可羡慕，因为除非遇上国难或自己故意作恶，他们总是苦乐相抵，不会遇到什么大不幸。他们不大爱思想，所以喝杯咸菜酒也很高兴。

　　第二类差不多都是悲剧里的角色。他们有机会读书；同情于，或参加过，革命；知道，或想去知道，天下大事；会思想或自己以为会思想。这群朋友几乎没有一位快活的。他们的生年月日就不对：都生在前清末年，现在都在三十五与四十岁之间。礼义廉耻与孝悌忠信，在他们心中还有很大的分量。同时，他们对于新的事情与道理都明白个几成。以前的作人之道弃之可惜，于是对于父母子女根本不敢作什么试验。对以后的文化建设不愿落在人后，可是别人革命可以发财，而他们革命只落个"忆昔当年……"。他们对于一切负着责任：前五百年，后五百年，全属他们管。可是一切都不管他们，他们是旧时代的弃儿，新时代的伴郎。谁都向他们讨税，他们始终就没有二亩地，这些人们带着满肚子的委屈，而且还得到处扬着头微笑，好像天下与自己都很太平似的。

　　在这第二类的友人中，有的是徘徊于尽孝呢，还是为自己呢？有的是享受呢，还是对家小负责呢？有的是结婚呢，还是保持个人的自由呢？……花样很多，而其基本音调是一个——徘徊、迟疑、苦闷。他们可是也并不敢就干脆不挣扎，他们的理智给感情画出道儿来，结果呢，还是努力的维持旧局面吧，反正得站一面儿，那么就站在自幼儿习惯下来的那一面好啦。这可不是偷懒，捡着容易的作，也不是不厌恶旧而坏的势力，而实在需要很大的勉强或是——说得好听一点——牺牲；因为他们打算站在这一面，便无法不舍掉另一面，而这个另一面正自带着许多媚人的诱惑力量。

　　何容兄是这样朋友中的一位代表。在革命期间，他曾吃过枪弹：幸而是打在腿上，所以现在还能"不"革命的活着。革命吧，不革命吧，他的见解永不落在时代后头。可是在他的行为上，他比提倡尊孔的人还更古朴，这里所指的提倡尊孔者还是那真心想翼道救世的。他没有一点"新"气，更提不到"洋"气。说卫生，他比谁都晓得。但是他的生活最没规律：他能和友人们一谈谈到天亮，他决不肯只陪到夜里两点。可有一点，这得看是什么朋友；他要是看谁不顺眼，连一分钟也不肯空空的花费。他的"古道"使他柔顺像个羊，同时能使他硬如铁。当他硬的时候，不要说巴结人，就是泛泛的敷衍一下也不肯。在他柔顺的时候，他的感情完全受着理智的调动：比如说友人的小孩病得要死，他能昼夜的去给守着，而面上老是微笑，希望他的笑能减少友人一点痛苦；及至友人们都睡了，他才独对着垂死的小儿落泪。反之，对于他以为不是东西的人，他全任感情行事，不管人家多么难堪。他"承认"了谁，谁就是完人；有了错过他也要说而张不开口。他不承认谁，乘早不必讨他的厌去。

怎样能被他"承认"呢？第一个条件是光明磊落。所谓光明磊落就是一个人能把旧礼教中那些舍己从人的地方用在一切行动上。而且用得自然单纯，不为着什么利益与必期的效果。他不反对人家讲恋爱，可是男的非给女的提着小伞与低声下气的连唤"嘀耳"不可，他便受不住了，他以为这位先生缺乏点丈夫气概。他不是不明白在"追求"期间这几乎是照例的公事，可是他遇到这种事儿，便夸大的要说他的话了："我的老婆给我扛着伞，能把人碰个跟头的大伞！"他，真的，不让何太太扛伞。真的，他也不能给她扛伞。他不佩服打老婆的人，加倍的不佩服打完老婆而出来给她提小伞的人，后者不光明磊落。

光明磊落使他不能低三下四的求爱，使他穷，使他的生活没有规律，使他不能多写文章——非到极满意不肯寄走，改，改，改，结果文章失去自然的风趣。作什么他都出全力，为是对得起人，而成绩未必好。可是他愿费力不讨好，不肯希望"歪打正着"。他不常喝酒，一喝起来他可就认了真，喝酒就是喝酒；醉？活该！在他思索的时候，他是心细如发。他以为不必思索的事，根本不去思索，譬如喝酒，喝就是了，管它什么。他的心思忽细忽粗，正如其为人忽柔忽硬。他并不是疯子，但是这种矛盾的现象，使他"阔"不起来。对于自己物质的享受，他什么都能将就；对于择业择友，一点也不将就。他用消极的安贫去平衡他所不屑的积极发展。无求于人，他可以冷眼静观宇宙了，所以他幽默。他知道自己矛盾，也看出世事矛盾，他的风凉话是含着这双重的苦味。

是的，他不像别的朋友们那样有种种无法解决的，眼看着越缠越紧而翻不起身的事。以他来比较他们，似乎他还该算个幸运的。可是我拿他作这群朋友的代表。正因为他没有显然的困难，他的悲哀才是大家所必不能避免的，不管你如何设法摆脱。显然的困难是时代已对个人提出清账，一五一十，清清楚楚。他的默默悲哀是时代与个人都微笑不语，看到底谁能再敷衍下去。他要想敷衍呢，他便须和一切妥协：旧东西中的好的坏的，新东西中的好的坏的，一齐等着他给喊好；只要他肯给它们喊好，他就颇有希望成为有出路的人。他不能这么办。同时他也知道毁坏了自己并不是怎样了不得的事，他不因不妥协而变成永不洗脸的名士。革命是有意义的事，可是他已先偏过了。怎办呢？他只交下几个好朋友，大家到一块儿，有的说便说，没的说彼此就愣着也好。他也教书，也编书，月间进上几十块钱就可以过去。他不讲穿，不讲究食住，外表上是平静沉默，心里大概老有些人家看不见的风浪。真喝醉了的时候也会放声的哭，也许是哭自己，也许是哭别人。

他知道自己的毛病，所以不吹腾自己的好处。不过，他不想改他的毛病，因为改了毛病好像就失去些硬劲儿似的。努力自励的人，假若没有脑子，往往比懒一些的更容易自误人。何容兄不肯拿自己当个猴子耍给人家看。好，坏，何容是何容：他的微笑似乎表示着这个。对好友们，他才肯说他的毛病，像是："起居无时，饮食无节，衣冠不整，礼貌不周，思而不学，好求甚解而不读书……"只有他自己才能说得这么透彻。催他写文章，他不说忙，而是"慢与忙有关系，因优故忙"。因为"作文章像暖房里人工孵鸡，鸡孵出来了，人得病一场！"

他若穿起军服来，很像个营里的书记长。胸与肩够宽，可惜脸上太白了些，不完全像个兵。脸白，可并不美。穿起蓝布大衫，又像个学校里不拿事的庶务员。面貌与服装都没什么可说，他的态度才是招人爱的地方，老是安安稳稳，不慌不忙，不多说话，但说出来就得让听者想那么一会儿。香烟不离口；酒不常喝，而且喝多了在两天之后才现醉像——这使朋友们视他为"异人"；他自己也许很以此自豪，虽然"晚醉"和"早醉"是一样受罪的。他喜爱北平，大概最大的原因是北平有几位说得来的朋友。

（原载 1935 年 12 月《人间世》第 41 期）

何容何许人也

老舍

37

青岛与山大

　　北中国的景物是由大漠的风与黄河的水得到色彩与情调：荒、燥、寒、旷、灰黄，在这以尘沙为雾，以风暴为潮的北国里，青岛是颗绿珠，好似偶然的放在那黄色地图的边儿上。在这里，可以遇见真的雾，轻轻的在花林中流转，愁人的雾笛仿佛像一种特有的鹃声。在这里，北方的狂风还可以袭人激起的却是浪花；南风一到，就要下些小雨了。在这里，春来的很迟，别处已是端阳，这里刚好成为锦绣的乐园，到处都是春花。这里的夏天根本用不着说，因为青岛与避暑永远是相联的。其实呢，秋天更好：有北方的晴爽，而不显着干燥，因为北方的天气在这里被海给软化了；同时，海上的湿气又被凉风吹散，结果是天与海一样的蓝，湿与燥都不走极端；虽然大雁还是按时候向南飞，可是此地到菊花时节依然是很暖和的。在海边的微风里，看高远深碧的天上飞着雁字，真能使人暂时忘了一切，即使欲有所思，大概也只有赞美青岛吧。冬天可实在不能令人满意，有相当的冷，也有不小的风。但是，这里的房屋不像北平的那样以纸糊窗，街道上也没有尘土，于是冷与风的厉害就减少了一些。再说呢，夏季的青岛是中外有钱有闲的人们的娱乐场所，因为他们与她们都是来享福取乐，所以不惜把壮丽的山海弄成烟酒香粉的世界。到了冬天，他们与她们都另寻出路，把山海自然之美交给我们久住青岛的人。雪天，我们可以到栈桥去望那美若白莲的远岛；风天，我们可以在夜里听着寒浪的击荡。就是不风不雪，街上的行人也不甚多，到处呈现着严肃的气象，我们也可以吐一口气，说：这是山海的真面目。

　　一个大学或者正像一个人，他的特色总多少与它所在的地方有些关系。山大虽然成立了不多年，但是它既在青岛，就不能不带些青岛味儿。这也就是常常引起人家误解的地方。一般的说，人们大概会这样想：山大立在青岛恐怕不大合适吧？舞场，咖啡馆，电影院，浴场……在花花世界里能安心读书吗？这种因爱护而担忧的猜想，正是我们所愿解答的。在前面，我们叙述了青岛的四时：青岛之有夏，正如青岛之有冬；可是一般人似乎只知其夏，不知其冬，猜测多半由此而来。说真的，山大所表现的精神是青岛的冬。是呀，青岛忙的时候也是山大忙的时候，学会咧，参观团咧，讲习会咧，有时候同时借用山大作会场或宿舍，热忙非常。但这总是在夏天，夏天我们也放假呀。当我们上课的期间，自秋至冬，自冬至初夏，青岛差不多老是静寂的。春山上的野花，秋海上的晴霞，是我们的，避暑的人们大概连想也没想到过。至于冬日寒风恶月里的寂苦，或者也只有我们的读书声与足球场上的欢笑可与相抗；稍微贪点热闹的人恐怕连一个星期也住不下去。我常说，能在青岛住过一冬的，就有修仙的资格。我们的学生在这里一住就是四冬啊！他们不会在毕业时候都成为神仙——大概也没人这样期望他们——可是他们的静肃态度已经养成了。一个没到过山大的人，也许容易想到，青岛既是富有洋味的地方，当然山大的学生也得洋服唰当的，像些华侨子弟似的。根本没有这一回事。山大的校舍是昔年的德国兵营，虽然在改作学校之后，院中铺满短草，道旁也种上了玫瑰，可是它总脱不了营房的严肃气象。学校的后面左面都是小山，挺立着一些青松，我们每天早晨一抬头就看见山石与松林之美，但不是柔媚的那一种。学校里我们设若打扮得怪漂亮的，即使没人多看两眼，也觉得仿佛有些不得劲儿。整个的严肃空气不许我们漂亮，到学校外去，依然用不着修饰。六七月之间，此处固然是万紫千红，士女如云，好一片摩登景象了。可是过了暑期，海边上连个人影也没有；我们大概用不着花花绿绿的去请白鸥与远帆来看吧？因此，山大虽在青岛，而很少洋味儿，制服以外，蓝布大衫是第二制服。就是在六七月最热闹的时候，我们还是如此，因为朴素成了风气，蓝布大衫一穿大有"众人摩登我独古"的气概。

还有呢，不管青岛是怎样西洋化了的都市，它到底是在山东。"山东"二字满可以用作朴俭静肃的象征，所以山大——虽然学生不都是山东人——不但是个北方大学，而且是北方大学中最带"山东"精神的一个。我们常到崂山去玩，可是我们的眼却望着泰山，仿佛是。这个精神使我们朴素，使我们能吃苦，使我们静默。往好里说，我们是有一种强毅的精神；往坏里讲，我们有点乡下气。不过，即使我们真有乡下气，我们也会自傲的说，我们是在这儿矫正那有钱有闲来此避暑的那种奢华与虚浮的摩登，因为我们是一群"山东儿"——虽然是在青岛，而所表现的是青岛之冬。

至于沿海上停着的各国军舰，我们看见的最多，此地的经济权在谁何之手，我们知道的最清楚；这些——还有许多别的呢——时时刻刻刺激着我们，警告着我们，我们的外表朴素，我们的生活单纯，我们却有颗红热的心。我们眼前的青山碧海时时对我们说：国破山河在！于此，青岛与山大就有了很大的意义。

（原载 1936 年《山大年刊》）

想北平

　　设若让我写一本小说，以北平作背景，我不至于害怕，因为我可以捡着我知道的写，而躲开我所不知道的。让我单摆浮搁的讲一套北平，我没办法。北平的地方那么大，事情那么多，我知道的真觉太少了，虽然我生在那里，一直到廿七岁才离开。以名胜说，我没到过陶然亭，这多可笑！以此类推，我所知道的那点只是"我的北平"，而我的北平大概等于牛的一毛。

　　可是，我真爱北平。这个爱几乎是要说而说不出的。我爱我的母亲。怎样爱？我说不出。在我想作一件讨她老人家喜欢的时候，我独自微微的笑着；在我想到她的健康而不放心的时候，我欲落泪。言语是不够表现我的心情的，只有独自微笑或落泪才足以把内心揭露在外面一些来。我之爱北平也近乎这个。夸奖这个古城的某一点是容易的，可是那就把北平看得太小了。我所爱的北平不是枝枝节节的一些什么，而是整个儿与我的心灵相粘合的一段历史，一大块地方，多少风景名胜，从雨后什刹海的蜻蜓一直到我梦里的玉泉山的塔影，都积凑到一块，每一小的事件中有个我，我的每一思念中有个北平，这只有说不出而已。

　　真愿成为诗人，把一切好听好看的字都浸在自己的心血里，像杜鹃似的啼出北平的俊伟。啊！我不是诗人！我将永远道不出我的爱，一种像由音乐与图画所引起的爱。这不但是辜负了北平，也对不住我自己，因为我的最初的知识与印象都得自北平，它是在我的血里，我的性格与脾气里有许多地方是这古城所赐给的。我不能爱上海与天津，因为我心中有个北平。可是我说不出来！

　　伦敦，巴黎，罗马与堪司坦丁堡，曾被称为欧洲的四大"历史的都城"。我知道一些伦敦的情形；巴黎与罗马只是到过而已；堪司坦丁堡根本没有去过。就伦敦，巴黎，罗马来说，巴黎更近似北平——虽然"近似"两字要拉扯得很远——不过，假使让我"家住巴黎"，我一定会和没有家一样的感到寂苦。巴黎，据我看，还太热闹。自然，那里也有空旷静寂的地方，可是又未免太旷；不像北平那样既复杂而又有个边际，使我能摸着——那长着红酸枣的老城墙！面向着积水潭，背后是城墙，坐在石上看水中的小蝌蚪或苇叶上的嫩蜻蜓，我可以快乐的坐一天，心中完全安适，无所求也无可怕，像小儿安睡在摇篮里。是的，北平也有热闹的地方，但是它和太极拳相似，动中有静。巴黎有许多地方使人疲乏，所以咖啡与酒是必要的，以便刺激；在北平，有温和的香片茶就够了。

论说巴黎的布置已比伦敦罗马匀调的多了，可是比上北平还差点事儿。北平在人为之中显出自然，几乎是什么地方既不挤得慌，又不太僻静：最小的胡同里的房子也有院子与树；最空旷的地方也离买卖街与住宅区不远。这种分配法可以算——在我的经验中——天下第一了。北平的好处不在处处设备得完全，而在它处处有空儿，可以使人自由的喘气；不在有好些美丽的建筑，而在建筑的四围都有空闲的地方，使它们成为美景。每一个城楼，每一个牌楼，都可以从老远就看见。况且在街上还可以看见北山与西山呢！

好学的，爱古物的，人们自然喜欢北平，因为这里书多古物多。我不好学，也没钱买古物。对于物质上，我却喜爱北平的花多菜多果子多。花草是种费钱的玩艺，可是此地的"草花儿"很便宜，而且家家有院子，可以花不多的钱而种一院子花，即使算不了什么，可是到底可爱呀。墙上的牵牛，墙根的靠山竹与草茉莉，是多么省钱省事而也足以招来蝴蝶呀！至于青菜，白菜，扁豆，毛豆角，黄瓜，菠菜等等，大多数是直接由城外担来而送到家门口的。雨后，韭菜叶上还往往带着雨时溅起的泥点。青菜摊子上的红红绿绿几乎有诗似的美丽。果子有不少是由西山与北山来的，西山的沙果，海棠，北山的黑枣，柿子，进了城还带着一层白霜儿呀！哼，美国的橘子包着纸；遇到北平的带霜儿的玉李，还不愧杀！

是的，北平是个都城，而能有好多自己产生的花，菜，水果，这就使人更接近了自然。从它里面说，它没有像伦敦的那些成天冒烟的工厂；从外面说，它紧连着园林，菜圃与农村。采菊东篱下，在这里，确是可以悠然见南山的；大概把"南"字变个"西"或"北"，也没有多少了不得的吧。像我这样的一个贫寒的人，或者只有在北平能享受一点清福了。

好，不再说了吧；要落泪了，真想念北平呀！

（原载 1936 年 6 月 16 日《宇宙风》第 19 期）

想北平

老

舍

41

英国人

据我看，一个人即使承认英国人民有许多好处，大概也不会因为这个而乐意和他们交朋友。自然，一个有金钱与地位的人，走到哪里也会受欢迎；不过，在英国也比在别国多些限制。比如以地位说吧，假如一个作讲师或助教的，要是到了德国或法国，一定会有些人称呼他"教授"。不管是出于诚心吧，还是捧场；反正这是承认教师有相当的地位，是很显然的，在英国，除非他真正是位教授，绝不会有人来招呼他。而且，这位教授假若不是牛津或剑桥的，也就还差点劲儿。贵族也是如此，似乎只有英国国产贵族才能算数儿。

至于一个平常人，尽管在伦敦或其他的地方住上十年八载，也未必能交上一个朋友。是的，我们必须先交代明白，在资本主义的社会里，大家一天到晚为生活而奔忙，实在找不出闲工夫去交朋友；欧西各国都是如此，英国并非例外。不过，即使我们承认这个，可是英国人还有些特别的地方，使他们更难接近。一个法国人见着个生人，能够非常的亲热，越是因为这个生人的法国话讲得不好，他才越愿指导他。英国人呢，他以为天下没有会讲英语的，除了他们自己，他干脆不愿答理一个生人。一个英国人想不到一个生人可以不明白英国的规矩，而是一见到生人说话行动有不对的地方，马上认为这个人是野蛮，不屑于再招呼他。英国的规矩又偏偏是那么多！他不能想象到别人可以没有这些规矩，而另有一套；不，英国的是一切；设若别处没有那么多的雾，那根本不能算作真正的天气！

除了规矩而外，英国人还有好多不许说的事：家中的事，个人的职业与收入，通通不许说，除非彼此是极亲近的人。一个住在英国的客人，第一要学会那套规矩，第二要别乱打听事儿，第三别谈政治，那么，大家只好谈天气了，而天气又是那么不得人心。自然，英国人很有的说，假若他愿意：他可以讲论赛马、足球、养狗、高尔夫球等等；可是咱又许不大晓得这些事儿。结果呢，只好对愣着。对了，还有宗教呢，这也最好不谈。每个英国人有他自己开阔的到天堂之路，乘早儿不用惹麻烦。连书籍最好也不谈，一般的说，英国人的读书能力与兴趣远不及法国人。能念几本书的差不多就得属于中等阶级，自然我们所愿与谈论书籍的至少是这路人。这路人比谁的成见都大，那么与他们闲话书籍也是自找无趣的事。多数的中等人拿读书——自然是指小说了——当作一种自己生活理想的佐证。一个普通的少女，长得有个模样，嫁了个驶汽车的；在结婚之夕才证实了，他原来是个贵族，而且承袭了楼上有鬼的旧宫，专是壁上的挂图就值多少百万！读惯这种书的，当然很难想到别的事儿，与他们谈论书籍和捣乱大概没有什么分别。中上的人自然有些识见了，可是很难遇到啊。况且有些识见的英国人，根本在英国就不大被人看得起；他们连拜伦、雪莱、和王尔德还都逐出国外去，我们想跟这样人交朋友——即使有机会——无疑的也会被看作成怪物的。

我真想不出，彼此不能交谈，怎能成为朋友。自然，也许有人说：不常交谈，那么遇到有事需要彼此的帮忙，便丁对丁，卯对卯的去办好了；彼此有了这样干脆了当的交涉与接触，也能成为朋友，不是吗？是的，求人帮助是必不可免的事，就是在英国也是如此；不过英国人的脾气还是以能不求人为最好。他们的脾气即是这样，他们不求你，你也就不好意思求他了。多数的英国人愿当鲁滨孙，万事不求人。于是他们对别人也就不愿多伸手管事。况且，他们即使愿意帮忙你，他们是那样的沉默简单，事情是给你办了，可是交情仍然谈不到。当一个英国人答应了你办一件事，他必定给你办到。可是，跟他上火车一样，非到车已要开了，他不露面。你别去催他，他有他的稳当劲儿。等办完了事，他还是不理你，直等到你去谢谢他，他才微笑一笑。到底还是交不上朋友，无论你怎样上前巴结。假若你一个劲儿奉承他或讨他的好，他也许告诉你："请少来吧，我忙！"这自然不是说，英国就没有一个和气的人。不，绝不是。一个和气的英国人可以说是最有礼貌，最有心路，最体面的人。不过，他的好处只能使你钦佩他，他有好些地方使人不便和他套交情。他的礼貌与体面是一种武器，使人不敢离他太近了。就是顶和气的英国人，也比别人端庄的多；他不喜欢法国式的亲热——你可以看见两个法国男人互吻，可是很少见一个英国人把手放在另一个英国人的肩上，或搂着脖儿。两个很要好的女友在一块儿吃饭，设若有一个因为点儿原故而想把自己的菜让给友人一点，你必会听到那个女友说："这不是羞辱我吗？"男人就根本不办这样的傻事。是呀，男人对于让酒让烟是极普遍的事，可是只限于烟酒，他们不会肥马轻裘与友共之。

这样讲，好像英国人太别扭了。别扭，不错：可是他们也有好处。你可以永远不与他们交朋友，但你不能不佩服他们。事情都是两面的。英国人不愿轻易替别人出力，他可也不来讨厌你呀。他的确非常高傲，可是你要是也沉住了气，他便要佩服你。一般的说，英国人很正直。他们并不因为自傲而蛮不讲理。对于一个英国人，你要先估量估量他的身分，再看看你自己的价值，他要是像块石头，你顶好像块大理石；硬碰硬，而你比他更硬。他会承认他的弱点。他能够很体谅人，很大方，但是他不愿露出来；你对他也顶好这样。设若你准知道他要向灯，你就顶好也先向灯，他自然会向火；他喜欢表示自己有独立的意见。他的意见可老是意见，假若你说得有理，到办事的时候他会牺牲自己的意见，而应怎么办就怎么办。你必须知道，他的态度虽是那么沉默孤高，像有心事的老驴似的，可是他心中很能幽默一气。他不轻易向人表示亲热，可也不轻易生气，到他说不过你的时候，他会以一笑了之。这点幽默劲儿使英国人几乎成为可爱的了。他没火气，他不吹牛，虽然他很自傲自尊。

所以，假若英国人成不了你的朋友，他们可是很好相处。他们该办什么就办什么，不必你去套交情；他们不因私交而改变作事该有的态度。他们的自傲使他们对人冷淡，可是也使他们自重。他们的正直使他们对人不客气，可也使他们对事认真。你不能拿他当作吃喝不分的朋友，可是一定能拿他当个很好的公民或办事人。就是他的幽默也不低级讨厌，幽默助成他作个贞脱儿曼，不是弄鬼脸逗笑。他并不老实，可是他大方。

他们不爱着急，所以也不好讲理想。胖子不是一口吃起来的，乌托邦也不是一步就走到的。往坏了说，他们只顾眼前；往好里说，他们不乌烟瘴气。他们不爱听世界大同，四海兄弟，或那顶大顶大的计划。他们愿一步一步慢慢的走，走到哪里算哪里。成功呢，好；失败呢，再干。英国兵不怕打败仗。英国的一切都好像是在那儿敷衍呢，可是他们在各种事业上并不是不求进步。这种骑马找马的办法常常使人以为他们是狡猾，或守旧；狡猾容或有之，守旧也是真的，可是英国人不在乎，他有他的主意。他深信常识是最可宝贵的，慢慢走着瞧吧。萧伯纳可以把他们骂得狗血喷头，可是他们会说："他是爱尔兰的呀！"他们会随着萧伯纳笑他们自己，但他们到底是他们——萧伯纳连一点办法也没有！

这些，可只是个简单的，大概的，一点由观察得来的印象。一般的说，也许大致不错；应用到某一种或某一个英国人身上，必定有许多欠妥当的地方。概括的论断总是免不了危险的。

（原载 1936 年 9 月《西风》第 1 期）

我的几个房东

初到伦敦，经艾温士教授的介绍，住在了离"城"有十多英里的一个人家里。房主人是两位老姑娘。大姑娘有点傻气，腿上常闹湿气，所以身心都不大有用。家务统由妹妹操持，她勤苦诚实，且受过相当的教育。

她们的父亲是开面包房的，死后，把面包房给了儿子，给二女一人一处小房子。她们卖出一所，把钱存在银行生息。其余的一所，就由她们合住。妹妹本可以去作，也真作过，家庭教师。可是因为姐姐需人照管，所以不出去作事，而把楼上的两间屋子租给单身的男人，进些租金。这给妹妹许多工作，她得给大家作早餐晚饭，得上街买东西，得收拾房间，得给大家洗小衣裳，得记账。这些，已足使任何一个女子累得喘不过气来。可是她于这些工作外，还得答复朋友的信，读一两段圣经，和作些针线。

她这种勤苦忠诚，倒还不是我所佩服的。我真佩服她那点独立的精神。她的哥开着面包房，到圣诞节才送给妹妹一块大鸡蛋糕！她决不去求他的帮助，就是对那一块大鸡蛋糕，她也马上还礼，送给她哥一点有用的小物件。当我快回国时去看她，她的背已很弯，发也有些白的了。

自然，这种独立的精神是由资本主义的社会制度逼出来的，可是，我到底不能不佩服她。

在她那里住过一冬，我搬到伦敦的西部去。这回是与一个叫艾支顿的合租一层楼。所以事实上我所要说的是这个艾支顿——称他为二房东都勉强一些——而不是真正的房东。我与他一气在那里住了三年。

这个人的父亲是牧师，他自己可不信宗教。当他很年轻的时候，他和一个女子由家中逃出来，在伦敦结了婚，生了三四个小孩。他有相当的聪明，好读书。专就文字方面上说，他会拉丁文，希腊文，德文，法文，程度都不坏。英文，他写得非常的漂亮。他作过一两本讲教育的书，即使内容上不怎样，他的文字之美是公认的事实。我愿意同他住在一处，差不多是为学些地道好英文。在大战时，他去投军。因为心脏弱，报不上名。他硬挤了进去。见到了军官，凭他的谈吐与学识，自然不会被叉去帐外。一来二去，他升到中校，差不多等于中国的旅长了。

战后，他拿了一笔不小的遣散费，回到伦敦，重整旧业，他又去教书。为充实学识，还到过维也纳听弗洛衣德的心理学。后来就在牛津的补习学校教书。这个学校是为工人们预备的，仿佛有点像国内的暑期学校，不过目的不在补习升学的功课。作这种学校的教员，自然没有什么地位，可是实利上并不坏：一年只作半年的事，薪水也并不很低。这个，大概是他的黄金"时代"。以身份言，中校；以学识言，有著作；以生活言，有个清闲舒服的事情。

也正是在这个时候，他和一位美国女子发生了恋爱。她出自名家，有硕士的学位。来伦敦游玩，遇上了他。她的学识正好补足他的，她是学经济的；他在补习学校演讲关于经济的问题，她就给他预备稿子。

他的夫人告了。离婚案刚一提到法厅，补习学校便免了他的职。这种案子在牛津与剑桥还是闹不得的！离婚案成立，他得到自由，但须按月供给夫人一些钱。

在我遇到他的时候，他正极狼狈。自己没有事，除了夫妇的花销，还得供给原配。幸而硕士找到了事，两份儿家都由她支持着。他空有学问，找不到事。可是两家的感情渐渐的改善，两位夫人见了面，他每月给第一位夫人送钱也是亲自去，他的女儿也肯来找他。这个，可救不了穷。穷，他还很会花钱。作过几年军官，他挥霍惯了。钱一到他手里便不会老实。他爱买书，爱吸好烟，有时候还得喝一盅。我在东方学院见了他，他到那里学华语；不知他怎么弄到手里几镑钱。便出了这个主意。见到我，他说彼此交换知识，我多教他些中义，他教我些英文，岂不甚好？为学习的方便，顶好是住在一处，假若我出房钱，他就供给我饭食。我点了头，他便找了房。

艾支顿夫人真可怜。她早晨起来，便得作好早饭。吃完，她急忙去作工，拚命的追公共汽车；永远不等车站稳就跳上去，有时把腿碰得紫里蒿青。五点下工，又得给我们作晚饭。她的烹调本事不算高明，我俩一有点不爱吃的表示，她便立刻泪在眼眶里转。有时候，艾支顿卖了一本旧书或一张画，手中摸着点钱，笑着请我们出去吃一顿。有时候我看她太疲乏了，就请他俩吃顿中国饭。在这种时节，她喜欢得像小孩子似的。

他的朋友多数和他的情形差不多。我还记得几位：有一位是个年轻的工人，谈吐很好，可是时常失业，一点也不是他的错儿，怎奈工厂时开时闭。他自然的是个社会主义者，每逢来看艾支顿，他俩便粗着脖子红着脸的争辩。艾支顿也很有口才，不过与其说他是为政治主张而争辩，还不如说是为争辩而争辩。还有一位小老头也常来，他顶可爱。德文，意大利文，西班牙文，他都能读能写能讲，但是找不到事作；闲着没事，他只为一家磁砖厂吆喝买卖，拿一点扣头。另一位老者，常上我们这一带来给人家擦玻璃，也是我们的朋友。这个老头是位博士。赶上我们在家，他便一边擦着玻璃，一边和我们讨论文学与哲学。孔子的哲学，泰戈尔的诗，他都读过，不用说西方的作家了。

只提这么三位吧，在他们的身上使我感到工商资本主义的社会的崩溃与罪恶。他们都有知识，有能力，可是被那个社会制度捆住了手，使他们抓不到面包。成千论万的人是这样，而且有远不及他们三个的！找个事情真比登天还难！

艾支顿一直闲了三年。我们那层楼的租约是三年为限。住满了，房东要加租，我们就分离开，因为再找那样便宜，和恰好够三个人住的房子，是大不容易的。虽然不在一块儿住了，可是还时常见面。艾支顿只要手里有够看电影的钱，便立刻打电话请我去看电影。即使一个礼拜，他的手中彻底的空空如也，他也会约我到家里去吃一顿饭。自然，我去的时候也老给他们买些东西。这一点上，他不像普通的英国人，他好请朋友，也很坦然的接受朋友的约请与馈赠。有许多地方，他都带出点浪漫劲儿，但他到底是个英国人，不能完全放弃绅士的气派。

直到我回国的时际，他才找到了事——在一家大书局里作顾问，荐举大陆上与美国的书籍，经书局核准，他再找人去翻译或——若是美国的书——出英国版。我离开英国后，听说他已被那个书局聘为编辑员。

离开他们夫妇，我住了半年的公寓，不便细说；房东与房客除了交租金时见一面，没有一点别的关系。在公寓里，晚饭得出去吃，既费钱，又麻烦，所以我又去找房间。这回是在伦敦南部找到一间房子，房东是老夫妇，带着个女儿。

这个老头儿——达尔曼先生——是干什么的，至今我还不清楚。一来我只在那儿住了半年，二来英国人不喜欢谈私事，三来达尔曼先生不爱说话，所以我始终没得机会打听。偶尔由老夫妇谈话中听到一两句，仿佛他是木器行的，专给人家设计作家具。他身边常带着尺。但是我不敢说肯定的话。

半年的工夫，我听熟了他三段话——他不大爱说话，但是一高兴就离不开这三段，像留声机片似的，永远不改。第一段是贵族巴来，由非洲弄来的钻石，一小铁筒一小铁筒的！每一块上都有个记号！第二段是他作过两次陪审员，非常的光荣！第三段是大战时，一个伤兵没能给一个军官行礼，被军官打了一拳。及至看明了那是个伤兵，军官跑得比兔子还快；不然的话，非教街上的给打死不可！

除了这三段而外，假若他还有什么说的，便是重述《晨报》上的消息与意见。凡是《晨报》所说的都对！

这个老头儿是地道英国的小市民，有房，有点积蓄，勤苦，干净，什么也不知道，只晓得自己的工作是神圣的，英国人是世界上最好的人。

达尔曼太太是女性的达尔曼先生，她的意见不但得自《晨报》，而且是由达尔曼先生口中念出的那几段《晨报》，她没工夫自己去看报。

达尔曼姑娘只看《晨报》上的广告。有一回，或者是因为看我老拿着本书，她向我借一本小说。随手的我给了她一本威尔思的幽默故事。念了一段，她的脸都气紫了！我赶紧出去在报摊上给她找了本六个便士的罗曼司，内容大概是一个女招待嫁了个男招待，后来才发现这个男招待是位伯爵的承继人。这本小书使她对我又有了笑脸。

她没事作，所以在分类广告上登了一小段广告——教授跳舞。她的技术如何，我不晓得，不过她声明愿减收半费教给我的时候，我没出声。把知识变成金钱，是她，和一切小市民的格言。

她有点苦闷，没有男朋友约她出去玩耍，往往吃完晚饭便假装头疼，跑到楼上去睡觉。婚姻问题在那经济不景气的国度里，真是个没法办的问题。我看她恐怕要窝在家里！"房东太太的女儿"往往成为留学生的夫人，这是留什么外史一类小说的好材料；其实，里面的意义并不止是留学生的荒唐呀。

（原载 1936 年 12 月《西风》第 4 期）

东方学院

从一九二四的秋天，到一九二九的夏天，我一直的在伦敦住了五年。除了暑假寒假和春假中，我有时候离开伦敦几天，到乡间或别的城市去游玩，其余的时间就都消磨在这个大城里。我的工作不许我到别处去，就是在假期里，我还有时候得到学校去。我的钱也不许我随意的去到各处跑，英国的旅馆与火车票价都不很便宜。

我工作的地方是东方学院，伦敦大学的名学院之一。这里，教授远东近东和非洲的一切语言文字。重要的语言都成为独立的学系，如中国语，阿拉伯语等；在语言之外还讲授文学哲学什么的。次要的语言，就只设一个固定的讲师，不成学系，如日本语；假如有人要特意的请求讲授日本的文学或哲学等，也就由这个讲师包办。不甚重要的语言，便连固定的讲师也不设，而是有了学生再临时去请教员，按钟点计算报酬。譬如有人要学蒙古语文或非洲的非英属的某地语文，便是这么办。自然，这里所谓的重要与不重要，是多少与英国的政治，军事，商业等相关联的。

在学系里，大概的都是有一位教授，和两位讲师。教授差不多全是英国人；两位讲师总是一个英国人，和一个外国人——这就是说，中国语文系有一位中国讲师，阿拉伯语文系有一位阿拉伯人作讲师。这是三位固定的教员，其余的多是临时请来的，比如中国语文系里，有时候于固定的讲师外，还有好几位临时的教员，假若赶到有学生要学中国某一种方言的话；这系里的教授与固定讲师都是说官话的，那么要是有人想学厦门话或绍兴话，就非去临时请人来教不可。

这里的教授也就是伦敦大学的教授。这里的讲师可不都是伦敦大学的讲师。以我自己说，我的聘书是东方学院发的，所以我只算学院里的讲师，和大学不发生关系。那些英国讲师多数的是大学的讲师，这倒不一定是因为英国讲师的学问怎样的好，而是一种资格问题：有了大学讲师的资格，他们好有升格的希望，由讲师而副教授而教授。教授既全是英国人，如前面所说过的，那么外国人得到了大学的讲师资格也没有多大用处。况且有许多部分，根本不成为学系，没有教授，自然得到大学讲师的资格也不会有什么发展。在这里，看出英国人的偏见来。以梵文，古希伯来文，阿拉伯文等说，英国的人才并不弱于大陆上的各国；至于远东语文与学术的研究，英国显然的追不上德国或法国。设若英国人愿意，他们很可以用较低的薪水去到德法等国聘请较好的教授。可是他们不肯。他们的教授必须是英国人，不管学问怎样。就我所知道的，这个学院里的中国语文学系的教授，还没有一位真正有点学问的。这在学术上是吃了亏，可是英国人自有英国人的办法，决不会听别人的。幸而呢，别的学系真有几位好的教授与讲师，好歹一背拉，这个学院的教员大致的还算说得过去。况且，于各系的主任教授而外，还有几位学者来讲专门的学问，像印度的古代律法，巴比仑的古代美术等等，把这学院的声价也提高了不少。在这些教员之外，另有位音韵学专家，教给一切学生以发音与辨音的训练与技巧，以增加学习语言的效率。这倒是个很好的办法。

大概的说，此处的教授们并不像牛津或剑桥的教授们那样只每年给学生们一个有系统的讲演，而是每天与讲师们一样的教功课。这就必须说一说此处的学生了。到这里来的学生，几乎没有任何的限制。以年龄说，有的是七十岁的老夫或老太婆，有的是十几岁的小男孩或女孩。只要交上学费，便能入学。于是，一人学一样，很少有两个学生恰巧学一样东西的。拿中国语文系说吧，当我在那儿的时候，学生中就有两位七十多岁的老人：一位老人是专学中国字，不大管它们都念作什么，所以他指定要英国的讲师教他。另一位老人指定要跟我学，因为他非常注重发音；他对语言很有研究，古希腊，拉丁，希伯来，他都会，到七十多岁了，他要听听华语是什么味儿；学了些日子华语，他又选上了日语。这两个老人都很用功，头发虽白，心却不笨。这一对老人而外，还有许多学生：有的学言语，有的念书，有的要在伦敦大学得学位而来预备论文，有的念元曲，有的念《汉书》，有的是要往中国去，所以先来学几句话，有的是已在中国住过十年八年而想深造……总而言之，他们学的功课不同，程度不同，上课的时间不同，所要的教师也不同。这样，一个人一班，教授与两个讲师便一天忙到晚了。这些学生中最小的一个才十二岁。

因此，教授与讲师都没法开一定的课程，而是兵来将挡，学生要学什么，他们就得教什么；学院当局最怕教师们说："这我可教不了。"于是，教授与讲师就很不易当。还拿中国语文系说吧，有一回，一个英国医生要求教他点中国医学。我不肯教，教授也瞪了眼。结果呢，还是由教授和他对付了一个学期。我很佩服教授这点对付劲儿；我也准知道，假若他不肯敷衍这个医生，大概院长那儿就更难对付。由这一点来说，我很喜欢这个学院的办法，来者不拒，一人一班，完全听学生的。不过，要这样办，教员可得真多，一系里只有两三个人，而想使个个学生满意，是作不到的。

成班上课的也有：军人与银行里的练习生。军人有时候一来就是一拨儿，这一拨儿分成几组，三个学中文，两个学日文，四个学土耳其文……既是同时来的，所以可以成班。这是最好的学生。他们都是小军官，又差不多都是世家出身，所以很有规矩，而且很用功。他们学会了一种语言，不管用得着与否，只要考试及格，在饷银上就有好处。据说会一种语言的，可以每年多关一百镑钱。他们在英国学一年中文，然后就可以派到中国来。到了中国，他们继续用功，而后回到英国受试验。试验及格便加薪俸了。我帮助考过他们，考题很不容易，言语，要能和中国人说话；文字，要能读大报纸上的社论与新闻，和能将中国的操典与公文译成英文。学中文的如是，学别种语文的也如是。厉害！英国的秘密侦探是著名的，军队中就有这么多，这么好的人才呀：和哪一国交战，他们就有会哪一国言语文字的军官。我认得一个年轻的军官，他已考及格过四种言语的初级试验，才二十三岁！想打倒帝国主义么，啊，得先充实自己的学问与知识，否则喊哑了嗓子只有自己难受而已。

最坏的学生是银行的练习生们。这些都是中等人家的子弟——不然也进不到银行去——可是没有军人那样的规矩与纪律，他们来学语言，只为马马虎虎混个资格，考试一过，马上就把"你有钱，我吃饭"忘掉。考试及格，他们就有被调用到东方来的希望，只是希望，并不保准。即使真被派遣到东方来，如新加坡，香港，上海等处，他们早知道满可以不说一句东方语言而把事全办了。他们是来到这个学院预备资格，不是预备言语，所以不好好的学习。教员们都不喜欢教他们，他们也看不起教员，特别是外国教员。没有比英国中等人家的二十上下岁的少年再讨厌的了，他们有英国人一切的讨厌，而英国人所有的好处他们还没有学到，因为他们是正在刚要由孩子变成大人的时候，所以比大人更讨厌。

班次这么多，功课这么复杂，不能不算是累活了。可是有一样好处：他们排功课表总设法使每个教员空闲半天。星期六下午照例没有课，再加上每周当中休息半天，合起来每一星期就有两天的休息。再说呢，一年分为三学期，每学期只上十个星期的课，一年倒可以有五个月的假日，还算不坏。不过，假期中可还有学生愿意上课；学生愿意，先生自然也得愿意，所以我不能在假期中一气离开伦敦许多天。这可也有好处，假期中上课，学费便归先生要。

学院里有个很不错的图书馆，专藏关于东方学术的书籍，楼上还有些中国书。学生在上课前，下课后，不是在休息室里，便是到图书馆去，因为此外别无去处。这里没有运动场等等的设备，学生们只好到图书馆去看书，或在休息室里吸烟，没别的事可作。学生既多数的是一人一班，而且上课的时间不同，所以不会有什么团体与运动。每一学期至多也不过有一次茶话会而已。这个会总是在图书馆里开，全校的人都被约请。没有演说，没有任何仪式，只有茶点，随意的吃。在开这个会的时候，学生才有彼此接谈的机会，老幼男女聚在一处，一边吃茶一边谈话。这才看出来，学生并不少；平日一个人一班，此刻才看到成群的学生。

假期内，学院里清静极了，只有图书馆还开着，读书的人可也并不甚多。我的《老张的哲学》，《赵子曰》，与《二马》，大部分是在这里写的，因为这里清静啊。那时候，学院是在伦敦城里。四外有好几个火车站，按说必定很乱，可是在学院里并听不到什么声音。图书馆靠街，可是正对着一块空地，有些花木，像个小公园。读完了书，到这个小公园去坐一下，倒也方便。现在，据说这个学院已搬到大学里去，图书馆与课室——一个友人来信这么说——相距很远，所以馆里更清静了。哼，希望多咱有机会再到伦敦去，再在这图书馆里写上两本小说！

（原载 1937 年 3 月《西风》第 7 期）

无题（因为没有故事）

　　人是为明天活着的，因为记忆中有朝阳晓露；假若过去的早晨都似地狱那么黑暗丑恶，盼明天干吗呢？是的，记忆中也有痛苦危险，可是希望会把过去的恐怖裹上一层糖衣，像看着一出悲剧似的，苦中有些甜美。无论怎说吧，过去的一切都不可移动；实在，所以可靠；明天的渺茫全仗昨天的实在撑持着，新梦是旧事的拆洗缝补。

　　对了，我记得她的眼。她死了好多年了，她的眼还活着，在我的心里。这对眼睛替我看守着爱情。当我忙得忘了许多事，甚至于忘了她，这两只眼会忽然在一朵云中，或一汪水里，或一瓣花上，或一线光中，轻轻的一闪，像归燕的翅儿，只须一闪，我便感到无限的春光。我立刻就回到那梦境中，哪一件小事都凄凉，甜美，如同独自在春月下踏着落花。

　　这双眼所引起的一点爱火，只是极纯的一个小火苗，像心中的一点晚霞，晚霞的结晶。它可以烧明了流水远山，照明了春花秋叶，给海浪一些金光，可是它恰好的也能在我心中，照明了我的泪珠。

　　它们只有两个神情：一个是凝视，极短极快，可是千真万确的是凝视。只微微的一看，就看到我的灵魂，把一切都无声的告诉了给我。凝视，一点也不错，我知道她只须极短极快的一看，看的动作过去了，极快的过去了，可是，她心里看着我呢，不定看多么久呢；我到底得管这叫作凝视，不论它是多么快，多么短。一切的诗文都用不着，这一眼道尽了"爱"所会说的与所会作的。另一个是眼珠横着一移动，由微笑移动到微笑里去，在处女的尊严中笑出一点点被爱逗出的轻佻，由热情中笑出一点点无法抑止的高兴。

　　我没和她说过一句话，没握过一次手，见面连点头都不点。可是我的一切，她知道；她的一切，我知道。我们用不着看彼此的服装，用不着打听彼此的身世，我们一眼看到一粒珍珠，藏在彼此的心里；这一点点便是我们的一切，那些七零八碎的东西都是配搭，都无须注意。看我一眼，她低着头轻快的走过去，把一点微笑留在她身后的空气中，像太阳落后还留下一些明霞。

　　我们彼此躲避着，同时彼此愿马上搂抱在一处。我们轻轻的哀叹；忽然遇见了，那么凝视一下，登时欢喜起来，身上像减了分量，每一步都走得轻快有力，像要跳起来的样子。

　　我们极愿意过一句话，可是我们很怕交谈，说什么呢？哪一个日常的俗字能道出我们的心事呢？让我们不开口，永不开口吧！我们的对视与微笑是永生的，是完全的，其余的一切都是破碎微弱，不值得一作的。

我们分离有许多年了，她还是那么秀美，那么多情，在我的心里。她将永远不老，永远只向我一个人微笑。在我的梦中，我常常看见她，一个甜美的梦是最真实，是纯洁，最完美的。多少多少人生中的小困苦小折磨使我丧气，使我轻看生命。可是，那个微笑与眼神忽然的从哪儿飞来，我想起惟有"人面桃花相映红"差可托拟的一点心情与境界，我忘了困苦，我不再丧气，我恢复了青春；无疑的，我在她的洁白的梦中，必定还是个美少年呀。

春在燕的翅上，把春光颤得更明了一些，同样，我的青春在她的眼里，永远使我的血温暖，像土中的一颗子粒，永远想发出一个小小的绿芽。一粒小豆那么小的一点爱情，眼珠一移，嘴唇一动，日月都没有了作用，到无论什么时候，我们总是一对刚开开的春花。

不要再说什么，不要再说什么！我的烦恼也是香甜的呀，因为她那么看过我！

（原载 1937 年 6 月 10 日《谈风》第 16 期）

五月的青岛

因为青岛的节气晚，所以樱花照例是在四月下旬才能盛开。樱花一开，青岛的风雾也挡不住草木的生长了。海棠，丁香，桃，梨，苹果，藤萝，杜鹃，都争着开放，墙角路边也都有了嫩绿的叶儿。五月的岛上，到处花香，一清早便听见卖花声。公园里自然无须说了，小蝴蝶花与桂竹香们都在绿草地上用它们的娇艳的颜色结成十字，或绣成几团；那短短的绿树篱上也开着一层白花，似绿枝上挂了一层春雪。就是路上两旁的人家也少不得有些花草：围墙既矮，藤萝往往顺着墙把花穗儿悬在院外，散出一街的香气：那双樱，丁香，都能在墙外看到，双樱的明艳与丁香的素丽，真是足以使人眼明神爽。

山上有了绿色，嫩绿，所以把松柏们比得发黑了一些。谷中不但填满了绿色，而且颇有些野花，有一种似紫荆而色儿略略发蓝的，折来很好插瓶。

青岛的人怎能忘下海呢。不过，说也奇怪，五月的海就仿佛特别的绿，特别的可爱，也许是因为人们心里痛快吧？看一眼路旁的绿叶，再看一眼海，真的，这才明白了什么叫作"春深似海"。绿，鲜绿，浅绿，深绿，黄绿，灰绿，各种的绿色，联接着，交错着，变化着，波动着，一直绿到天边，绿到山脚，绿到渔帆的外边去。风不凉，浪不高，船缓缓的走，燕低低的飞，街上的花香与海上的咸味混到一处，浪漾在空中，水在面前，而绿意无限，可不是，春深似海！欢喜，要狂歌，要跳入水中去，可是只能默默无言，心好像飞到天边上那将将能看到的小岛上去，一闭眼仿佛还看见一些桃花。人面桃花相映红，必定是在那小岛上。

这时候，遇上风与雾便还须穿上棉衣，可是有一天忽然响晴，夹衣就正合适。但无论怎说吧，人们反正都放了心——不会大冷了，不会。妇女们最先知道这个，早早的就穿出利落的新装，而且决定不再脱下去。海岸上，微风吹动少女们的发与衣，何必再去到电影园中找那有画意的景儿呢！这里是初春浅夏的合响，风里带着春寒，而花草山水又似初夏，意在春而景如夏，姑娘们总先走一步，迎上前去，跟花们竞争一下，女性的伟大几乎不是颓废诗人所能明白的。

人似乎随着花草都复活了，学生们特别的忙：换制服，开运动会，到崂山丹山旅行，服劳役。本地的学生忙，别处的学生也来参观，几个，几十，几百，打着旗子来了，又成着队走开，男的，女的，先生，学生，都累得满头是汗，而仍不住的向那大海丢眼。学生以外，该数小孩最快活，笨重的衣服脱去，可以到公园跑跑了；一冬天不见猴子了，现在又带着花生去喂猴子，看鹿。拾花瓣，在草地上打滚；妈妈说了，过几天还有大红樱桃吃呢！

马车都新油饰过，马虽依然清瘦，而车辆体面了许多，好作一夏天的买卖呀。新油过的马车穿过街心，那专作夏天的生意的咖啡馆，酒馆，旅社，饮冰室，也找来油漆匠，扫去灰尘，油饰一新。油漆匠在交手上忙，路旁也增多了由各处来的舞女。预备呀，忙碌呀，都红着眼等着那避暑的外国战舰与各处的阔人。多嗜浴场上有了人影与小艇，生意便比花草还茂盛呀。到那时候，青岛几乎不属于青岛的人了，谁的钱多谁更威风，汽车的眼是不会看山水的。

那么，且让我们自己尽量的欣赏五月的青岛吧！

（原载 1937 年 6 月 16 日《宇宙风》第 43 期）

半汉奸

正式的汉奸而外，还有半汉奸。此等汉奸虽未公然卖国通敌，可他们寝食不忘的是他们个人身家的安全。他们利用他们的地位与金钱，眼观六路，耳听八方，有个风声草动，他们比谁也跑得快。他们的职守与责任所要求于他们的是镇定与热诚，是格外卖些力气给别人作个好榜样，是不惜牺牲了个人而使国家社会得些好处。可是他们沉不住气，他们的身家比世界上的一切都更重要。在风平浪静的时候，他们最会吹大话，说什么"一致抗敌"，与"抗战到底"等等。到了今天，事已急矣，他们却只希望别人给他们打胜仗，而他们自己尽可能的放弃职守，扰乱秩序，摇动人心，把国家社会所赐给他们的地位与优遇全当作了保全个人利益的护符。他们的消息灵通，行动便利；东边消息不好，赶紧往西逃；西边风声不妙，马上往东搬。他们的地位使他们不至于落个弃职潜逃的恶名，而实际并与弃职潜逃无异，在居心上与影响上都是如此。他们虽没伸手接敌人的贿赂，可是他们误国之罪等于卖国。他们不忠于职责，即足以使敌人有隙可乘，罪恶亦等于汉奸。

对于此等人，我们第一希望他们觉悟，把胆气与良心都拿出一些来，看明白这是精忠报国的好机会，不可错过，而须抓住机会作个英雄好汉——至少也得作到忠于职守这一步。第二我们须用舆论制裁他们，不能信着他们的意这样耍乖巧，占便宜，误事情。第三，即使他们不觉悟，也不受舆论的制裁，我们自己还不应灰心丧气，或是随着他们瞎跑乱撞。我们知道时局是严重到了怎样的程度，我们就该抱定这个主意：个人有多大力量便拿出多大力量来，只求无愧于心，不问别人怎样。自然，我们顶希望每个人都卖死命去救国；但是我们也必须认清：因别人不出力而我们也就泄了气是最危险的，最没出息的。

（原载 1937 年 10 月 16 日《宇宙风》第四十九期）

是的，抗到底！

几个月来，"抗战到底"这句话大概已被印刷工人排厌，标语写手抄烦；而一般市民更是听不愿再听，看也不要再看的了。现在还把它请出来，恐怕要等于贴出"敬惜字纸"那样的没有任何作用。

不过，想来想去，还真想不出任何别的话语能有同等的力量，足以指示出全民族的出路与希望的。它不仅是一句空洞的口号，而是全体国民自卫自救的唯一方法。战则活，降则死；是战是和，是生是死，全由我们自己去选择决定。假若我们还想活，那就除了抗战别无可说。因此，我们不但还要搬出这句话来，而且有从新讲解一番的必要咧。

请看吧：自从开始抗战直到今天，竟自还有许多人不晓得这件事的。英勇的战士在前线已死伤了那么多，而"山高皇帝远"的地方并不知有此事；这还谈甚么全面抗战呢？一面是为国牺牲，另一面是逍遥世外；你打你的，我干我的。在这个情形之下，抗战自管抗战，"到底"则无从说起；不闻当然就不问，我们从哪里拿出全民族的力量呢？这样，我们岂但须喊抗战到底，我们更应当继续的拚命的喊，喊动深山僻壤，喊遍了全国，把每一个中国人的心喊动，把每一个睡着的唤醒；然后，我们才能掏出全力，跟敌人拚个我活你死。愿意负起宣传责任的请不要再在都市内绕圈子了，离开铁路公路远一些的地方还有多少多少作着梦的国民啊！

还有一种人呢，他们知道了现在是与日本打仗，可是不明白究竟为着何来。既不晓得为何而战，所以他们的不放心处只在自己与家小的安全，只求个人与家属能趋吉避凶，其他的事情可以一概不问。假若他们是在危险中呢，便只希望逃脱，而不问个人逃脱与社会国家有何利害。假若他们是在暂时安全的地带呢，他们便仍旧拚命的赚钱，以达到一向所抱持的大发财源的愿望。他们若是作买卖就立刻把物价提高，他们若是有房产便马上增高租价。他们既不吃眼前亏，也不放过眼前的利益。

这种人都希望战事早早的结束。设若是吃了点亏呢，好设法往回捞本；设若是发了点财呢，好去大展经纶。他们只看见了自己鼻子前的东西，而忽略了远一点的江山地土已被敌人抢去。除非我们能教他们明白过来，那些有钱出钱，有力出力等等的好话都算是白说。假若他们心如铁石，始终不听劝告，那也只好用抗到底的事实使他们逃无可逃，想无可想；到他们无法安排自己的时候，他们也就觉悟过来了。只有抗到底才能把麻木不仁的人打醒；

都醒悟过来，民族才会复兴；否则胡胡涂涂，依然故我，即使我们打胜了也没多大用处。败可转胜，麻木不仁则永无希望。我们不怕败，而怕不打。

这种人也是产生汉奸的大本营。他们明明知道我们是与日本打仗，但既以眼前的利害为一切，所以也时时向敌人那边瞭望，看看有无好处可寻。便宜总是便宜，谁管是怎样来的呢。有这种人与事摆在我们目前，我们只能咬定牙根挣扎到底，因为打败了敌人，也就顺手肃清了汉奸。反之，我们现在轻易言和，汉奸便得意扬扬，势力必千百倍的扩大。世界上有以工立国的，有以农立国的，倒还没有听说以汉奸立国的。马马虎虎的和下去，即使外面仍挂着中华民国的国徽，事实上必定是由汉奸承上启下的摆布一切，像伪满那样，像平津的伪组织那样，我们活着又有什么味儿呢？这并不是说，此次抗战目的是在以夷制奸，借刀杀人。不过事实摆在这里：有骨头的才肯为国捐躯，有骨头的才肯死里求生；有骨头的今日死，有骨头的明日生；这就是民族的复活。在另一方面，没骨头的活着败事，死了正好。我们这是在全人类眼前显一显伟大的人格，当然不要害群之马。打！打到底！我们才能替世界打去个混世魔王，同时也为自已扫清了孽账。这

不是要什么手段，而是天理良心都与此相合。除非抵抗到底，我们无从看出谁的骨头软，谁的骨头硬。只要我们肯干到底，我们必会看见汉奸埋在自掘的坟墓中；否则我们屈膝，汉奸反倒坐在我们的脖子上，我们那才成了奴下之奴，而悔之晚矣！

更有一些人，他们的知识比以上所说的人要高得多。在战事初发的时候，他们倒很清楚的看到，仗是非打不可，所以不便反对。可是，战事延到三四个月，前线上有几个败仗，他们便撑不住气了。有的便抱怨我们不应这样轻易作战，自找苦头。有的因为在抗战期间发见了我们的政治上的缺陷，便只剩下悲观和失望，失了抗战到底的决心。有的便讲敌人的武力太厚，我们简直是上了大当，以卵击石。抱怨的理由虽有种种，他们的心理却是一样；总而言之，就是他们只知道应当"抗战"而不知道"到底"。在战事初发，他们的理智还清楚，所以未尝不慷慨激昂，认为这是忍无可忍，誓必一战。及至战事延续下来，个人因身家财产或事业上的吃亏与危险，理智渐渐的便不再支持着自己的胆量，因怕而慌，遂忘了再细细想一想。假若他们能细想一想呢，以他们那点知识，他们必能想到：我们这次的抗战绝不是轻举妄动，而是被人欺侮得连喘气也喘不出，没有法子不回敬一拳，没有法子再忍下去。要能这样认清，当然便不怕目前的失败；既

是已豁出命去，还怕焦头烂额么？至于政治上的缺陷，那正是我们应当尽力设法改善之处。历史上有许多垂亡之国，能够转败为胜，转危为安；它们的政事随着军事一齐转变，而且转变得很好，因为有了死里求生的决心，大家便会万众一心，一切都随着这个民族的决心而好转。反之，因失败而灰心，则军事政治永此败坏下去，还有什么可说？打个比方说，个人有病必须

及时服药，若等到呼吸已断还有什么方法可想呢？此次抗战就是大病服猛药，军事与政治上的缺陷显现出来，才正好对病下药。若是一味敷衍，真赶到敌人掐住我们的喉咙，我们便只能一死，旁无办法了。这是我们转败为胜的好机会，越败越能明白认识自己，认识清楚了自己，才会自救。我们对自己可以自怜自惜，而敌人的炮火却毫不客气；可是他打的越凶，我们才也越起劲的反抗。这时候，我们只有自问：我自己对国家尽了什么力量。尽了力的，决不会再有工夫出怨言。没有尽力，根本没有发言的资格，还谈什么军事政治？这是个人肯卖力气不肯卖力气的问题，而绝不是互

相抱怨的时候。假若单单因为自己已经或将要吃点亏而灰心丧气，那简直就与汉奸无异，还有什么脸说三道四？不错，敌人的武力确是不可轻视；可是反过来看，这也就是我们非长期作战不可的原因。敌人既利于速攻，我们当然宜作苦守；这是针锋相对，敌人最怕拉长，我们就非拉长不可；多喒我们把他拉倒，多喒我们才能独立自由。

再说，这种人因为害怕而有点发昏，所以他们只看了我们的短处，而忘了我们的长处。这可是绝不能轻轻忽略过去的。我们的人力，财力，生产与宝藏，一向是我们所自慰自豪的。既如是，为何今天不拿出我们的力量与日本较量较量呢？谁也能看清楚，以我们的力量向日本苦撑，日本必自己塌台，因为她本来是外强中干，没有多大的底气。能看清楚这个的自然也会看清楚：假若日本的急三刀把我们砍倒，而我们闭目不起，我们的人力财力便统统归了日本，成为她侵略亚洲与全世界之用。今天大家害怕，是怕个人的身家财产受损失；那么，等到连地土人民全被日本吞了去的时候，难道还有个人的好处吗？房子若是烧起来，连命也不大易保，还惦念着屋角里那把扫帚吗？

老老实实的说吧，既已开战，则唯有打到底，否则全无意义。有些知识的人之所以气软下来，因为他们并没有预备为国受苦，所以闻胜则喜，闻败则忧。他们只希望别人去打，而且早早打胜凯旋，自己毫无损失，汗毛也未动一根，而能快快的享受太平，岂不乐哉。世上就没有这样便宜的事！受点苦吧，卖卖力气吧，先生们！这是大家的事，不许任何人袖手旁观。希望自家打胜是人之常情，但是要打胜必先付代价。把知识用在救国上吧，大家一齐打上前去吧，打到底才会得胜！先不用问军事的胜败如何，且问自己作了什么吧！能自问者便能自责自策，光问别人的好坏者只能当既不爱国也不敢卖国的汉奸！

此外，还有另一种人，学问比上一种人又大了许多；他们会知道世界大势，晓得一些东西各国外交与内政的情形。他们以为日本不久必能崩溃，所以打一打无论如何也是好的。可是他们也在交战不久就害了怕。他们怨恨英美不帮忙，又不满于苏俄不能及时进兵，仿佛各国都在看我们的笑话，而我们简直必败无疑。他们害怕是真的，而不愿这样说出来，所以谈谈外交与国

际关系，似乎既咎有当归，也显着忧国心切。不错，我们单独抗战，即使有些实力，也不是很聪明的事。外交上的联络与种种方面的求援，都是理之当然，并不丢脸。不错，我们有些人常常注意国际间的动向，并以之报告给大家，也足以使大家明了我们在国际上的地位而帮助政府决定外交的步趋。这都是该有的事。不过，这可不是抗战的一切。干脆的说，敌人是侵略我们，所以我们为自卫而抗战，这是我们大家的事，我们便当首先坚强自己的战斗力量与决心。外交上的运用是由此力量与决心而来的手段，并不是我们坐着喊救命，专等别人来替我们把日本驱逐出境。外

交是要紧的，我们自己的抗战筹划与努力就更要紧。设若一味的谈外交，而把自己该作的一切都放在旁边，那便不是要交患难朋友，而是依人成事，毫无出息。所谓抗战到底就是我们以自己最大的努力与牺牲换取自己的自由，若是专靠别人来替我们打，便无所谓抗战，而且别人也并不会这么傻。我们不是不应当谈外交，可是我们万不许因谈外交而造成一种可耻的依赖心。今日的坏现象便是无条件的希望国际情形与我有利，而认真发动自己力量的工作反无何成绩。结果呢，有的说，没的作，乃造成了恐慌，越说越害怕；"抗战"足以快意一时，"到底"似乎就须再商量商量看。

有这种种人在此，所以我们乡间的老百姓才有至今还不晓得抗战这件事的，所以我们的伤兵才有流血至死而得不到救护的，因为有些人始终没想到既抗战便须抗到底，没想到既须抗到底便要各尽其力的干点真的。军事的失败，军人并不能独负其责，因既要抗战到底就必须人人成为战士。只要人人都认清了当前的事实，负起了自己的责任，自然就有转败为胜的可能，而且有必胜的把握。

最令人伤心的是敌军现在已打到我们的首都，按理说我们当怎样的悲愤激发，可是到街上去听吧，不但是奸商与愚人，而且还有些自命不凡的学者，也会说：好了！这就快讲和了！不但光是这么讲，而且腆着脸说：敌人的条件很简单，只求我们加入反共协定；倒仿佛加入反共协定就像看看电影那么开心。我们今日加入反共协定，日本便是骑士，我们便变成他的马，马当然就是奴隶。条件倒是简单，亡国也亡得简单！可是，居然有人会作这种无耻的想头，容或还是出于喜从望外："哎呀，战事到底可以结束了，身家财产多少可以保存下，管它什么反共不反共呢。"这种心理根本是亡国的心理，他们虽没作出卖国的事实，而实在有了卖国的罪恶，他们虽不是明汉奸，而其居心与汉奸无异。心理的汉奸，愿意别人去抗战，而自己一点也不吃亏。他们并未反对抗战，而不愿抗战到底，因身家性命在他们心中更重于国家。明白过来吧，国若不存，有什么身家可言呢？

觉悟了吧，自救救国别无办法，只有抗战到底呀！有骨头的来呀，一齐喊抗战到底！一齐去打到底！有此决心，就会有办法；无此决心，办法不会找上我们来。我们既不怕死，还有什么可怕的呢？拿血洗净了江山，我们抗

战到底！用血保住祖宗创造下的伟业，用血为子孙换取和平自由，死是值得的！我们干，我们喊，都向着"抗战到底"这一语！这是我们的宣传，我们的信仰，也是我们唯一的办法！

廿六年十二月十五日于武昌

（原载 1938 年 1 月 1 日《抗到底》创刊号）

吊济南

从民国十九年七月到二十三年秋初，我整整的在济南住过四载。在那里，我有了第一个小孩，即起名为"济"。在那里，我交下不少的朋友：无论什么时候我从那里过，总有人笑脸地招呼我；无论我到何处去，那里总有人惦念着我。在那里，我写成了《大明湖》，《猫城记》，《离婚》，《牛天赐传》和收在《赶集》里的那十几个短篇。在那里，我努力地创作，快活地休息……四年虽短，但是一气住下来，于是事与事的联系，人与人的交往，快乐与悲苦的代换，便显明地在这一生里自成一段落，深深地印划在心中；时短情长，济南就成了我的第二故乡。

它介乎北平与青岛之间。北平是我的故乡，可是这七年来，我不是住济南，便是住青岛。在济南住呢，时常想念北平；及至到了北平的老家，便又不放心济南的新家。好在道路不远，来来往往，两地都有亲爱的人，熟悉的地方；它们都使我依依不舍，几乎分不出谁重谁轻。在青岛住呢，无论是由青去平，还是自平返青，中途总得经过济南。车到那里，不由的我便要停留一两天。趵突泉，大明湖，千佛山等名胜，闭了眼也曾想出来，可是重游一番总是高兴的：每一角落，似乎都存着一些生命的痕迹；每一小小的变迁，都引起一些感触；就是一风一雨也仿佛含着无限的情意似的。

讲富丽堂皇，济南远不及北平；讲山海之胜，也跟不上青岛。可是除了北平青岛，要在华北找个有山有水，交通方便，既不十分闭塞，而生活程度又不过高的城市，恐怕就得属济南了。况且，它虽是个大都市，可是还能看到朴素的乡民，一群群的来此卖货或买东西，不像上海与汉口那样完全洋化。它似乎真是稳立在中国的文化上，城墙并不足拦阻住城与乡的交往；以善作洋奴自夸的人物与神情，在这里是不易找到的。这使人心里觉得舒服一些。一个不以跳舞开香槟为理想的生活的人，到了这里自自然然会感到一些平淡而可爱的滋味。

济南的美丽来自天然，山在城南，湖在城北。湖山而外，还有七十二泉，泉水成溪，穿城绕郭。可惜这样的天然美景，和那座城市结合到一处，不但没得到人工的帮助而相得益彰，反而因市设的敷衍而淹没了丽质。大路上灰尘飞扬，小巷里污秽杂乱，虽然天色是那么清明，泉水是那么方便，可是到处老使人憋得慌。近来虽修成几条柏油路，也仍旧显不出怎么清洁来。至于那些名胜，趵突泉左右前后的建筑破烂不堪，大明湖的湖面已化作水田只剩下几道水沟。有人说，这种种的败陋，并非因为当局不肯努力建设，而是因为他们爱民如子，不肯把老百姓的钱都花费在美化城市上。假若这是可靠的话，我们便应当看见老百姓的钱另有出路，在国防与民生上有所建设。这个，我们却没有看见。这笔账该当怎么算呢？况且，我们所要求的并不是高楼大厦，池园庭馆，而是城市应有的卫生与便利。假若在城市卫生上有相当的设施，到处注意秩序与清洁，这座城既有现成的山水取胜，自然就会美如画图，用不着浪费人工财力。

这倒并非专为山水喊冤，而是借以说明许多别的事。济南的多少事情都与此相似，本来可以略加调整便有可观。可是事实上竟废弛委弃，以至一切的事物上都罩着一层灰土。这层灰土下蠕蠕微动着一群可好可坏的人，隐覆着一些似有若无的事；不死不生，一切灰色。此处没有崭新的东西，也没有彻底旧的东西，本来可以令人爱护，可是又使人无法不伤心。什么事都在动作，什么可也没照着一定的计划作成。无所拒绝，也不甘心接受，不易见到有何主张的人，可也不易见到很讨厌的人，大家都那么和气一团，敷敷衍衍，不易捉摸，也没什么大了不起。有电灯而无光，有马路而拥挤不堪，什么都有，什么也都没有，恰似暮色微茫，灰灰的一片。

按理说，这层灰色是不应当存到今日的，因为五卅惨案的血还鲜红的在马路上，城根下，假若有记性的人会闭目想一会儿。我初到济南那年，那被敌人击破的城楼还挂着"勿忘国耻"的破布条在那么含羞的立着。不久，城楼拆去，国耻布条也被撤去，同被忘掉。拆去城楼本无不可，但是别无建设或者就是表示着忘去烦恼最为简便；结果呢，敌人今日就又在那里唱凯歌了。

在我写《大明湖》的时候，就写过一段：在千佛山上北望济南全城，城河带柳，远水生烟，鹊华对立，夹卫大河，是何等气象。可是市声隐隐，尘雾微茫，房贴着房，巷联着巷，全城笼罩在灰色之中。敌人已经在山巅投过重炮，轰过几昼夜了，以后还可以随时地重演一次；第一次的炮火既没能打破那灰色的大梦，那么总会有一天全城化为灰烬，冲天的红焰赶走了灰色，烧完了梦中人灰色的城，灰色的人，一切是统制，也就是因循，自己不干，不会干，而反倒把要干与会干的人的手捆起来；这是死城！此书的原稿已在上海随着"一·二八"的毒火殉了难，不过这一段的大意还没有忘掉，因为每次由市里到山上去，总会把市内所见的灰色景象带在心中，而后登高一望，自然会起了忧思。湖山是多么美呢，却始终被灰色笼罩着，谁能不由爱而畏，由失望而颤抖呢？

再说，破碎的城楼可以拆去，而敌人并未曾退出；眼不见心不烦，可是小鬼们就在眼前，怎能疏忽过去，视而不见呢？敌人的医院，公司，铺户，旅馆，分散在商埠各处。哪一个买卖也带"白面"，即使不是专售，也多少要预备一些，余利作为妇女与孩子们的零钱。大批的劣货垄断着市场，零整批发的吗啡白面毒化着市民，此外还不时的暗放传染病的毒菌，甚至于把他们国内穿残的破裤烂袄也整船的运来销卖。这够多么可怕呢？可是我们有目无睹，仍旧逍遥自在；等因奉此是惟一的公事，奉命惟谨落个好官，我自为之，别无可虑。人家以经济吸尽我们的血，我们只会加捐添税再抽断老百姓的筋。对外讲亲善，故无抵制；对内讲爱民，而以大家不出声为感戴。敌人的炮火是厉害的，敌人的经济侵略是毒辣的，可是我们的捆束百姓的政策就更可怕。济南是久已死去，美丽的湖山只好默然蒙羞了！

平日对敌人的经济侵略不加防范，还可以用有心无力或事关全国为词。及至敌军已深入河北，而大家依旧安闲自在，就太可怪了。山东的富力为江北各省之冠，人民既善于经营，又强壮耐苦。有这样的才力与人力，假若稍有准备，即使不能把全省防御得如铜墙铁壁至少也得教敌人吃很大的苦头，方能攻入。可是，济南是省会，既系灰色，别处就更无可说的了。济南为全省的脑府，而实际上只是空空的一个壳儿，并无脑子。这个空壳子响一响便是政治，四面低低的回应便算办了事情。计划、科学、文化、人才，都是些可疑的名词，因为它们不是那空壳子所能了解的。反之，随便响一响，从心所欲正好见出权威。济南是必须死的，而且必不可免的累及全省。

这里一点无意去攻击任何人；追悔不如更新，我们且揭过这一页去吧。灰色的济南，可爱的济南，已被敌人的炮火打碎。可是湖山难改，我们且去用血把它刷新重建个美丽庄严的新都市。别矣济南！那是一场恶梦！再会面时，你将是清醒的合理的，以人民的力量筑成而归人民享用的。我将看到那城河更多一些绿柳，柳荫下有白石的小凳，任人休息。我将看见破旧的城墙变为宽坦的马路，把乡郊与城市打成一家；在城里可望见南山的果林，在乡间可以知道城内的消息。我将看到大明湖还田为湖，有十顷白莲。我将看见趵突泉改为浴场，游泳着健壮的青年男女。我将看见马鞍山前后有千百烟囱，用着博山的煤，把胶东的烟叶制成金丝，鲁北的棉花织成细布，泰山的樱桃，莱阳的梨，肥城的蜜桃，制成精美的罐头；烟台的葡萄与苹果酿成美酒，供给全国的同胞享用。还有那已具雏型的造钟制钢，玻璃磁器，绵绸花边等等工业，都能合理的改进发展，富国裕民。我希望济南成为全省真正的脑府，用多少条公路，几条河流，和火车电话，把它的智慧热诚的清醒的串送到东海之滨与泰山之麓。挣扎吧，济南！失去一城，无关于最后的胜负。今日之泪是悔认昨日之非；有此觉悟，便能打好明日的主意。济南，今日之死是脱胎换骨，取得新的生命；那明湖上的新蒲绿柳自会有我们重来欣赏啊！

吊济南

老舍

65

入会誓词

我是文艺界中的一名小卒，十几年来日日操练在书桌上与小凳之间，笔是枪，把热血洒在纸上。可以自傲的地方，只是我的勤苦；小卒心中没有大将的韬略，可是小卒该作的一切，我确是作到了。以前如是，现在如是，希望将来也如是。在我入墓的那一天，我愿有人赠给我一块短碑，刻上：文艺界尽责的小卒，睡在这里。

在动摇的时代，维持住文艺的生命，到十几年，是不大容易的。思想是多么容易落伍，情感是多么容易拒新恋旧；眼角的皱纹日多，脊背的弯度日深；身老，心老，一个四十岁的人很容易老气横秋，翻回头来呆看昔日的光景，而把明日付与微叹了。我没有特殊的才力，没有高超的思想，我所以能还在文艺界之营里吃粮持戈者，端赖勤苦。我几乎永远不发表对文艺的意见，因为发号施令不是我的事，我是小卒。可是别人的意见，我向来不轻轻放过；必定要看一看，想一想。我虽不言，可是知道别人说了什么。对于自己的批评，我永远谦诚的读念；对也好，不对也好，别人所见到的总足以使自己警戒；一名小卒也不能浑吃闷睡，而须眼观六路耳听八方啊！我的制服也许太破旧了，我的言谈也许是近于唠里唠叨，可是我有一颗愿到最新式的机械化部队里去作个兄弟的心哪。

全国文艺界抗敌协会成立了，这是新的机械化部队。我这名小卒居然也被收容，也能随着出师必捷的部队去作战，腰间至少也有几个手榴弹打碎些个暴敌的头颅。你们发令吧，我已准备好出发。生死有什么关系呢，尽了一名小卒的职责就够了！

假若小卒入伍也要誓词，这就算是一篇吧，谁管誓词应当是什么样儿呢。

（原载 1938 年 3 月 27 日汉口《大公报》全国文艺界抗敌协会成立大会特刊）

新气象新气度新生活

从全面抗战展开以来，随时随地看到听到我们的战士与民众的壮烈牺牲，英勇抗敌，使人感激落泪，这样的民族是打倒日本，犹有余力的，因为全民族齐心抗日是表明了我们有最高的文化，每个人都懂得成仁取义，不肯苟安求全，沦为奴婢。战争是枪对枪，刀对刀的事，也是精神对精神的事。日本文化的精神是只在胳臂根儿粗，所见惟一的得意之举便是放火杀人，把自己变为野兽，把别人看成猫狗。中国文化的精神是忠恕仁义，孝悌廉耻，能宽恕别人的过错，而不能屈膝受辱。于是，日本强盗来了，我们便迎杀上去。两个不同的文化在战场上遇见，我们悲壮的表现，日本的残暴行为，正好是必然的结果，也正好证明了日本野蛮，中国文明。我们这深厚广大的文化，使我们以老大哥的地位，雄立于宇宙间，使我们不怕日本，而且能打倒日本，使我们将永远自由的为世界和平的砥柱。中国今日不会灭亡，也永远不会灭亡；他今日为正义而战，也将永久为正义而存在而努力。

照上面所说的，我们的不大识字的百姓，能够见义勇为，为国牺牲，可见教化入人之深，虽不识字，而善恶分明，辨清是非。这是日本人万也没想到的，也是日本人万不能了解的——一个野兽是不能了解一个人的。日本人是怎样的浅薄愚蠢呀。

明白了这个，我们自然坚决的相信我们的最后胜利与永久胜利。想想看吧，若我们的好百姓都受了良好的教育，我们的力量将怎样的增强，我们的文化将怎么的灿烂光辉呢？

可是，在这几个月来，我也看到不少不好意思往外说的事。这些事无疑的是与那些可歌可泣的正相反。我不愿把它们写在这里；不是不肯踢开黑幕，而是据我看来，这次的神圣抗战将把中国变成个新国家，从原有的雄厚力量中产出无可伦比的伟大建设。在这过程里，民族复兴的光焰将烧残一切障碍，阴霾将一扫而空。这黑暗的方面不是不当去顾虑与设法扫除，但是激励鼓舞似乎更积极更有力；光明展开，黑暗自然后退；怎样放出万丈光芒倒是最紧要的。这就是说，我们须在民族复兴的信念，与驱击暴敌的努力中，造出一种新的风气，新的生活精神，旧的文化基础已使我们在风暴中稳立，给暴敌以意外的打击；在这时候，我们就该更进一步去踏入新的路途，使民族国家永远昌盛自由。

所以我先不去说那些使人头疼心灰的事，而愿指示出由我们的八九个月来抗战精神中该产出怎样的新生活。就是对这个题目，我也不愿从全面去讲，而只就一些小事来说，或者能更具体确实一些，我希望。

记得在北伐的时候，革命青年往往是把政治军事与恋爱是搀合在一处来讲的。那确是个大时代，一切都在动摇，灵肉同一解放。一个热吻与杀下一个人头是同样痛快的。在血肉拼搏之际，要求异性的热爱，其间有着忧伤，狂放，牺牲，嫉妒；它是伟大的，也是浪漫的。情绪生活在那时代是虹样的光华夺目，红的是血，黑的是枪，还有桃色的生活。

现在，我在各处又见到了一些这样的事实。有几位曾经参加过北伐的朋友，现在已差不多三十左右岁了，他们似乎又想起当年的蕴藉风流；结过婚，现在想离婚或正闹着离婚了。还有些位更年轻点的男女朋友，口里喊着大时代到了，而心中正为恋爱苦恼着。

就事论事，这并不算奇怪。不过，这里分明有把时代看错了的毛病，不可不指点出来：北伐是个动摇时期，现在是国家社会，经过这些年的建设与比较的安定，已呈稳定气象。假如国内还是乱七八糟，我们根本就不会抗战。此一时也，彼一时也，这须看清。再说，北伐的时候是打倒军阀与腐败的政府，现在所遭遇的却是最残暴的强敌；北伐时期革命不碍恋爱，眼下的强敌却一点也不让我们干别的，迫着我们非全心全力的杀上去不可。那时候可因性爱而加强战斗的情志；如今，男女的纠缠只是误事。革命是有诗意的，而那些军阀又是那么脆弱不堪一击。抗日是真杀真砍，毫不留情的，我们的男子要个个成为武士，我们的女子也须变成男子。北伐时因客观的条件造成了浪漫生活，今日我们可必须极度的严肃，国家是我们今日的爱人，我们必须为她死，为她流血。假如我们必须浪漫，那就必得是这样浪漫——以国为爱的对象的一种刚毅英发的精神。

根据上面所说的而以为我反对恋爱，是个误解。我不过是以此为例，来说明我的心意。前面已经说过，我们的英勇战士与忠诚的民众是怀着一腔浩然的正气，和敌人死拼。这个浩气应当成为全民族的，最普遍的，人人以杀敌救国为光荣，个个把心窝子里的力气拿出来，不能有的在拼命，而有的去害相思病。

我们一向是重文轻武的，文人用他的智巧取得优越的地位，压倒了一切。智巧不就是智慧；反之，它往往在狡猾虚诈打成一气。因此，我们的高等人就似乎缺乏着刚毅宏大之气；要找华容道义释曹操，和路见不平，拔刀相助一类的侠风义胆，反倒须在民间的小说中去找。即在今日，"文"仍吃香，而舍身杀敌者也仍是粗莽的武士。这是不好现象，因为"文的"既在社会上层，负着领导的责任，就万不许在国家危亡之秋还吊儿郎当。

这倒并不是说，我们的教员学生与文官都应去当兵。虽然在欧战的时节，大学学生，甚至大学教授，都纷纷去投军效力，可是我们的教育落后，人才缺，万不许把壮丁藏起来，而把书生们全送到前线去。我们必须保存民族的元气，学问与知识不能也任敌人的炮火轰完。可是书生们也必须拿出应战的态度来，即使是不能去实地作战。每个人须就他所能的，把全部精神放在抗战上，度着富有抗战的情绪生活。在这种情绪生活里，不管他是作什么，他必须宏毅严肃，决不该把热泪洒在一张桃色的纸上，或任何无聊的事上。他必须爱惜他的身，他的心，不作无聊的事，不作无聊的思索。他当简朴爽直，宽大沉毅，有大将的风度。假如这要是能成为一种风气，社会上就必会登时改观，以精诚严肃代替了唧唧咕咕与闹闹吵吵。有了这新的生活与气象，我们将来的发展，总能胜而不骄，埋头苦干，以英武开朗的心怀，建起为人道与和平而努力的新中国。反之，我们只顾目前的享受，而自居浪漫，则是等于汉奸的只图眼前便宜，而自居聪明；卖国不卖国不一定由伸手接钱与否而定，而是在精神上有别，心理上不同也。瞎闹的人无助于抗战，亦无益于将来之建国，虽非卖国，犹卖国也。

我们不要学日本的偏狭爱国，或什么铁血主义。斯巴达克式的教育能使人成为武士，也能使人成为强盗。不，我们不必奖励学生须脸上带着刀伤，才算光荣。我们要的只是严肃而英明的气度与心怀，见义勇为，虽不故意去冒险，而到时候有死的胆气与决心。不去故意的作英雄，而磊落光明有作英雄的底气。我们转败为胜，转弱为强，端在今日；假若今日我们不能自证个个是爱国的好汉，我们便没有了明日。我们必须马上创造起新的生活来；有骨气，有胆量，英武大方，把国事当作自己的事看待，把热情放在卫国建国上去。这个我就呼之为浪漫生活。

自伤没落而放浪形骸之外，是浪漫；理想崇高而自尊自强，也是浪漫。颓衰诗人是浪漫的，救世大哲人也是浪漫的。苏格拉底有最强壮的身体，最简朴的生活，最宽大的胸怀，与最崇高的理想。上阵，他是勇士；家居，他是哲人。我说，我们须成为这样浪漫的人。

在炮声血光中，我们还不挺起腰板来？期待着明日的捷音，与最后胜利，我们还不勇敢的，脚踏实地的，去预备下铁的身子与哲人的心？由文弱而英武，由偏狭而宏大，由落泪而咬定牙根，由情人而英雄，由放浪而严肃，由享乐而坚苦，这是个理想；在这个理想里去提高自己的生活，热情的自信自励，就是我们所谓的浪漫。也许我把"浪漫"的意思弄错了，但是那并无伤于我所要说的真意。

（原载 1938 年 4 月 13 日《民意》第 18 期）

新气象新气度新生活

老

舍

69

鲁迅先生逝世两周年纪念

我所认识的鲁迅先生，是从他的著作中见到的，我没有与他会过面。当鲁迅先生创造出阿Q的时候，我还没想到到文艺界来作一名小卒，所以就没有访问求教的机会与动机。及至先生住沪，我又不喜到上海去，故又难得相见。四年前的初秋，我到上海，朋友们约我吃饭，也约先生来谈谈。可是，先生的信须由一家书店转递；他第二天派人送来信，说：昨天的信送到的太晚了。我匆匆北返，二年的工夫没能再到上海，与先生见面的机会遂永远失掉！

在一本什么文学史中（书名与著者都想不起来了），有大意是这样的一句话："鲁迅自成一家，后起摹拟者有老舍等人。"这话说得对，也不对。不对，因为我是读了些英国的文艺之后，才决定也来试试自己的笔，狄更斯是我在那时候最爱读的，下至于乌德豪司 ① 与哲扣布 ② 也都使我欣喜。这就难怪我一拿笔，便向幽默这边滑下来了。对，因为像阿Q那样的作品，后起的作家们简直没法不受他的影响；即使在文学与思想上不便去摹仿，可是至少也要得到一些启示与灵感。它的影响是普遍的。一个后起的作家，尽管说他有他自己的创作的路子，可是他良心上必定承认他欠鲁迅先生一笔债。鲁迅先生的短文与小说才真使新文艺站住了脚，能与旧文艺对抗。这样，有人说我是"鲁迅派"，我当然不愿承认，可是决不肯昧着良心否认阿Q的作者的伟大，与其作品的影响的普遍。

我没见过鲁迅先生，只能就着他的著作去认识他，可是现在手中连一本书也没有！不能引证什么了，凭他所给我的印象来作这篇纪念文字吧。这当然不会精密，容或还有很大的错误，可是一个人的著作能给读者以极强极深的印象，即使其中有不尽妥确之处，是多么不容易呢！看了泰山的人，不一定就认识泰山，但是泰山的高伟是他毕生所不能忘记的，他所看错的几点，并无害于泰山的伟大。

看看鲁迅全集的目录，大概就没人敢说：这不是个渊博的人。可是渊博二字还不是对鲁迅先生的恰好的赞词。学问渊博并不见得必是幸福。有的

---

① 现通译为沃德豪斯（Pelham G. Wodehouse，1881—1975），英国小说家、抒情诗人和剧作家，以写闹剧著名。

② 现通译为雅各布斯（William W. Jacobs，1863—1943），英国短篇小说家。

人，正因其渊博，博览群籍，出经入史，所以他反倒不敢道出自己的意见与主张，而取着述而不作的态度。这种人好像博物院的看守者，只能保守，而无所施展。有的人，因为对某种学问或艺术的精究博览，就慢慢的摆出学者的架子，把自己所知的那些视为研究的至上品，此外别无他物，值得探讨，自己的心得是前无古人，后无来者；假若他也喜创作的话，他必是从他所阅览过的作品中，求字字句句有出处，有根据；他"作"而不"创"。他牺牲在研究中，而且牺牲得冤枉。让我们看看鲁迅先生吧。在文艺上，他博通古今中外，可是这些学问并没把他吓住。他写古文古诗写得极好，可并不尊唐或崇汉，把自己放在某派某宗里去，以自尊自限。古体的东西他能作，新的文艺无论在理论上与实验上，他又都站在最前面；他不以对旧物的探索而阻碍对新物的创造。他对什么都有研究的趣味，而永远不被任何东西迷住心。他随时研究，随时判断。他的判断力使他无论对旧学问或新知识都敢说话。他的话，不是学究的掉书袋，而是准确的指示给人们以继续研讨的道路。

学问比他更渊博的，以前有过，以后还有；像他这样把一时代治学的方法都抓住，左右逢源的随时随事都立在领导的地位，恐怕一个世纪也难见到一两位吧。吸收了五四运动的"从新估价"的精神，他疑古反古，把每时代的东西还给每时代。博览了东西洋的文艺，他从事翻译与创作。他疑古，他也首创，他能写极好的古体诗文，也热烈的拥护新文艺，并且牵引着它前进。他是这一时代的纪念碑。在文艺上，事事他关心，事事他有很高的成就。天才比他小一点的，努力比他少一点的，只能循着一条路线前进，或精于古，或专于新；他却像十字路口的警察，指挥着全部交通。在某一点上，有人能突破他的纪录，可是有谁敢和他比比"全能"比赛呢！

也许有人会说：在文艺理论方面，鲁迅先生只尽了介绍的责任，并未曾建设出他自己的有系统的学说；而且所介绍的也显着杂乱不纯。假若这话是对的，就请想想看吧；批判别人的时候，不是往往忘却别人的努力，而老嫌人家作得不够吗？设若能看到这一点，我们不是应当看看自己，我们自己假如也把研究、创作、翻译，同时并作，像鲁迅先生那样，我们的成绩又能有多少呢？我们就是对于一位圣人，也应不客气的批评，可是我们也应当晓得批评不仅是发威，而是于批评中，取得被批评者的最良最崇高的精神，以自策自励。鲁迅先生能于整理国故而外，去介绍，去翻译，就已经是难能可贵的事。一个人的精力与天才永远不能完全与他的志愿与计划相配合，人生最大的苦痛啊！只有明知这苦痛是越来越深，而杀上前去，以身殉志的，才是英雄。鲁迅先生的精神便是永远不屈不挠，不自满，不自馁。鲁迅先生的精神能以不死，那就靠后起者也能死而后已的继续努力。抓住一位英雄的弱点以开心自慰，既无损于英雄，又无益于自己，何苦来呢！

还有人也许说，鲁迅先生的后期著作，只是一些小品文，未免可惜，假若他能闭户写作，不问外面的事，也许能写出比阿 Q 更伟大的东西，岂不更好？

是的，鲁迅先生也许能那样的写出更伟大的作品。可是，那就不成其为鲁迅先生了。希望鲁迅先生去专心著作的人，虽然用着惋惜的语调，可是心中实在暗暗的不满意！不满意他因爱护青年，帮忙青年，而用去许多时间；不满意他因好管闲事而浪费了许多笔墨。

我不晓得假若鲁迅先生关上屋门，立志写伟大的作品，能够有什么贡献；我不喜猜想。我却准知道鲁迅先生的爱护青年与好管闲事是值得钦佩的事，他有颗纯洁的心，能接近青年；他有奋斗的怒火，去管闲事。是的，先生的爱护青年，有时候近于溺爱了；可是佛连一个蚂蚁也爱呢！母亲的伟大往往使她溺爱儿女；这只有母亲自己晓得其中的意义，旁观者只能表示惋惜与不满，因为旁观者不是母亲，也就代替不了母亲，明白不了母亲，自己不是母亲，没有慈心，觉得青年们都应该严加管束，把青年们管束得像羊羔一样老实，长者才可逍遥自在的为所欲为。为长者计，这实在是不错的办法。可是，青年呢？长者的聪明往往把"将来"带到自己的棺材里去，青年成了殉葬者。鲁迅先生不是这样的长者，他宁可少写些文章，而替青年们看稿子；他宁可少享受一些，而替青年们掏钱印书，他提拔青年，因为他不肯只为自己的不朽，而把青年们活埋了。这也许是很傻的事吧？可是最智慧的人似乎都有点傻气。

至于爱管闲事，的确使鲁迅先生得罪了不少的人。他的不留情的讽刺讥骂，实在使长者们难堪，因此也就要不得。中国人不会愤怒，也不喜别人挂火，而鲁迅先生却是最会挂火的人。假若他活到今日，我想他必不会老老实实的住在上海，而必定用他的笔时时刺着那些不会怒，不肯牺牲的人们的心。在长者们，也许暗中说句："幸而那个家伙死了。"可是，我们上哪里去找另一个鲁迅呢？我们自惭；自惭假若没有多少用处，让我们在纪念鲁迅先生的时候，挺起我们的胸来吧！

只写了些小品文吗？据我看，鲁迅先生的最大成就便是小品文。我敢说，他的学问限制不了后起者的更进一步，他的小说也拦不住后起者的猛进直前。小品文，在五十年内恐怕没有第二把手，来与他争光。他会怒，越怒，文字越好。文字容易摹仿，怒火可是不易借来。他的旧学问好，新知识广博，他能由旧而新，随手拾掇极精确的字与词，得到惊人的效果。你只能摘用他所用过的，而不易像他那样把新旧的工具都搬来应用，用创造的能力把古今的距离缩短，而成为他独有的东西。他长于古文古诗，又博览东西的文艺，所以他会把最简单的言语（中国话），调动得（极难调动）迭宕多姿，永远新鲜，永远清晰，永远软中透硬，永远厉害而不粗鄙。他以最大的力量，把感情、思想、文字，容纳在一两千字里，像块玲珑的瘦石，而有手榴弹的作用。只写了些短文么？啊，这是前无古人，恐怕也是后无来者的，文艺建设！

燃起我们的怒火吧，青年！以学识，以正义感，以最有力的文字，尽力于抗战建国的事业吧！在抗战中纪念鲁迅先生，我们必须有这个决心！

（原载 1938 年 10 月《抗战文艺》第 2 卷第 7 期）

鲁迅先生逝世两周年纪念

老舍

宗月大师

在我小的时候，我因家贫而身体很弱。我九岁才入学。因家贫体弱，母亲有时候想教我去上学，又怕我受人家的欺侮，更因交不上学费，所以一直到九岁我还不识一个字。说不定，我会一辈子也得不到读书的机会。因为母亲虽然知道读书的重要，可是每月间三四吊钱的学费，实在让她为难。母亲是最喜脸面的人。她迟疑不决，光阴又不等待着任何人，荒来荒去，我也许就长到十多岁了。一个十多岁的贫而不识字的孩子，很自然的去作个小买卖——弄个小筐，卖些花生，煮豌豆，或樱桃什么的。要不然就是去学徒。母亲很爱我，但是假若我能去作学徒，或提篮沿街卖樱桃而每天赚几百钱，她或者就不会坚决的反对。穷困比爱心更有力量。

有一天刘大叔偶然的来了。我说"偶然的"，因为他不常来看我们。他是个极富的人，尽管他心中并无贫富之别，可是他的财富使他终日不得闲，几乎没有工夫来看穷朋友。一进门，他看见了我。"孩子几岁了？上学没有？"他问我的母亲。他的声音是那么洪亮（在酒后，他常以学喊俞振庭的《金钱豹》自傲），他的衣服是那么华丽，他的眼是那么亮，他的脸和手是那么白嫩肥胖，使我感到我大概是犯了什么罪。我们的小屋，破桌凳，土炕，几乎禁不住他的声音的震动。等我母亲回答完，刘大叔马上决定："明天早上我来，带他上学，学钱、书籍，大姐你都不必管！"我的心跳起多高，谁知道上学是怎么一回事呢！

第二天，我像一条不体面的小狗似的，随着这位阔人去入学。学校是一家改良私塾，在离我的家有半里多地的一座道士庙里。庙不甚大，而充满了各种气味：一进山门先有一股大烟味，紧跟着便是糖精味（有一家熬制糖球糖块的作坊），再往里，是厕所味，与别的臭味。学校是在大殿里。大殿两旁的小屋住着道士，和道士的家眷。大殿里很黑，很冷。神像都用黄布挡着，供桌上摆着孔圣人的牌位。学生都面朝西坐着，一共有三十来人。西墙上有一块黑板——这是"改良"私塾。老师姓李，一位极死板而极有爱心的中年人。刘大叔和李老师"嚷"了一顿，而后教我拜圣人及老师。老师给了我一本《地球韵言》和一本《三字经》。我于是，就变成了学生。

自从作了学生以后，我时常的到刘大叔的家中去。他的宅子有两个大院子，院中几十间房屋都是出廊的。院后，还有一座相当大的花园。宅子的左右前后全是他的房屋，若是把那些房子齐齐的排起来，可以占半条大街。此外，他还有几处铺店。每逢我去，他必招呼我吃饭，或给我一些我没有看见过的点心。他绝不以我为一个苦孩子而冷淡我，他是阔大爷，但是他不以富傲人。

在我由私塾转入公立学校去的时候，刘大叔又来帮忙。这时候，他的财产已大半出了手。他是阔大爷，他只懂得花钱，而不知道计算。人们吃他，他甘心教他们吃；人们骗他，他付之一笑。他的财产有一部分是卖掉的，也有一部分是被人骗了去的。他不管；他的笑声照旧是洪亮的。

到我在中学毕业的时候，他已一贫如洗，什么财产也没有了，只剩了那个后花园。不过，在这个时候，假若他肯用用心思，去调整他的产业，他还能有办法教自己丰衣足食，因为他的好多财产是被人家骗了去的。可是，他不肯去请律师。贫与富在他心中是完全一样的。假若在这时候，他要是不再随便花钱，他至少可以保住那座花园，和城外的地产。可是，他好善。尽管他自己的儿女受着饥寒，尽管他自己受尽折磨，他还是去办贫儿学校，粥厂，等等慈善事业。他忘了自己。就是在这个时候，我和他过往的最密。他办贫儿学校，我去作义务教师。他施舍粮米，我去帮忙调查及散放。在我的心里，我很明白：放粮放钱不过只是延长贫民的受苦难的日期，而不足以阻拦住死亡。但是，看刘大叔那么热心，那么真诚，我就顾不得和他辩论，而只好也出点力了。即使我和他辩论，我也不会得胜，人情是往往能战败理智的。

在我出国以前，刘大叔的儿子死了。而后，他的花园也出了手。他入庙为僧，夫人与小姐入庵为尼。由他的性格来说，他似乎势必走入避世学禅的一途。但是由他的生活习惯上来说，大家总以为他不过能念念经，布施布施僧道而已，而绝对不会受戒出家。他居然出了家。在以前，他吃的是山珍海味，穿的是绫罗绸缎。他也嫖也赌。现在，他每日一餐，入秋还穿着件夏布道袍。这样苦修，他的脸上还是红红的，笑声还是洪亮的。对佛学，他有多么深的认识，我不敢说。我却真知道他是个好和尚，他知道一点便去作一点，能作一点便作一点。他的学问也许不高，但是他所知道的都能见诸实行。

出家以后，他不久就作了一座大寺的方丈。可是没有好久就被驱除出来。他是要作真和尚，所以他不惜变卖庙产去救济苦人。庙里不要这种方丈。一般的说，方丈的责任是要扩充庙产，而不是救苦救难的。离开大寺，他到一座没有任何产业的庙里作方丈。他自己既没有钱，他还须天天为僧众们找到斋吃。同时，他还举办粥厂等等慈善事业。他穷，他忙，他每日只进一顿简单的素餐，可是他的笑声还是那么洪亮。他的庙里不应佛事，赶到有人来请，他便领着僧众给人家去唪真经，不要报酬。他整天不在庙里，但是他并没忘了修持；他持戒越来越严，对经义也深有所获。他白天在各处筹钱办事，晚间在小室里作工夫。谁见到这位破和尚也不曾想到他曾是个在金子里长起来的阔大爷。

去年，有一天他正给一位圆寂了的和尚念经，他忽然闭上了眼，就坐化了。火葬后，人们在他的身上发现许多舍利。

没有他，我也许一辈子也不会入学读书。没有他，我也许永远想不起帮助别人有什么乐趣与意义。他是不是真的成了佛？我不知道。但是，我的确相信他的居心与言行是与佛相近似的。我在精神上物质上都受过他的好处，现在我的确愿意他真的成了佛，并且盼望他以佛心引领我向善，正像在三十五年前，他拉着我去入私塾那样！

他是宗月大师。

（原载 1940 年 1 月 23 日《华西日报》）

自　述

抗战第一年的深秋，我带了五十块钱，由济南跑到汉口。一晃儿，四年了！

妻是深明大义的。平日，她的胆子并不大。可是，当我要走的那天，铺子关上了门，飞机整天在飞鸣，人心恐慌到极度，她却把泪落在肚中，沉静的给我打点行李。她晓得必须放我走，所以不便再说什么。四年没听见她的语声了，沉着的静，将永远使我坚强！

儿女都小，不懂别离之苦。小乙帮助妈妈给爸爸收拾东西，而适足以妨碍妈妈。我叱了他一声，他撇了撇嘴，没敢哭出来。至今，我觉得对不起小乙；现在他大概已经学会写几个字了吧？

四年了，每一空闲下来，必然的想起离济南时妻的沉静，与小乙的被叱要哭；想到，泪也就来到；可是，抗战期间，似乎应把个人的难过都忍在心中，不当以泪洗面；我不敢哭。同时，我总设法教自己忙碌；没有空闲，也就没有了闲愁。

要把相当忙碌的四年中所经历的一切都写下来，恐怕不大容易；挑选着说一点吧！

一、我的苦恼：自幼就穷，惯于吃苦。可是，自幼就好洁净，虽在病中也不肯不洗手洗脸，衣服不怕破烂，只怕脏。抗战中，我连好清洁的习惯也不能保持了，很难过。

既爱清洁，很自然也就爱秩序。饮食起卧都有定时，一切东西都有一定的地位。秩序一乱，我就头昏，没法写作。抗战四年，我没有写出很多的文章来，写出的一点也十分拙劣，恐怕没有秩序是个很重要的原因。

爱洁净秩序的人往往好安静。我就是那样。不大爱热闹，不喜欢见生人。可是，在抗战中，没法把自己隐藏起来，什么地方都须去，什么生人都须见，不管我愿意不愿意。设若我能自主，我一定会躲到深山里去。可是流亡四方，原为作一点有益于抗战的事，怎能藏起去呢？也许还有人说我风头十足呢？咱们心里分明；个人内心的痛苦是用不着报告给不关切他的人的。

按理说，上述一些小苦恼本算不了什么。比起抗战将士所受的苦处，这真是微乎其微了。不过，假若我是作着别的事，我想一定不会抱怨什么；我要写作，这就不同了。写作有许多条件，个人的习惯也得算一个。把我放在一个毫无秩序的地方，我实在无法工作。啊，一个人是多么不易适应环境呀！我真钦佩羡慕那些战地的文艺工作者和新闻记者，他们即便是爬在土壕里，还能写他们的笔记或报告。我愿自己也有这种本领！战时的文人，据我看，不但要有文艺上的修养，还须有体质上的准备，"文弱"是战时文人的坏的形容词！可惜，我已年过四十，求不生疾病已属不易；要说一时就把自己练成运动家的模样，或者近乎梦想了。盼望青年文人们都注意到身体！

好清洁与爱秩序绝不是恶劣的习惯，我想不会有人以为我是要养尊处优的去吟风弄月。我之所以提到因不能保持这并不是要不得的习惯而感到苦恼者，倒是为说明假若我有健壮的身体，我就可以连这点苦恼也渐次消灭，使生活的不安毫不影响到我的工作。同时，我还要借此说明：这四年来，我已经没有什么私生活可言。家眷不在我的身边，住处无定，起睡没有定时；别人教我怎样，我就怎样，没有哪一天可以算作我自己的。就是自己的工作，有时候也不能自主；我生活在团体里，我的写作也就往往受人之托，别人出题，我去写。这种没有私生活的生活，给我许多苦痛，可是渐渐的也习惯下来。为了抗战，许多写家是这样的活着；人家既能忍受，我就也得忍受；战争带来的苦难，每一个人都应当分担一些。至于说这种生活妨碍了写作，自然使我最感不快，可是社会上既还没想到文字的事业应当在安静方便的处所去作，而给文人们预备一个工作室，我就只好在忙乱与嘈杂的缝子中忙里偷闲的去写一点。写不出好东西，还是我自己来负责，不怨别人——要怨，也似乎只好怨自己没有牛一般的力气吧。

二、我的欣悦：抗战以前我不是在青岛，便是在济南，连北平也不大常去。因此，平沪两大文艺本营的工作者，认识我的很少。抗战后，有了见面的机会，我交了许多的朋友。前面说过，我羞见生人；文人中自然也有不少生人，可是我不怕见他们，且愿交为朋友，因为既同是文人，自有相近之处，人虽生，而气味似久已相投，恨未一面耳。

单单是大家呼兄唤弟，不但没有用处，而且也显着肉麻。我的朋友增多，每个人都有他的经验与特长，这才是学习与研究的好机会呀，这才使我欣喜呀！我们谈，我们相互批评，于是我的胆子大起来。不会写剧本么？去讨教！写得不好么？请大家批评！就是在这种友谊中，我才开始练习写诗歌与剧本。除了个人的获得，我也为整个的文艺界欣喜，因为互相教导与批评的风气在抗战中造成，一定不会因抗战胜利而消灭；那么，这种好风气的继续存在，也就是文艺能进步不停的保证。

有了这个欣喜，便克服了一切的小烦恼。什么衣服无人补啊，饿冷无人问啊，都是小事，都是小事！我是干文艺的人，只要在文艺上有所获得，便是获得了生命中最善的努力与成就，虽死不怨。

我希望还能再活二十年。这二十年中须再写出像点样子的十本或十多本作品。这些作品将是在写完以后，约请文友详加批评，而后细细修改；而后再评再改，直到大家与我都满意了才去付印。有今日的欣喜，我相信这对来日的希冀不是个梦想。

三、我的态度：从家里跑出来，是为作一点有助于抗战的事。能作多少，作得好坏，都是才力的问题；我晓得自己的才薄力微，但求不变此心，不问收获多寡。四年来，我已没有了私生活；这使我苦痛，可也使我更努力作事；我不怕被称为无才无能，而怕被识为苟且敷衍。被苦痛所压倒是软弱，软弱到相当的程度便会自暴自弃；这，非我所甘心。我永远不会成为英雄，只求有几分英雄气概；至少须消极的把受苦视为当然，而后用事实表现一点积极的向上精神。

有了此态度，我要作什么就极容易决定了。我所要作的必是我所能作的；我能写点小说之类的东西；那么，写作便是我的无容犹豫的工作。同时，妨碍写作的事也必须避免。作编辑，专心去看别人的文字，便没有时间写自己的，我不干。作教员，即使不管误人子弟与否，一面教书，一面写书，总不会是相得益彰的事，我不干。作官，公事房大概不是什么理想的写作的地方，我不干。削去这些枝节，即使本干还是很单细，但总有可以渐次坚实起来的希望；这个希望我抱定了笔与纸不放手。

幸而我的家眷没有跟着我！假若他们是在我的身边，我虽终日不舍纸笔，恐怕为了油盐酱醋，也要耽搁许多时间，耗费许多精神。说不定，还许为了煤米柴炭去作编辑，教员，或小官。我感激我的妻！

在抗战前，正如在抗战后，我的志愿不大——只求就我所能作的作出一点事来。抗战后之所以异于抗战前者，就是抗战前生活有规律，抗战后生活较比的散漫。生活的没有严整的秩序，影响到我的工作；可是，生活的简单使我心中清楚，虽然感到小小的苦恼，而不至于使我悲观与灰心。同时，我所能作到的，总愿多作出来一些；不能作的我决不轻举妄动。这样，我可以在一方面像耕牛似的慢慢的犁着土，在另一方面我抱定不随便生气动怒的主意。假若我被人骂了一顿，我必检讨自己一番；骂得对呢，我须接受；骂得不对，便一笑置之。无论如何，我不还口。以骂还骂，有时候或者是必要的，但是我不愿这样作。因为我所能作的是写一点小说剧本之类的东西，而骂人并不能与小说剧本相并列，所以即使我会骂人，我也不想开口。我未必能把小说剧本等写得很好，可是我准知道即使骂人骂得极俏皮厉害，也不能代替我那不很好的小说与剧本。因此，假若今天在某刊物或报纸上有骂我的文字，而明天那个刊物或报纸来教我写文章，我还是毫不迟疑的给它写；后来，它又骂了；大后天，再教我写，我还是毫不迟疑的去写。我写不出很好的文章来，但是我总求它有一点文艺性，这才能由学习而逐渐获得一点好的经验。世界上有很好的骂人文字，永垂不朽，但是，并不很多。我没有骂人的天才，所以写诟骂的文字不见得是上算的事；假若我的一本小说可以传到十年百年，我的一篇骂人的短文也不过只能快意一时而已。我很盼望在今天有几个能写骂人文字的人，而且能永垂不朽，给我们的文艺增添一点光采。

可是，这种文字极难写，非有极高的天才与识见不行。若是破口骂骂别人，以增自己的威风，居心已愧，必定骂不出什么名堂，而只虚耗了纸笔，在抗战中（或在任何时期），实无可取！

表白自己或者是件讨厌的事。好了我不再多列条目。在第一条里，我说明了自己的苦痛何在，和怎样就可以克服这种苦痛——身体强的才能有充足的战斗力。第二条中，我道出自己的欣喜。这欣喜不是什么利益，而是好学习的心志遇到了可以学习的机会，足以使我更坚定的作个职业的写家，从今天直到入墓。第三条是第一、二两条的产物。我苦痛，就应设法坚强自己，以期继续的工作。我欣喜，就更当削减一切冗叶繁枝，使自己真能成为文艺之林中的一株有出息的小树。

这苦恼，这欣喜，与这由苦乐中决定的态度，是四年来生活的实录，不是空想。既是自己生活的实录，就不求别人来批评，因为我只觉得自己这么作是对的，并不希望别人也照方吃一剂。至于这些事实都与抗战有关与否，我觉得十分惭愧：我真愿为国家出力，作出一番轰轰烈烈的事业来，可是因才力所限，因一向没有显身扬名的宏愿，我仅能在文字上表现一点爱国的诚心。从各尽其力的道理来说，我总算没有偷闲偷懒；从报国救亡上来说，我只有惭愧！

（原载 1941 年 7 月 7 日《大公报》）

感悟名家经典

滇行短记

一

总没学会写游记。这次到昆明住了两个半月，依然没学会写游记，最好还是不写。但友人嘱寄短文，并以滇游为题。友情难违；就想起什么写什么。另创一格，则吾岂敢，聊以塞责，颇近似之，惭愧得紧！

二

八月二十六日早七时半抵昆明。同行的是罗莘田先生。他是我的幼时同学，现在已成为国内有数的音韵学家。老朋友在久别之后相遇，谈些小时候的事情，都快活得要落泪。

他住昆明青云街靛花巷，所以我也去住在那里。

住在靛花巷的，还有郑毅生先生，汤老先生[①]，袁家骅先生，许宝騄先生，郁泰然先生。

毅生先生是历史家，我不敢对他谈历史，只能说些笑话，汤老先生是哲学家，精通佛学，我偷偷的读他的晋魏六朝佛教史，没有看懂，因而也就没敢向他老人家请教。家骅先生在西南联大教授英国文学，一天到晚读书，我不敢多打扰他，只在他泡好了茶的时候，搭讪着进去喝一碗，赶紧告退。他的夫人钱晋华女士常来看我。到吃饭的时候每每是大家一同出去吃价钱最便宜的小馆。宝騄先生是统计学家，年轻，瘦瘦的，聪明绝顶。我最不会算术，而他成天的画方程式。他在英国留学毕业后，即留校教书，我想，他的方程式必定画得不错！假若他除了统计学，别无所知，我只好闭口无言，全没办法。可是，他还会唱三百多出昆曲。在昆曲上，他是罗莘田先生与钱晋华女士的"老师"。罗先生学昆曲，是要看看制曲与配乐的关系，属于哪声的字容或有一定的谱法，虽腔调万变，而不难找出个作谱的原则。钱女士学昆曲，因为她是个音乐家。我本来学过几句昆曲，到这里也想再学一点。可是，不知怎的一天一天的度过去，天天说拍曲，天天一拍也未拍，只好与许先生约定：到抗战胜利后，一同回北平去学，不但学，而且要彩唱！郁先生在许多别的本事而外，还会烹调。当他有工夫的时候，便作一二样小菜，沽

---

① 汤老先生，即汤用彤。

四两市酒；请我喝两杯。这样，靛花巷的学者们的生活，并不寂寞。当他们用功的时候，我就老鼠似的藏在一个小角落里读书或打盹；等他们离开书本的时候，我也就跟着"活跃"起来。

此外，在这里还遇到杨今甫、闻一多、沈从文、卞之琳、陈梦家、朱自清、罗膺中、魏建功、章川岛……诸位文坛老将，好像是到了"文艺之家"。关于这些位先生的事，容我以后随时报告。

三

靛花巷是条只有两三人家的小巷，又狭又脏。可是，巷名的雅美，令人欲忘其陋。

昆明的街名，多半美雅。金马碧鸡等用不着说了，就是靛花巷附近的玉龙堆，先生坡，也都令人欣喜。

靛花巷的附近还有翠湖，湖没有北平的三海那么大，那么富丽，可是，据我看：比什刹海要好一些。湖中有荷蒲；岸上有竹树，颇清秀。最有特色的是猪耳菌，成片的开着花。此花叶厚，略似猪耳，在北平，我们管它叫做凤眼兰，状其花也；花瓣上有黑点，像眼珠。叶翠绿，厚而有光；花则粉中带蓝，无论在日光下，还是月光下，都明洁秀美。

云南大学与中法大学都在靛花巷左右，所以湖上总有不少青年男女，或读书，或散步，或划船。昆明很静，这里最静；月明之夕，到此，谁仿佛都不愿出声。

四

昆明的建筑最似北平，虽然楼房比北平多，可是墙壁的坚厚，椽柱的雕饰，都似"京派"。

花木则远胜北平。北平讲究种花，但夏天日光过烈，冬天风雪极寒，不易把花养好。昆明终年如春，即使不精心培植，还是到处有花。北平多树，但日久不雨，则叶色如灰，令人不快。昆明的树多且绿，而且树上时有松鼠跳动！入眼浓绿，使人心静，我时时立在楼上远望，老觉得昆明静秀可喜；其实呢，街上的车马并不比别处少。

至于山水，北平也得有愧色，这里，四面是山，滇池五百里——北平的昆明湖才多么一点点呀！山土是红的，草木深绿，绿色盖不住的地方露出几块红来，显出一些什么深厚的力量，教昆明城外到处人感到一种有力的静美。

四面是山，围着平坝子，稻田万顷。海田之间，相当宽的河堤有许多道，都有几十里长，满种着树木。万顷稻，中间画着深绿的线，虽然没有怎样了不起的特色，可也不是怎的总看着像画图。

五

在西南联大讲演了四次。

第一次讲演，闻一多先生作主席。他谦虚的说：大学里总是作研究工作，不容易产出活的文学来……我答以：抗战四年来，文艺写家们发现了许多文艺上的问题，诚恳的去讨论。但是，讨论的第二步，必是研究，否则不易得到结果；而写家们忙于写作，很难静静的坐下去作研究；所以，大学里作研究工作，是必要的，是帮着写家们解决问题的。研究并不是崇古鄙今，而是供给新文艺以有益的参考，使新文艺更坚实起来。譬如说：这两年来，大家都讨论民族形式问题，但讨论的多半是何谓民族形式，与民族形式的源泉何在；至于其中的细腻处，则必非匆匆忙忙的所能道出，而须一项一项的细心研究了。近来，罗莘田先生根据一百首北方俗曲，指出民间诗歌用韵的活泼自由，及十三辙的发展，成为小册。这小册子虽只谈到了民族形式中的一项问题，但是老老实实详详细细的述说，绝非空论。看了这小册子，至少我们会明白十三辙已有相当长久的历史，和它怎样代替了官样的诗韵；至少我们会看出民间文艺的用韵是何等活动，何等大胆——也就增加了我们写作时的勇气。罗先生是音韵学家，可是他的研究结果就能直接有助于文艺的写作，我愿这样的例子一天比一天多起来。

六

正是雨季，无法出游。讲演后，即随莘田下乡——龙泉村。村在郊北，距城约二十里，北大文科研究所在此。冯芝生、罗膺中、钱端升、王了一、陈梦家诸教授都在村中住家。教授们上课去，须步行二十里。

研究所有十来位研究生，生活至苦，用工极勤。三餐无肉，只炒点"地蛋"丝当作菜。我既佩服他们苦读的精神，又担心他们的健康。莘田患恶性摆子，几位学生终日伺候他，犹存古时敬师之道，实为难得。

莘田病了，我就写剧本。

七

研究所在一个小坡上——村人管它叫"山"。在山上远望，可以看见蟠龙江。快到江外的山坡，一片松林，是黑龙潭。晚上，山坡下的村子都横着一些轻雾；驴马带着铜铃，顺着绿堤，由城内回乡。

冯芝生先生领我去逛黑龙潭，徐旭生先生住在此处。此处有唐梅宋柏；旭老的屋后，两株大桂正开着金黄花。唐梅的干甚粗，但活着的却只有二三细枝——东西老了也并不一定好看。

坐在石凳上，旭老建议：中秋夜，好不好到滇池去看月；包一条小船，带着乐器与酒果，泛海竟夜。商议了半天，毫无结果。（一）船价太贵。（二）走到海边，已须步行二十里，天亮归来，又须走二十里，未免太苦。（三）找不到会玩乐器的朋友。看滇池月，非穷书生所能办到的呀！

八

中秋。莘田与我出了点钱，与研究所的学员们过节。吴晓铃先生掌灶，大家帮忙，居然作了不少可口的菜。饭后，在院中赏月，有人唱昆曲。午间我同两位同学去垂钓，只钓上一二条寸长的小鱼。

九

莘田病好了一些。我写完了话剧《大地龙蛇》的前二幕。约了膺中、了一、和众研究生，来听我朗读。大家都给了些很好的意见，我开始修改。

对文艺，我实在不懂得什么，就是愿意学习，最快活的，就是写得了一些东西，对朋友们朗读，而后听大家的批评。一个人的脑子，无论怎样的缜密，也不能教作品完全没有漏隙，而旁观者清，不定指出多少窟窿来。

十

从文和之琳约上呈贡——他们住在那里，来校上课须坐火车。莘田病刚好，不能陪我去，只好作罢。我继续写剧本。

十一

岗头村距城八里，也住着不少的联大的教职员。我去过三次，无论由城里去，还是由龙泉村去，路上都很美。走二三里，在河堤的大树下，或在路旁的小茶馆，休息一下，都使人舍不得走开。

村外的小山上，有涌泉寺，和其他的云南的寺院一样，庭中有很大的梅树和桂树。桂树还有一株开着晚花，满院都是香的。庙后有泉，泉水流到寺外，成为小溪；溪上盛开着秋葵和说不上名儿的香花，随便折几枝，就够插瓶的了。我看到一两个小女学生在溪畔端详那枝最适于插瓶——涌泉寺里是南菁中学。

在南菁中学对学生说了几句话。我告诉他们：各处缠足的女子怎样在修路，抬土，作着抗建的工作。章川岛先生的小女儿下学后，告诉她爸爸"舒伯伯挖苦了我们的脚！"

十二

离龙泉村五六里，为凤鸣山。山上有庙，庙有金殿——一座小殿，全用铜筑。山与庙都没什么好看，倒是遍山青松，十分幽丽。

云南的松柏结果都特别的大。松塔大如菠萝，柏实大如枣。松子几乎代替了瓜子，闲着没事的时候，大家总是买些松子吃着玩，整船的空的松塔运到城中；大概是作燃料用，可是凤鸣山的青松并没有松塔儿，也许是另一种树吧，我叫不上名字来。

十三

在龙泉村，听到了古琴。相当大的一个院子，平房五六间。顺着墙，丛丛绿竹。竹前，老梅两株，瘦硬的枝子伸到窗前。巨杏一株，阴遮半院。绿阴下，一案数椅，彭先生弹琴，查先生吹箫；然后，查先生独奏大琴。

在这里，大家几乎忘了一切人世上的烦恼！

这小村多么污浊呀，路多年没有修过，马粪也数月没有扫除过，可是在这有琴音梅影的院子里，大家的心里却发出了香味。

查阜西先生精于古乐。虽然他与我是新识，却一见如故，他的音乐好，为人也好。他有时候也作点诗——即使不作诗，我也要称他为诗人呵！

与他同院住的是陈梦家先生夫妇，梦家现在正研究甲骨文。他的夫人，会几种外国语言，也长于音乐，正和查先生学习古琴。

十四

在昆明两月，多半住在乡下，简直的没有看见什么。城内与郊外的名胜几乎都没有看到。战时，古寺名山多被占用；我不便为看山访古而去托人情，连最有名的西山，也没有能去。在城内靛花巷住着的时候，每天我必倚着楼窗远望西山，想象着由山上看滇池，应当是怎样的美丽。山上时有云气往来，昆明人说："有雨无雨看西山"。山峰被云遮住，有雨，峰还外露，虽别处有云，也不至有多大的雨。此语，相当的灵验。西山，只当了我的阴晴表，真面目如何，恐怕这一生也不会知道了；哪容易再得到游昆明的机会呢！

到城外中法大学去讲演了一次，本来可以顺脚去看筇竹寺的五百罗汉塑像。可是，据说也不能随便进去，况且，又落了雨。

连城内的园通公园也只可游览一半，不过，这一半确乎值得一看。建筑的大方，或较北平的中山公园还好一些；至于石树的幽美，则远胜之，因为中山公园太"平"了。

同查阜西先生逛了一次大观楼。楼在城外湖边，建筑无可观，可是水很美。出城，坐小木船。在稻田中间留出来的水道上慢慢的走。稻穗黄，芦花已白，田坝旁边偶而还有几穗凤眼兰。远处，稻田之外，万顷碧波，缓动着风帆——到昆阳去的水路。

大观楼在公园内，但美的地方却不在园内，而在园外。园外是滇池，一望无际。湖的气魄，比西湖与颐和园的昆明池都大得多了。在城市附近，有这么一片水，真使人狂喜。湖上可以划船，还有鲜鱼吃。我们没有买舟，也没有吃鱼，只在湖边坐了一会看水。天上白云，远处青山，眼前是一湖秋水，使人连诗也懒得作了。作诗要去思索，可是美景把人心融化在山水风花里像感觉到一点什么，又好像茫然无所知，恐怕坐湖边的时候就有这种欣悦吧？在此际还要寻词觅字去作诗，也许稍微笨了一点。

十五

剧本写完，今年是我个人的倒霉年。春初即患头晕，一直到夏季，几乎连一个字也没有写。没想到，在昆明两月，倒能写成这一点东西——好坏是另一问题，能动笔总是件可喜的事。

十六

剧本既已写成，就要离开昆明，多看一些地方。从文与之琳约上呈贡，因为莘田病初好，不敢走路，没有领我去，只好延期。我很想去，一来是听说那里风景很好，二来是要看看之琳写的长篇小说！——已经写了十几万字，还在继续的写。

十七

查阜西先生愿陪我去游大理。联大的友人们虽已在昆明二三年，还很少有到过大理的。大家都盼望我俩的计划能实现。于是我们就分头去接洽车子。

有几家商车都答应了给我们座位，我们反倒难于决定坐哪一家的了。最后，决定坐吴晓铃先生介绍的车，因为一行四部卡车，其中的一位司机是他的弟弟。兄弟俩一定教我们坐那部车，而且先请我们吃了饭，吃饭的时候，我笑着说："这回，司机可教黄鱼给吃了！"

十八

一上了滇缅公路，便感到战争的紧张；在那静静的昆明城里，除了有空袭的时候，仿佛并没有什么战争与患难的存在。在我所走过的公路中，要算滇缅公路最忙了，车，车，车，来的，去的，走着的，停着的，大的，小的，到处都是车！我们所坐的车子是商车，这种车子可以搭一两个客，客人按公路交通车车价十分之二买票。短途搭脚的客人，只乘三五十里，不经过检查站，便无须打票，而作黄鱼；这是司机车的一笔"外找"。官车有押车的人，黄鱼不易上去；这批买卖多半归商车作。商车的司机薪水既高，公物安全的到达，还有奖金；薪水与奖金凑起来，已近千元，此外且有外找，差不多一月可以拿到两三千元。因为入款多，所以他们开车极仔细可靠。同时，他们也敢享受。公家车子的司机待遇没有这么高；而到处物价都以商车司机的阔气为标准，所以他们开车便理直气壮。据说，不久的将来，沿途都要为司机们设立招待所，以低廉的取价，供给他们相当舒适的食宿，使他们能饱食安眠，得到一些安慰。我希望这计划能早早实现！

第一天，到晚八时余，我们才走了六十三公里！我们这四部车没有押车的，因为押车的既没法约束司机，跟来是自讨无趣，而且时时耽误了工夫——与司机冲突，则车不能动——到时候交不上货去。押车员的地位，被司机的班长代替了，而这位班长绝对没有办事的能力。已走出二十公里，他忘记了交货证；回城去取。又走了数里，他才想起，没有带来机油，再回去取来！商车，假若车主不是司机出身，只有赔钱！

六十三公里的地方，有一家小饭馆，一位广东老人，不会说云南话，也不会说任何异于广东话的言语，作着生意。我很替他着急，他却从从容容的把生意作了；广东人的精神！

没有旅馆，我们住在一家人家里。房子很大，院中极脏。又赶上落了一阵雨，到处是烂泥，不幸而滑倒，也许跌到粪堆里去。

十九

第二天一早动身，过羊老哨，开始领略出滇缅路的艰险。司机介绍，从此到下关，最险的是坂山坡和天子庙，一上一下都有二十多公里。不过，这样远都是小坡，真正危险的地方还须过下关才能看到；有的地方，一上要一整天，一下又要一整天！

山高弯急，比川陕与西兰公路都更险恶。说到这里，也就难怪司机们要享受一点了，这是玩命的事啊！我们的司机，真谨慎：见迎面来车，马上停住让路；听后面有响声，又立刻停住让路；虽然他开车的技巧很好，可是一点也不敢大意。遇到大坡，车子一步一哼，不肯上去，他探着身（他的身量不高）连眼皮似乎都不敢眨一眨。我看得出来，到下午三四点钟的时候，他已经有点支持不住了。

在禄丰打尖，开铺子的也多是广东人。县城距公路还有二三里路，没有工夫去看。打尖的地方是在公路旁新辟的街上。晚上宿在镇南城外一家新开的旅舍里，什么设备也没有，可是住满了人。

二十

第三天经过圾山坡及天子庙两处险坡。终日在山中盘旋。山连山，看不见村落人烟。有的地方，松柏成林；有的地方，却没有多少树木。可是，没有树的地方，也是绿的，不像北方大山那样荒凉。山大都没有奇峰，但浓翠可喜；白云在天上轻移，更教青山明媚。高处并不冷，加以车子越走越热，反倒要脱去外衣了。

晚上九点，才到下关车站。几乎找不到饭吃，因为照规矩须在日落以前赶到，迟到的便不容易找到东西吃了。下关在高处，车子都停在车站。站上的旅舍饭馆差不多都是新开的，既无完好的设备，价钱又高，表示出"专为赚钱，不管别的"的心理。

公路局设有招待所，相当的洁净，可是很难有空房。我们下了一家小旅舍，门外没有灯，门内却有一道臭沟，一进门我就掉在沟里！楼上一间大屋，设床十数架，头尾相连，每床收钱三元。客人们要有两人交谈的，大家便都需陪着不睡，因为都在一间屋子里。

这样的旅舍要三元一铺，吃饭呢，至少须花十元以上，才能吃饱。司机者的花费，即使是绝对规规矩矩，一天也要三四十元咧。

二十一

下关的风，上关的花，苍山的雪，洱海的月，为大理四景。据说下关的风虽多，而不进屋子。我们没遇上风，不知真假。我想，不进屋子的风恐怕不会有，也许是因这一带多地震，墙壁都造得特别厚，所以屋中不大受风的威胁吧。

早晨，车子都开了走，下关便很冷静；等到下午五六点钟的时候，车子都停下，就又热闹起来。我们既不愿白日在旅馆里呆坐，也不喜晚间的嘈杂，便马上决定到喜洲镇去。

由下关到大理是三十里，由大理到喜洲镇还有四十五里。看苍山，以在大理为宜；可是喜洲镇有我们的朋友，所以决定先到那里去。我们雇了两乘滑竿。

这里抬滑竿的多数是四川人。本地人是不愿卖苦力气的。

离开车站，一拐弯便是下关。小小的一座城，在洱海的这一端，城内没有什么可看的。穿出城，右手是洱海，左手是苍山，风景相当的美。可惜，苍山上并没有雪：按轿夫说，是几天没下雨，故山上没有雪，——地上落雨，山上就落雪，四季皆然。

到处都有流水，是由苍山流下的雪水。缺雨的时候，即以雪水灌田，但是须向山上的人购买；钱到，水便流过来。

沿路看到整齐坚固的房子，一来是因为防备地震，二来是石头方便。

在大理城内打尖。长条的一座城，有许多家卖大理石的铺子。铺店的牌匾也有用大理石作的，圆圆的石块，嵌在红木上，非常的雅致。城中看不出怎样富庶，也没有多少很体面的建筑，但是在晴和的阳光下，大家从从容容的作着事情，使人感到安全静美。谁能想到，这就是杜文秀抵抗清兵十八年的地方啊！

太阳快落了，才看到喜洲镇。在路上，被日光晒得出了汗；现在，太阳刚被山峰遮住，就感到凉意。据说，云南的天气是一岁中的变化少，一日中的变化多。

二十二

洱海并不像我们想象的那么美。海长百里，宽二十里，是一个长条儿，长而狭便一览无余，缺乏幽远或苍茫之气；它像一条河，不像湖。还有，它的四面都是山，可是山——特别是紧靠湖岸的——都不很秀，都没有多少树木。这样，眼睛看到湖的彼岸，接着就是些平平的山坡了；湖的气势立即消散，不能使人凝眸伫视——它不成为景！

湖上的渔帆也不多。

喜洲镇却是个奇迹。我想不起，在国内什么偏僻的地方，见过这么体面的市镇，远远的就看见几所楼房，孤立在镇外，看样子必是一所大学校。我心中暗喜；到喜洲来，原为访在华中大学的朋友们；假若华中大学有这么阔气的楼房，我与查先生便可以舒舒服服的过几天了。及仔细一打听，才知道那是五台中学，地方上士绅捐资建筑的，花费了一百多万，学校正对着五台高峰，故以五台名。

一百多万！是的，这里的确有出一百多万的能力。看，镇外的牌坊，高大，美丽，通体是大理石的，而且不止一座呀！

进到镇里，仿佛是到了英国的剑桥，街旁到处流着活水：一出门，便可以洗菜洗衣，而污浊立刻随流而逝。街道很整齐，商店很多。有图书馆，馆前立着大理石的牌坊，字是贴金的！有警察局。有像王宫似的深宅大院，都是雕梁画柱。有许多祠堂，也都金碧辉煌。

不到一里，便是洱海。不到五六里便是高山。山水之间有这样的一个镇市，真是世外桃源啊！

二十三

华中大学却在文庙和一所祠堂里。房屋又不够用，有的课室只像卖香烟的小棚子。足以傲人的，是学校有电灯。校车停驶，即利用车中的马达磨电。据说，当电灯初放光明的时节，乡人们"不远千里而来""观光"。用不着细说，学校中一切的设备，都可以拿这样的电灯作象征——设尽方法，克服困难。

教师们都分住在镇内，生活虽苦，却有好房子住。至不济，还可以租住阔人们的祠堂——即连壁上都嵌着大理石的祠堂。

四年前，我离家南下，到武汉便住在华中大学。隔别三载，朋友们却又在喜洲相见，是多么快活的事呀！住了四天，天天有人请吃鱼：洱海的鱼拿到市上还欢跳着。"留神破产呀！"客人发出警告。可是主人们说："谁能想到你会来呢？！破产也要痛快一下呀！"

我给学生们讲演了三个晚上，查先生讲了一次。五台中学也约去讲演，我很怕小学生们不懂我的言语，因为学生们里有的是讲民家话的。民家话属于哪一语言系统，语言学家们还正在讨论中。在大理城中，人们讲官话，城外便要说民家话了。到城里作事和卖东西的，多数的人只能以官话讲价钱，和说眼前的东西的名称，其余的便说不上来了。所谓"民家"者，对官家军人而言，大概在明代南征的时候，官吏与军人被称为官家与军家，而原来的居民便成了民家。

民家人是谁？民家语是属于哪一系统？都有人正在研究。民家人的风俗，神话，历史，也都有研究的价值。云南是学术研究的宝地，人文而外，就单以植物而言，也是兼有温带与寒带的花木啊。

二十四

游了一回洱海，可惜不是月夜。湖边有不少稻田，也有小小的村落。阔人们在海中建起别墅别有天地。这些人是不是发国难财的，就不得而知了。

也游了一次山，山上到处响着溪水，东一个西一个的好多水磨。水比山还好看！苍山的积雪化为清溪，水浅绿，随处在石块左右，翻起白花，水的声色，有点像瑞士的。

山上有罗刹阁。菩萨化为老人，降伏了恶魔罗刹父子，压于宝塔之下。这类的传说，显然是佛教与本土的神话混合而成的。经过分析，也许能找出原来的宗教信仰，与佛教输入的情形。

二十五

此地，妇女们似乎比男人更能干。在田里下力的是妇女，在场上卖东西的是妇女，在路上担负粮柴的也是妇女。妇女，据说，可以养着丈夫，而丈夫可以在家中安闲的享福。

妇女的装束略同汉人，但喜戴些零七八碎的小装饰。很穷的小姑娘老太婆，尽管衣裙破旧，也戴着手镯。草帽子必缀上两根红绿的绸带。她们多数是大足，但鞋尖极长极瘦，鞋后跟钉着一块花布，表示出也近乎缠足的意思。

听说她们很会唱歌，但是我没有听见一声。

二十六

由喜洲回下关，并没在大理停住，虽然华中的友人给了我们介绍信，在大理可以找到住处。大理是游苍山的最合适的地方。我们所以直接回下关者，一来因为不愿多打扰生朋友，二来是车子不好找，须早为下手。

回到下关，范会逢先生来访，并领我们去洗温泉。云南这一带温泉很多，而且水很热。我们洗澡的地方，安有冷水管，假若全用泉水，便热得下不去脚了。泉下，一个很险要的地方，两面是山，中间是水，有一块碑，刻着汉诸葛武侯擒孟获处。碑是光绪年间立的，不知以前有没有？

范先生说有小车子回昆明，教我们乘搭。在这以前，我们已交涉好滇缅路交通车，即赶紧辞退，可是，路局的人员约我去演讲一次。他们的办公处，在湖边上，一出门便看见山水之胜。小小的一个聚乐部，里面有些书籍。职员之中，有些很爱好文艺的青年。他们还在下关演过话剧。他们的困难是找不到合适的剧本。他们的人少，服装道具也不易置办，而得到的剧本，总嫌用人太多，场面太多，无法演出。他们的困难，我想，恐怕也是各地方的热心戏剧宣传者的困难吧，写剧的人似乎应当注意及此。

讲演的时候，门外都站满了人。他们不易得到新书，也不易听到什么，有朋自远方来，当然使他们兴奋。

在下关旅舍里，遇见一位新由仰光回来的青年，他告诉我：海外是怎样的需要文艺宣传。有位"常任侠"——不是中大的教授——声言要在仰光等处演戏，需钱去接来演员。演员们始终没来一个，而常君自己已骗到手十多万！

二十七

小车子一天赶了四百多公里，早六时半出发，晚五时就开到了昆明。

预备作两件事：一件是看看滇戏，一件是上呈贡。滇戏没看到，因为空袭的关系，已很久没有彩唱，而只有"坐打"。呈贡也没去成。预定十一月十四日起身回渝，十号左右可去呈贡，可是忽然得到通知，十号可以走，破坏了预定计划。

十日，恋恋不舍的辞别了众朋友。

（原载 1941 年 11 月 22 日至 1942 年 1 月 7 日《扫荡报》）

我所认识的沫若先生

关于沫若先生，据我看，至少有五方面值得赞述：

（一）他的文艺作品的创作及翻译；

（二）在北伐期间，他的革命功业；

（三）他在考古学上的成就；

（四）抗战以来，他的抗战工作；

（五）他的为人。

对以上的五项，可怜，我都没有资格说话，因为；

（一）他的文艺作品及翻译，我没有完全读过，不敢乱说；而马上去搜集他的全部著作，从事研读，在今天，恐怕又不可能。

（二）关于北伐期间他的革命工作，他自己已经写出了一点；以后他还许有更详细的自述，用不着我替他说；要说，我也所知无几。

（三）对于他的考古学的成就，我只知道：遇有机会，我总是小学生似的恭听他讲说古史或古文字。因为，据专家们说：今日治考古学的人们可分为三类，第一类是学有家数，生经入史，根底坚深，但不习外国言语，昧于科学方法，用力至苦而收获无多。第二类是略知科学方法，复有研究趣味，而旧学根底不够，失之浮浅。第三类是通古如今，新旧兼胜，既不泥古，复能出新，研究结果乃能照耀全世。沫若先生，据专家们说，就属于第三类。这，我只能相信他们的话。当我恭听他讲述的时候，我只怀疑自己的理解力，一句类似批评的话也不敢说，——一个外行怎敢去批评内行们所推崇的内行呢？

（四）至于抗战以来，他的抗敌工作，是眼前的事情，人人知道，我并不比别人知道的多到哪里去，也就用不着多开口。

（五）关于他的为人，我照样的没有说话的资格，因为我认识他才不过四年。

不过一位新闻记者既可以由一面之缘而写印象记，那么，相识四年，还不可以放开胆子么？根据这个聊以自解的理由，我现在要说几句没有资格来说的话。

由四年来的观察，我觉得沫若先生是个：

（一）绝顶聪明的人，这里所说的"聪明"，并不指他的多才多艺而言，因为我要说的是他的为人，而不是介绍他在文艺上与学术上的才力与成就。

我说他是绝顶聪明，因为他知道他自己的天才，知道他自己的地位，而完全不利用它们去取得个人的利益与享受。反之，他老想把自己的才力聪明用到他以为有意义的事上去，即使因此而受到很大的物质上的损失和身心上的苦痛，他也不皱一皱眉！他敢去革命，敢去受苦，敢从日本小鬼的眼皮下逃回祖国，来抵抗日本小鬼！我管这叫作愚傻的聪明，假若愚傻就是舍利趋义的意思的话。这种聪明才是一个诗人的伟大处：有了它，诗人的人格才宝气珠光。

（二）沫若先生是个五十岁的小孩，因为他永是那么天真、热烈，使人看到他的笑容，他的怒色，他的温柔和蔼，而看不见，仿佛是，他的岁数。他永远真诚，等到他因真诚而受了骗的时候，他也会发怒——他的怒色是永不藏起去的。这个脾气使他不能自己的去多知多闻，对什么都感觉趣味；假若是他的才力所能及的，他便不舍昼夜去研究学习，他写字，他作诗，他学医，他翻译西洋文学名著，他考古……而且，他都把它们作得好；他是头狮子，扑什么都用全力，等到他把握到一种学术或技艺，他会像小孩拆开一件玩具那么天真，高兴，去告诉别人，领导别人；他的学问，正和他的生命一样，是要献给社会、国家、与世界的。他对人也是如此，虽然不能有求必应，但凡是他所能作到的，无不尽心尽力的去为人帮忙。最使我感动的是他那随时的，真诚而并不正颜厉色的，对朋友们的规劝。这规劝，像春晓的微风似的，使人不知不觉的感到温暖，而不能不感谢他。好几次了，他注意到我贪酒。好几次了，当我辞别他的时候，他低声的，微笑的，像极怕伤了我的心似的，说："少喝点酒啊！"好多次了，我看见他这样规劝别人——绝不是老大哥的口气，而永远是一种极同情，极关切的劝慰。在我不认识他的时候，我以为他是一条猛虎；现在，相识已有四年。我才知道他是个伏虎罗汉。

啊，五十岁的老小孩，我相信你会继续在创作上，学术研究上，抗敌工作上，用你的聪明；也相信，你会在创作研究等等而外，还时时给我们由你心中发出的春风！

（原载 1941 年 11 月 16 日《新蜀报》）

我所认识的沫若先生　　老　舍

青蓉略记

今年八月初，陈家桥一带的土井已都干得滴水皆无。要水，须到小河湾里去"挖"。天既奇暑，又没水喝，不免有些着慌了。很想上缙云山去"避难"，可是据说山上也缺水。正在这样计无从出的时候，冯焕章先生来约同去灌县与青城。这真是福自天来了！

八月九日晨出发。同行者还有赖亚力与王冶秋二先生，都是老友，路上颇不寂寞。在来凤驿遇见一阵暴雨，把行李打湿了一点，临时买了一张席子遮在车上。打过尖，雨已晴，一路平安的到了内江。内江比二三年前热闹得多了，银行和饭馆都新增了许多家。傍晚，街上挤满了人和车。次晨七时又出发，在简阳吃午饭。下午四时便到了成都。天热，又因明晨即赴灌县，所以没出去游玩。夜间下了一阵雨。

十一日早六时向灌县出发，车行甚缓，因为路上有许多小渠。路的两旁都有浅渠，流着清水；渠旁便是稻田：田埂上往往种着薏米，一穗穗的垂着绿珠。往西望，可以看见雪山。近处的山峰碧绿，远处的山峰雪白，在晨光下，绿的变为明翠，白的略带些玫瑰色，使人想一下子飞到那高远的地方去。还不到八时，便到了灌县。城不大，而处处是水，像一位身小而多乳的母亲，滋养着川西坝子的十好几县。住在任觉五先生的家中。孤零零的一所小洋房，两面都是雪浪激流的河，把房子围住，门前终日几乎没有一个行人，除了水声也没有别的声音。门外有些静静的稻田，稻子都有一人来高。远望便见到大面青城雪山，都是绿的。院中有一小盆兰花，时时放出香味。

青年团正在此举行夏令营，一共有千名以上的男女学生，所以街上特别的显着风光。学生和职员都穿汗衫短裤（女的穿短裙），赤脚着草鞋，背负大草帽，非常的精神。张文白将军与易君左先生都来看我们，也都是"短打扮"，也就都显着年轻了好多。夏令营本部在公园内，新盖的礼堂，新修的游泳池；原有一块不小的空场，即作为运动和练习骑马的地方。女学生也练习马术，结队穿过街市的时候，使居民们都吐吐舌头。

灌县的水利是世界闻名的。在公园后面的一座大桥上，便可以看到滚滚的雪水从离堆流进来。在古代，山上的大量雪水流下来，非河身所能容纳，故时有水患。后来，李冰父子把小山硬凿开一块，水乃分流——离堆便在凿开的那个缝子的旁边。从此双江分灌，到处划渠，遂使川西平原的十四五县成为最富庶的区域——只要灌县的都江堰一放水，这十几县便都不下雨也有用不完的水了。城外小山上有二王庙，供养的便是李冰父子。在庙中高处可以看见都江堰的全景。在两江未分的地方，有驰名的竹索桥。距桥不远，设有鱼嘴，使流水分家，而后一江外行，一江入离堆，是为内外江。到冬天，在鱼嘴下设阻碍，把水截住，则内江干涸，可以淘滩。春来，撤去阻碍，又复成河。据说，每到春季开水的时候，有多少万人来看热闹。在二王庙的墙上，刻着古来治水的格言，如深淘滩，低作堰……等。细细玩味这些格言，再看着江堰上那些实际的设施，便可以看出来，治水的诀窍只有一个字——"软"。水本力猛，遇阻则激而决溃，所以应低作堰，使之轻轻漫过，不至出险。水本急流而下，波涛汹涌，故中设鱼嘴，使分为二，以减其力；分而又分，江乃成渠，力量分散，就有益而无损了。作堰的东西只是用竹编的篮子，盛上大石卵。竹有弹性，而石卵是活动的，都可以用"四两破千斤"的劲儿对付那惊涛骇浪。用分化与软化对付无情的急流，水便老实起来，乖乖的为人们灌田了。

竹索桥最有趣。两排木柱，柱上有四五道竹索子，形成一条窄胡同儿。下面再用竹索把木板编在一处，便成了一座悬空的，随风摇动的，大桥。我在桥上走了走，虽然桥身有点动摇，虽然木板没有编紧，还看得到下面的急流，——看久了当然发晕——可是绝无危险，并不十分难走。

治水和修构竹索桥的方法，我想，不定是经过多少年代的试验与失败，而后才得到成功的。而所谓文明者，我想，也不过就是能用尽心智去解决切身的问题而已。假若不去下一番功夫，而任着水去泛滥，或任着某种自然势力兴灾作祸，则人类必始终是穴居野处，自生自灭，以至灭亡。看到都江堰的水利与竹索桥，我们知道我们的祖先确有不甘屈服而苦心焦虑的去克服困难的精神。可是，在今天，我们还时时听到看到各处不是闹旱便是闹水，甚至于一些蝗虫也能教我们去吃树皮草根。可怜，也可耻呀！我们连切身的衣食问题都不去设法解决，还谈什么文明与文化呢？

灌县城不大，可是东西很多。在街上，随处可以看到各种的水果，都好看好吃。在此处，我看到最大的鸡卵与大蒜大豆。鸡蛋虽然已卖到一元二角一个，可是这一个实在比别处的大着一倍呀！雪山的大豆要比胡豆还大。雪白发光，看着便可爱！药材很多，在随便的一家小药店里，便可以看到雷震子，贝母，虫草，熊胆，麝香，和多少说不上名儿来的药物。看到这些东西，使人想到西边的山地与草原里去看一看。啊，要能到山中去割几脐麝香，打几匹大熊，够多威武而有趣呀！

物产虽多，此地的物价可也很高。只有吃茶便宜，城里五角一碗，城外三角，再远一点就卖二角了。青城山出茶，而遍地是水，故应如此。等我练好辟谷的工夫，我一定要搬到这一带来住，不吃什么，只喝两碗茶，或者每天只写二百字就够生活的了。

在灌县住了十天。才到青城山去。山在县城西南，约四十里。一路上，渠溪很多，有的浑黄，有的清碧；浑黄的大概是上流刚下了大雨。溪岸上往往有些野花，在树荫下幽闲的开着。山口外有长生观，今为荫堂中学校舍；秋后，黄碧野先生即在此教书。入了山，头一座庙是建福宫，没有什么可看的。由此拾阶而前，行五里，为天师洞——我们即住于此。由天师洞再往上走，约三四里，即到上清宫。天师洞上清宫是山中两大寺院，都招待游客，食宿概有定价，且甚公道。

从我自己的一点点旅行经验中，我得到一个游山玩水的诀窍："风景好的地方，虽然古迹，也值得来，风景不好的地方，纵有古迹，大可以不去。"古迹，十之八九，是会使人失望的。以上清宫和天师洞两大道院来说吧，它们都有些古迹，而一无足观。上清宫里有鸳鸯井，也不过是一井而有二口，一方一圆，一干一湿；看它不看，毫无关系。还有麻姑池，不过是一小方池浊水而已。天师洞里也有这类的东西，比如洗心池吧，不过是很小的一个水池；降魔石呢，原是由山崖裂开的一块石头，而硬说是被张天师用剑劈开的。假若没有这些古迹，这两座庙子的优美自然一点也不减少。上清宫在山头，可以东望平原，青碧千顷；山是青的，地也是青的，好像山上的滴翠慢慢流到人间去了的样子。在此，早晨可以看日出，晚间可以看圣灯；就是白天没有什么特景可观的时候，登高远眺，也足以使人心旷神怡。天师洞，与上清宫相反，是藏在山腰里，四面都被青山环抱着，掩护着，我想把它叫作"抱翠洞"，也许比原名更好一些。

不过，不管庙宇如何，假若山林无可观，就没有多大意思，因为庙以庄严整齐为主，成不了什么很好的景致。青城之值得一游，正在乎山的本身也好；即使它无一古迹，无一大寺，它还是值得一看的名山。山的东面倾斜，所以长满了树木，这占了一个"青"字。山的西面，全是峭壁千丈，如城垣，这占了一个"城"字。山不厚，由"青"的这一头转到"城"的那一面，只须走几里路便够了。山也不算高。山脚至顶不过十里路。既不厚，又不高，按说就必平平无奇了。但是不然。它"青"，青得出奇，它不像深山老峪中那种老松凝碧的深绿，也不像北方山上的那种东一块西一块的绿，它的青色是包住了全山，没有露着山骨的地方；而且，这个笼罩全山的青色是竹叶，楠叶的嫩绿，是一种要滴落的，有些光泽的，要浮动的，淡绿。这个青色使人心中轻快，可是不敢高声呼唤，仿佛怕把那似滴未滴，欲动未动的青翠惊坏了似的。这个青色是使人吸到心中去的，而不是只看一眼，夸赞一声便完事的。当这个青色在你周围，你便觉出一种恬静，一种说不出，也无须说出的舒适。假若你非去形容一下不可呢，你自然的只会找到一个字——幽。所以，吴稚晖先生说："青城天下幽"。幽得太厉害了，便使人生畏；青城山却正好不太高，不太深，而恰恰不大不小的使人既不畏其旷，也不嫌它窄；它令人能体会到"悠然见南山"的那个"悠然"。

山中有报更鸟，每到晚间，即梆梆的呼叫，和析声极相似，据道人说，此鸟不多，且永不出山。那天，寺中来了一队人，拿着好几枝猎枪，我很为那几只会击柝的小鸟儿担心，这种鸟儿有个缺欠，即只能打三更——梆，梆梆——无论是傍晚还是深夜，它们老这么叫三下。假若能给它们一点训练，教它们能从一更报到五更，有多么好玩呢！

白日游山，夜晚听报更鸟，"悠悠"的就过了十几天。寺中的桂花开始放香，我们恋恋不舍的离别了道人们。

返灌县城，只留一夜，即回成都。过郫县，我们去看了看望丛祠；没有什么好看的，地方可是很清幽，王法勤委员即葬于此。

成都的地方大，人又多，若把半个多月的旅记都抄写下来，未免太麻烦了。拣几项来随便谈谈吧。

（一）成都"文协"分会：自从川大迁开，成都"文协"分会因短少了不少会员，会务曾经有过一个时期不大旺炽。此次过蓉，分会全体会员举行茶会招待，到会的也还有四十多人，并不太少。会刊——《笔阵》——也由几小页扩充到好十几页的月刊，虽然月间经费不过才有百元钱。这样的努力，不能不令人钦佩！可惜，开会时没有见到李劼人先生，他上了乐山。《笔阵》所用的纸张，据说，是李先生设法给捐来的；大家都很感激他；有了纸，别的就容易办得多了。会上，也没见到圣陶先生，可是过了两天，在开明分店见到。他的精神很好，只是白发已满了头。他的少爷们，他告诉我，已写了许多篇小品文，预备出个集子，想找我作序，多么有趣的事啊！郭子杰先生陶雄先生都约我吃饭，牧野先生陪着我游看各处，还有陈翔鹤，车瘦舟诸先生约我聚餐——当然不准我出钱——都在此致谢。瞿冰森先生和中央日报的同仁约我吃真正成都味的酒席，更是感激不尽。

（二）看戏：吴先忧先生请我看了川剧，及贾瞎子的竹琴，德娃子的洋琴，这是此次过蓉最快意的事。成都的川剧比重庆的好得多，况且我们又看的是贾佩之，肖楷成，周慕莲，周企何几位名手，就更觉得出色了。不过，最使我满意的，倒还是贾瞎子的竹琴。乐器只有一鼓一板，腔调又是那么简单，可是他唱起来仿佛每一个字都有些魔力，他越收敛，听者越注意静听，及至他一放音，台下便没法不喝彩了。他的每一个字像一个轻打梨花的雨点，圆润轻柔；每一句是有声有色的一小单位；真是字字有力，句句含情。故事中有多少人，他要学多少人，忽而大嗓，忽而细嗓，而且不只变嗓，还要咬音吐字各尽其情；这真是点本领！希望再有上成都去的机会。多听他几次！

（三）看书：在蓉，住在老友侯宝璋大夫家里。虽是大夫，他却极喜爱字画。有几块闲钱，他便去买破的字画；这样，慢慢的他已收集了不少四川先贤的手迹。这样，他也就与西玉龙街一带的古玩铺及旧书店都熟识了。他带我去游玩，总是到这些旧纸堆中来。成都比重庆有趣就在这里——有旧书摊儿可逛。买不买的且不去管，就是多摸一摸旧纸陈篇也是快事啊。真的，我什么也没买，书价太高。可是，饱了眼福也就不虚此行。一般的说，成都的日用品比重庆的便宜一点，因为成都的手工业相当的发达，出品既多，同业的又多在同一条街上售货，价格当然稳定一些。鞋、袜、牙刷，纸张什么的，我看出来，都比重庆的相因着不少。旧书虽贵，大概也比重庆的便宜，假若能来往贩卖，也许是个赚钱的生意。不过，我既没发财的志愿，也就不便多此一举，虽然贩卖旧书之举也许是俗不伤雅的吧。

（四）归来：因下雨，过至中秋前一日才动身返渝。中秋日下午五时到陈家桥，天还阴着。夜间没有月光，马马虎虎的也就忘了过节。这样也好，省得看月思乡，又是一番难过！

（原载 1942 年 10 月 10 日重庆《大公报》）

述　志

　　自从一九三〇年春天由国外回到北平，我就想作个职业的写家。这个愿望，可是直到抗战的前一年才达到。《骆驼祥子》就是我作职业的写家后的作品。转过年来，就是"七七"抗战那一年，我同时写两部长篇小说，以期每月有一点固定的收入。这两篇，都写了有四五万字，可是正在往外寄稿的时节，卢沟桥的炮声便打碎了一切。这两部有头无尾的稿子，已随着我的全部书籍字画被敌人盗去了。"一·二八"上海的大火，烧掉了我的《大明湖》——十万字以上的小说。"七七"后，敌人又劫夺了我所有的书籍字画与文稿。敌人的炮弹虽然到今天还没打伤了我的身体，可是久已击中我的心灵！我没有到过日本，也不识日本文字，所以我不知道日本有什么样的文化，或有无文化。可是我的确知道，日本人会来到我的家里，抢走或烧掉我的心爱的图书与我自己用心血滴成的文章。我要报仇！

　　我既不会打枪，也不会带领人马。想报仇，只有拿紧了我的笔。从"七七"抗战后，我差不多没有写过什么与抗战无关的文字。我想报个人的仇，同时也想为全民族复仇，所以不管我写得好不好，我总期望我的文字在抗战宣传上有一点作用。有的人以为，文艺要过于切近实用，偏重于某一点，则必损失了文艺的从容不迫，或竟至不成为文艺。这，我不愿回答什么，我只知道岳夫子的《满江红》，文天祥的《正气歌》，陆放翁的激昂的诗句，并没毁坏了文艺，而反倒有些千古不灭的正气，使有心人都受感动。我还知道，即使敌人与我个人无仇无怨，可是他抢的是中华的地土，杀的是我的同胞；假若这样的仇恨，还不足激动我的心，我就不算人了，更何有于文艺？我不能再照着王石谷的山水去赞美林壑之美，因为我看到听到我们的山河是被血染红，被火烧焦！我不能再夸赞我窗外的翠竹，因为隔壁已落了炸弹，邻儿的血肉都飞溅到我的窗前！假若我硬闭上眼塞上耳，不见不闻，而依然写"悠然见南山"那样的诗句，我觉得自己既不能再算个有心肠的人，而且我的文字也必都是冰冷的小四方块，即使文艺之神喜欢我这个调调儿，我也宁愿得罪了神仙，而不能不顾及面前的活生生的人。因此，抗战五年来，我不肯去教书，不肯去另谋高就，并不是因为我的写作生活能够使我饱食暖衣，而是因为我要咬住牙，拿住我的笔不放松。这支笔能替我说话，而且能使别人听见，好，它便是我的生命。从一九三〇年我就想作个职业的写家，经过抗战，我想连"职业的"三个字也取消，而干脆说我要永远作个

"写家"，因为"职业的"一词含有挣钱吃饭之意，而我今天是身无长物，连妻小已都快饿死了。多咱我自己也饿死，我就不能不放下笔；但是在饿死之前，我总要不停的写作，因为我要作个"写家"。

（原载 1942 年 12 月 15 日《宇宙风》第 129 期）

我的母亲

母亲的娘家是北平德胜门外，土城儿外边，通大钟寺的大路上的一个小村里。村里一共有四五家人家，都姓马。大家都种点不十分肥美的地，但是与我同辈的兄弟们，也有当兵的，作木匠的，作泥水匠的，和当巡警的。他们虽然是农家，却养不起牛马，人手不够的时候，妇女便也须下地作活。

对于姥姥家，我只知道上述的一点。外公外婆是什么样子，我就不知道了，因为他们早已去世。至于更远的族系与家史，就更不晓得了；穷人只能顾眼前的衣食，没有功夫谈论什么过去的光荣；"家谱"这字眼，我在幼年就根本没有听说过。

母亲生在农家，所以勤俭诚实，身体也好。这一点事实却极重要，因为假若我没有这样的一位母亲，我以为我恐怕也就要大大的打个折扣了。

母亲出嫁大概是很早，因为我的大姐现在已是六十多岁的老太婆，而我的大外甥女还长我一岁啊。我有三个哥哥，四个姐姐，但能长大成人的，只有大姐，二姐，三姐，三哥与我。我是"老"儿子。生我的时候，母亲已有四十一岁，大姐二姐已都出了阁。

由大姐与二姐所嫁入的家庭来推断，在我生下之前，我的家里，大概还马马虎虎的过得去。那时候定婚讲究门当户对，而大姐丈是作小官的，二姐丈也开过一间酒馆，他们都是相当体面的人。

可是，我，我给家庭带来了不幸：我生下来，母亲晕过去半夜，才睁眼看见她的老儿子——感谢大姐，把我揣在怀中，致未冻死。

一岁半，我把父亲"剋"死了。

兄不到十岁，三姐十二三岁，我才一岁半，全仗母亲独力抚养了。父亲的寡姐跟我们一块儿住，她吸鸦片，她喜摸纸牌，她的脾气极坏。为我们的衣食，母亲要给人家洗衣服，缝补或裁缝衣裳。在我的记忆中，她的手终年是鲜红微肿的。白天，她洗衣服，洗一两大绿瓦盆。她作事永远丝毫也不敷衍，就是屠户们送来的黑如铁的布袜，她也给洗得雪白。晚间，她与三姐抱着一盏油灯，还要缝补衣服，一直到半夜。她终年没有休息，可是在忙碌中她还把院子屋中收拾得清清爽爽。桌椅都是旧的，柜门的铜活久已残缺不全，可是她的手老使破桌面上没有尘土，残破的铜活发着光。院中，父亲遗留下的几盆石榴与夹竹桃，永远会得到应有的浇灌与爱护，年年夏天开许多花。

哥哥似乎没有同我玩耍过。有时候，他去读书；有时候，他去学徒；有时候，他也去卖花生或樱桃之类的小东西。母亲含着泪把他送走，不到两天，又含着泪接他回来。我不明白这都是什么事，而只觉得与他很生疏。与母亲相依如命的是我与三姐。因此，他们作事，我老在后面跟着。他们浇花，我也张罗着取水；他们扫地，我就撮土……从这里，我学得了爱花，爱清洁，守秩序。这些习惯至今还被我保存着。

有客人来，无论手中怎么窘，母亲也要设法弄一点东西去款待。舅父与表哥们往往是自己掏钱买酒肉食，这使她脸上羞得飞红，可是殷勤的给他们温酒作面，又给她一些喜悦。遇上亲友家中有喜丧事，母亲必把大褂洗得干干净净，亲自去贺吊——份礼也许只是两吊小钱。到如今为我的好客的习性，还未全改，尽管生活是这么清苦，因为自幼儿看惯了的事情是不易改掉的。

姑母常闹脾气。她单在鸡蛋里找骨头。她是我家中的阎王。直到我入了中学，她才死去，我可是没有看见母亲反抗过。"没受过婆婆的气，还不受大姑子的吗？命当如此！"母亲在非解释一下不足以平服别人的时候，才这样说。是的，命当如此。母亲活到老，穷到老，辛苦到老，全是命当如此。她最会吃亏。给亲友邻居帮忙，她总跑在前面：她会给婴儿洗三——穷朋友们可以因此少花一笔"请姥姥"钱——她会刮痧，她会给孩子们剃头，她会给少妇们绞脸……凡是她能作的，都有求必应。但是吵嘴打架，永远没有她。她宁吃亏，不逗气。当姑母死去的时候，母亲似乎把一世的委屈都哭了出来，一直哭到坟地。不知道哪里来的一位侄子，声称有承继权，母亲便一声不响，教他搬走那些破桌子烂板凳，而且把姑母养的一只肥母鸡也送给他。

可是，母亲并不软弱，父亲死在庚子闹"拳"的那一年。联军入城，挨家搜索财物鸡鸭，我们被搜两次。母亲拉着哥哥与三姐坐在墙根，等着"鬼子"进门，街门是开着的。"鬼子"进门，一刺刀先把老黄狗刺死，而后入室搜索。他们走后，母亲把破衣箱搬起，才发现了我。假若箱子不空，我早就被压死了。皇上跑了，丈夫死了，鬼子来了，满城是血光火焰，可是母亲不怕，她要在刺刀下，饥荒中，保护着女儿。北平有多少变乱啊，有时候兵变了，街市整条的烧起，火团落在我们院中。有时候内战了，城门紧闭，铺店关门，昼夜响着枪炮。这惊恐，这紧张，再加上一家饮食的筹划，儿女安全的顾虑，岂是一个软弱的老寡妇所能受得起的？可是，在这种时候，母亲的心横起来，她不慌不哭，要从无办法中想出办法来。她的泪会往心中落！这点软而硬的个性，也传给了我。我对一切人与事，都取和平的态度，把吃亏看作当然的。但是，在作人上，我有一定的宗旨与基本的法则，什么事都可将就，而不能超过自己画好的界限。我怕见生人，怕办杂事，怕出头露面；但是到了非我去不可的时候，我便不敢不去，正像我的母亲。从私塾到小学，到中学，我经历过起码有二十位教师吧，其中有给我很大影响的，也有毫无影响的，但是我的真正的教师，把性格传给我的，是我的母亲。母亲并不识字，她给我的是生命的教育。

当我在小学毕了业的时候，亲友一致的愿意我去学手艺，好帮助母亲。我晓得我应当去找饭吃，以减轻母亲的勤劳困苦。可是，我也愿意升学。我偷偷的考入了师范学校——制服，饮食，书籍，宿处，都由学校供给。只有这样，我才敢对母亲说升学的话。入学，要交十圆的保证金。这是一笔巨款！母亲作了半个月的难，把这巨款筹到，而后含泪把我送出门去。她不辞劳苦，只要儿子有出息。当我由师范毕业，而被派为小学校校长，母亲与我都一夜不曾合眼。我只说了句："以后，您可以歇一歇了！"她的回答只有一串串的眼泪。我入学之后，三姐结了婚。母亲对儿女是都一样疼爱的，但是假若她也有点偏爱的话，她应当偏爱三姐，因为自父亲死后，家中一切的事情都是母亲和三姐共同撑持的。三姐是母亲的右手。但是母亲知道这右手必须割去，她不能为自己的便利而耽误了女儿的青春。当花轿来到我们的破门外的时候，母亲的手就和冰一样的凉，脸上没有血色——那是阴历四月天气很暖。大家都怕她晕过去。可是，她挣扎着，咬着嘴唇，手扶着门框，看花轿徐徐的走去。不久，姑母死了。三姐已出嫁，哥哥不在家，我又住学校，家中只剩母亲自己。她还须自晓至晚的操作，可是终日没人和她说一句话。新年到了，正赶上政府倡用阳历，不许过旧年。除夕，我请了两小时的假。由拥挤不堪的街市回到清炉冷灶的家中。母亲笑了。及至听说我还须回校，她愣住了。半天，她才叹出一口气来。到我该走的时候，她递给我一些花生，"去吧，小子！"街上是那么热闹，我却什么也没看见，泪遮迷了我的眼。今天，泪又遮住了我的眼，又想起当日孤独的过那凄惨的除夕的慈母。可是慈母不会再候盼着我了，她已入了土！

儿女的生命是不依顺着父母所设下的轨道一直前进的，所以老人总免不了伤心。我二十三岁，母亲要我结了婚，我不要。我请来三姐给我说情，老母含泪点了头。我爱母亲，但是我给了她最大的打击。时代使我成为逆子。二十七岁，我上了英国。为了自己，我给六十多岁的老母以第二次打击。在她七十大寿的那一天，我还远在异域。那天，据姐姐们后来告诉我，老太太只喝了两口酒，很早的便睡下。她想念她的幼子，而不便说出来。

"七七"抗战后，我由济南逃出来。北平又像庚子那年似的被鬼子占据了。可是母亲日夜惦念的幼子却跑西南来。母亲怎样想念我，我可以想象得到，可是我不能回去。每逢接到家信，我总不敢马上拆看，我怕，怕，怕，怕有那不祥的消息。人，即使活到八九十岁，有母亲便可以多少还有点孩子气。失了慈母便像花插在瓶子里，虽然还有色有香，却失去了根。有母亲的人，心里是安定的。我怕，怕，怕家信中带来不好的消息，告诉我已是失了根的花草。

去年一年，我在家信中找不到关于老母的起居情况。我疑虑，害怕。我想象得到，若有不幸，家中念我流亡孤苦，或不忍相告。母亲的生日是在九月，我在八月半写去祝寿的信，算计着会在寿日之前到达。信中嘱咐千万把寿日的详情写来，使我不再疑虑。十二月二十六日，由文化劳军的大会上回来，我接到家信。我不敢拆读。就寝前，我拆开信，母亲已去世一年了！

生命是母亲给我的。我之能长大成人，是母亲的血汗灌养的。我之能成为一个不十分坏的人，是母亲感化的。我的性格，习惯，是母亲传给的。她一世未曾享过一天福，临死还吃的是粗粮。唉！还说什么呢？心痛！心痛！

（原载 1943 年 1 月 13 日、15 日《时事新报》）

八方风雨

一 前奏

虽然用了个颇像小说或剧本的名字的标题——八方风雨——这却不是小说，也不是剧本，而是在八年抗战中，我的生活的简单纪实。它不是日记，因为我的日记已有一部分被敌人的炸弹烧毁在重庆，无法照抄下来，而且，即使它还全部在我手中，它是那么简单无趣，也不值得印出来。所以，凭着记忆与还保存着的几页日记，我想大概的，简单扼要的，把八年的生活有话即长，无话即短的写下来。我希望它既能给我自己留下一点生命旅程中的印迹，同时也教别离八载的亲友得到我一些消息，省得逐一的在口头或书面上报告。此外，别无什么伟大的企图。在抗战前，我是平凡的人，抗战后，仍然是个平凡的人。那也就可见，我并没有乘着能够混水摸鱼的时候，发点财，或作了官；不，我不单没有摸到鱼，连小虾也未曾捞住一个。那么，腾达显贵与金玉满堂假若是"伟大"的小注儿，我这里所记录的未免就显着十分寒碜了。我必定要这么先声明一下，否则教亲友们看了伤心，倒怪不大好意思的。简言之，这是一个平凡人的平凡生活报告。假若有人喜欢读惊奇，浪漫，不平凡的故事，那我就应该另写一部传奇，而其中的主角也就一定不是我自己了。

所谓，"八方风雨"者，因此，并不是说我曾东讨西征，威风凛凛，也非私下港沪，或飞到缅甸，去弄些奇珍异宝，而后潜入后方，待价而沽。没有，这些事我都没有作过。我只有一枝笔。这枝笔是我的本钱，也是我的抗敌的武器。我不肯，也不应该，放弃了它，而去另找出路。于是，我由青岛跑到济南，由济南跑到武汉，而后跑到重庆。由重庆，我曾到洛阳，西安，兰州，青海，绥远去游荡，到川东川西和昆明大理去观光。到处，我老拿着我的笔。风把我的破帽子吹落在沙漠上，雨打湿了我的瘦小的铺盖卷儿；比风雨更厉害的是多少次敌人的炸弹落在我的附近，用沙土把我埋了半截。这，是流亡，是酸苦，是贫寒，是兴奋，是抗敌，也就是"八方风雨"。

二 开始流亡

直到二十六年十一月中旬，我还没有离开济南。第一，我不知道上哪里去好：回老家北平吧，道路不通；而且北平已陷入敌手，我曾函劝诸友逃出来，我自己怎能去自投罗网呢？到上海去吧，沪上的友人又告诉我不要去，我只好"按兵不动"。第二，从泰安到徐州，火车时常遭受敌机的轰炸，而我的幼女才不满三个月，大的孩子也不过四岁，实在不便去冒险。第三，我独自逃亡吧，把家属留在济南，于心不忍；全家走吧，既麻烦又危险。这是最凄凉的日子。齐鲁大学的学生已都走完，教员也走了多一半。那么大的院子，只剩下我们几家人。每天，只要是晴天，必有警报：上午八点开始，到下午四五点钟才解除。院里静寂得可怕：卖青菜，卖果子的都已不再来，而一群群的失了主人的猫狗都跑来乞饭吃。

我着急，而毫无办法。战事的消息越来越坏，我怕城市会忽然的被敌人包围住，而我作了俘虏。死亡事小，假若我被他捉去而被逼着作汉奸，怎么办呢？这点恐惧，日夜在我心中盘旋。是的，我在济南，没有财产，没有银钱；敌人进来，我也许受不了多大的损失。但是，一个读书人最珍贵的东西是他的一点气节。我不能等待敌人进来，把我的那点珍宝劫夺了去。我必须赶紧出走。

几次我把一只小皮箱打点好，几次我又把它打开。看一看痴儿弱女，我实不忍独自逃走。这情形，在我到了武汉的时候，我还不能忘记，而且写出一首诗来

> 弱女痴儿不解哀，牵衣问父去何来？
> 话因伤别潜成泪，血若停流定是灰。
> 已见乡关沦水火，更堪江海逐风雷；
> 徘徊未忍道珍重，暮雁声低切切催。

可是，我终于提起了小箱，走出了家门。那是十一月十五日的黄昏。在将要吃晚饭的时候，天上起了一道红闪，紧接着是一声震动天地的爆炸。三个红闪，爆炸了三声。这是——当时并没有人知道——我们的军队破坏黄河铁桥。铁桥距我的住处有十多里路，可是我的院中的树木都被震得叶如雨下。

立刻，全市的铺户都上了门，街上几乎断绝了行人。大家以为敌人已到了城外。我抚摸了两下孩子们的头，提起小箱极快的走出去。我不能再迟疑，不能不下狠心：稍一踟躇，我就会放下箱子，不能迈步了。

同时，我也知道不一定能走，所以我的临别的末一句话是："到车站看看有车没有，没有车就马上回来！"在我的心里，我切盼有车，宁愿在中途被炸死，也不甘心坐待敌人捉去我。同时我也愿车已不通，好折回来跟家人共患难。这两个不同的盼望在我心中交战，使我反倒忘了苦痛。我已主张不了什么，走与不走全凭火车替我决定。

在路上，我找到一位朋友，请他陪我到车站去，假若我能走，好托他照应着家中。

　　车站上居然还卖票。路上很静，车站上却人山人海。挤到票房，我买了一张到徐州的车票。八点，车入了站，连车顶上已坐满了人。我有票，而上不去车。

　　生平不善争夺抢挤。不管是名，利，减价的货物，还是车位，船位，还有电影票，我都不会把别人推开而伸出自己的手去。看看车子看看手中的票，我对友人说："算了吧，明天再说吧！"

　　友人主张再等一等。等来等去，已经快十一点了，车子还不开，我也上不去。我又要回家。友人代我打定了主意："假若能走，你还是走了好！"他去敲了敲末一间车的窗。窗子打开，一个茶役问了声："干什么？"友人递过去两块钱，只说了一句话："一个人，一个小箱。"茶役点了头，先接过去箱子，然后拉我的肩。友人托了我一把，我钻入了车中，我的脚还没落稳，车里的人——都是士兵——便连喊："出去！出去！没有地方。"好容易立稳了脚，我说了声：我已买了票。大家看着我，也不怎么没再说什么。我告诉窗外的友人："请回吧！明天早晨请告诉家里一声，我已上了车！"友人向我招了招手。

　　没有地方坐，我把小箱竖立在一辆自行车的旁边，然后用脚，用身子，用客气，用全身的感觉，扩充我的地盘。最后，我蹲在小箱旁边。又待了一会儿，我由蹲而坐，坐在了地上，下颏恰好放在自行车的坐垫上——那个三角形的，皮的东西。我只能这么坐着，不能改换姿式，因为四面八方都挤满了东西与人，恰好把我镶嵌在那里。

　　车中有不少军火，我心里说："一有警报，才热闹！只要一个枪弹打进来，车里就会爆炸；我，箱子，自行车，全会飞到天上去。"

　　同时，我猜想着，二个小孩大概都已睡去，妻独自还没睡，等着我也许回去！这个猜想可是不很正确。后来得到家信，才知道两个大孩子都不肯睡，他们知道爸走了，一会儿一问妈：爸上哪儿去了呢？

　　夜里一点才开车，天亮到了泰安。我仍维持着原来的姿式坐着，看不见外边。我问了声："同志，外边是阴天，还是晴天？"回答是："阴天。"感谢上帝！北方的初冬轻易不阴天下雨，我赶的真巧！由泰安再开车，下起细雨来。

　　晚七点到了徐州。一天一夜没有吃什么，见着石头仿佛都愿意去啃两口。头一眼，我看见了个卖干饼子的，拿过来就是一口。我差点儿噎死。一边打着嗝儿，我一边去买郑州的票。我上了绿钢车，安闲的，漂亮的，停在那里，好像"战地之花"似的。

　　到郑州，我给家中与汉口朋友打了电报，而后歇了一夜。

　　到了汉口，我的朋友白君刚刚接到我的电报。他把我接到他的家中去。这是二十六年十一月十八日。从这一天起，我开始过流亡的生活。到今天——三十四年十二月四日——已整整八年了。

三　在武昌

离开家里，我手里拿了五十块钱。回想起来，那时候的五十元钱有多么大的用处呀！它使我由济南走到汉口，而还有余钱送给白太太一件衣料——白君新结的婚。

白君是我中学时代的同学。在武汉，还另有两位同学，朱君与蔡君。不久，我就看到了他们。蔡君还送给我一件大衣。

住处有了，衣服有了，朋友有了："我将干些什么呢？"这好决定。我既敢只拿着五十元钱出来，我就必是相信自己有挣饭吃的本领。我的资本就是我自己。只要我不偷懒，勤动着我的笔，我就有饭吃。

在汉口，我第一篇文章是给《大公报》写的。紧紧跟着，又有好几位朋友约我写稿。好啦，我的生活可以不成问题了。

倒是继续住在汉口呢？还是另到别处去呢？使我拿不定主意。二十一日，国府明令移都重庆。二十二日，苏州失守。武汉的人心极度不安。大家的不安，也自然的影响到我。我的行李简单，"货物"轻巧，而且喜欢多看些新的地方，所以我愿意再走。

我打电报给赵水澄兄，他回电欢迎我到长沙去。可是武汉的友人们都不愿我刚刚来到，就又离开他们；我是善交友的人，也就犹豫不决。

在武昌的华中大学，还有我一位好友，游泽丞教授。他不单不准我走，而且把自己的屋子与床铺都让给我，教我去住。他的寓所是在云架桥——多么美的地名！——地方安静，饭食也好，还有不少的书籍。以武昌与汉口相较，我本来就欢喜武昌，因为武昌像个静静的中国城市，而汉口是不中不西的乌烟瘴气的码头。云架桥呢，又是武昌最清静的所在，所以我决定搬了去。

游先生还另有打算。假若时局不太坏，学校还不至于停课，他很愿意约我在华中教几点钟书。

可是，我第一次到华中参观去，便遇上了空袭，这时候，武汉的防空设备都极简陋。汉口的巷子里多数架起木头，上堆沙包。一个轻量的炸弹也会把木架打垮，而沙包足以压死人。比这更简单的是往租界里跑。租界里连木架沙包也没有，可是大家猜测着日本人还不至于轰炸租界——这是心理的防空法。武昌呢，有些地方挖了地洞，里边用木头撑住，上覆沙袋，这和汉口的办法一样不安全。有的人呢，一有警报便往蛇山上跑，藏在树林里边。这，只须机枪一扫射，便要损失许多人。

华中更好了，什么也没有。我和朋友们便藏在图书馆的地窖里。摩仿，使日本人吃了大亏。假若日本人不必等德国的猛袭波兰与伦敦，就已想到一下子把军事或政治或工业的中心炸得一干二净，我与我的许多朋友或者早已都死在武汉了。可是，日本人那时候只派几架，至多不过二三十架飞机来。他们不猛袭，我们也就把空袭不放在心上。在地窖里，我们还觉得怪安全呢。

不久，何容，老向与望云诸兄也都来到武昌千家街 ① 福音堂。冯先生和朋友们都欢迎我们到千家街去。那里，地方也很清静，而且有个相当大的院子。何容与老向打算编个通俗的刊物；我去呢，也好帮他们一点忙。于是我就由云架桥搬到千家街，而慢慢忘了到长沙去的事。流亡中，本来是到处为家，有朋友的地方便可以小住；我就这么在武昌住下去。

四　略谈三镇

把个小一点的南京，和一个小一点的上海，搬拢在一处，放在江的两岸，便是武汉。武昌很静，而且容易认识——有那条像城的脊背似的蛇山，很难迷失了方向。汉口差不多和上海一样的嘈杂混乱，而没有上海的忙中有静，和上海的那点文化事业与气氛。它纯粹的是个商埠，在北平，济南，青岛住惯了，我连上海都不大喜欢，更不用说汉口了。

在今天想起来，汉口几乎没有给我留下任何印象。虽然武昌的黄鹤楼是那么奇丑的东西，虽然武昌也没有多少美丽的地方，可是我到底还没完全忘记了它。在蛇山的梅林外吃茶，在珞珈山下荡船，在华中大学的校园里散步，都使我感到舒适高兴。

特别值得留恋的是武昌的老天成酒店。这是老字号。掌柜与多数的伙计都是河北人。我们认了乡亲。每次路过那里，我都得到最亲热的招呼，而他们的驰名的二锅头与碧醇是永远管我喝够的。

汉阳虽然又小又脏，却有古迹：归元寺、鹦鹉洲、琴台、鲁肃墓，都在那里。这些古迹，除了归元寺还整齐，其他的都破烂不堪，使人看了伤心。

汉阳的兵工厂是有历史的。它给武汉三镇招来不少次的空袭，它自己也受了很多的炸弹。

武汉的天气也不令人喜爱。冬天很冷，有时候下很厚的雪。夏天极热，使人无处躲藏。武昌，因为空旷一些，还有时候来一阵风。汉口，整个的像个大火炉子。树木很少，屋子紧接着屋子，除了街道没有空地。毒花花的阳光射在光光的柏油路上，令人望而生畏。

越热，蚊子越多。在千家街的一间屋子里，我曾在傍晚的时候，守着一大扇玻璃窗。在窗上，我打碎了三本刊物，击落了几百架小飞机。

---

① 应为千户街。

蜈蚣也很多，很可怕。在褥下，箱子下，枕下，我都洒了雄黄；虽然不准知道，这是否确能避除毒虫，可是有了这点设施，我到底能睡得安稳一些。有一天，一撕一个小的邮卷，哼，里面跳出一条蜈蚣来！

提到饮食，武汉并没有什么特殊的东西。除了珍珠丸子一类的几种蒸菜而外，烹调的风格都近似江苏馆子的——什么菜都加点烩粉与糖，既不特别的好吃，也不太难吃。至于烧卖里面放糯米，真是与北方老粗故意为难了！

五　写鼓词

当我还在济南的时候，因时局的紧张，与宣传的重要，我已经想利用民间的文艺形式。我曾随着热心宣传抗战的青年们去看白云鹏与张小轩两先生，讨论鼓书的作法。

在汉口，我遇见了富少舫（山药旦）先生，董莲枝女士，和她的丈夫郑先生。这三位，都能读书写字，他们的爱国心也自然比一班的艺员更丰富。他们的眼睛不完全看着生意。只要有人供给他们新词儿，他们就肯下工夫去琢磨腔调，去背诵，去演唱，即使因此而影响到生意（都市中有闲的人们，既不喜新词儿，又不喜接受宣传），他们也不管。他们以为能在生意之外，多尽些宣传的责任，是他们的光荣。

和他们认识之后，我便开始写鼓词。

这时候，冯先生正请几位画家给画大张的抗战宣传画，以便放在街上照着"拉大片"——一名西湖景——的办法，教民众们看。这需要一些韵语，去说明图画，我也就照着"看了一篇又一篇，十冬腊月好冷天"的套子，给每张作一首歌儿。

在战争中，大炮有用，刺刀也有用，同样的，在抗战中，写小说戏剧有用，写鼓词小曲也有用。我的笔须是炮，也须是刺刀。我不管什么是大手笔，什么是小手笔；只要是有实际的功用与效果的，我就肯去学习，去试作。我以为，在抗战中，我不仅应当是个作者，也应当是个最关心战争的国民；我是个国民，我就该尽力于抗敌；我不会放枪，好，让我用笔代替枪吧。既愿以笔代枪，那就写什么都好；我不应因写了鼓词与小曲而觉得有失身分。

在冯先生那里，还来了三位避难的唱河南坠子的。他们都是男人，都会拉会唱。他们都是在河南乡间的集市上唱书的，所以他们需要长的歌词，一段至少也得够唱半天的。我向他们领教了坠子的句法，就开始写一大段抗战的故事，一共写了三千多句。他们都是河南人，所以在他们的书词里有好多好多河南土语。他们的用韵也以乡音为准，譬如"叔"可以押"楼"，因为他们的"叔"读如北平的"熟"。我是北平人，只会用北平的俗语；于是，我虽力求通俗，可是有许多用语与词汇不是他们所能了解的。由这点经验，我晓得了通俗文艺若失去它的地方性，无论在言语上，还是在趣味上，它就必定也失去它的活跃与感动力。因此，我觉得民间的精神食粮，应当用一个地方的言语写下来，而后由各地方去翻译成各地方的土语；它的故事与趣味也照各地方的所需，酌量增减改动，才能保存它的文艺性。反之，若仅用死板的，没有生气的官话写出，则尽管各地方的人可以勉强听懂，也不会有多大的感动力量。

这三千多句长的一段韵文，可惜，已找不到了底稿。可是，我确知道那三位唱坠子的先生已把它背诵得飞熟，并且上了弦板。说不定，他们会真在民间去唱过呢——他们在武汉危急的时候，返回了故乡。

六 组织"文协"

文人们仿佛忽然集合到武汉。我天天可以遇到新的文友。我一向住在北方，又不爱到上海去，所以我认识的文艺界的朋友并不很多，戏剧界的名家，我简直一个也不熟识。现在，我有机会和他们见面了。

郭沫若，茅盾，胡风，冯乃超，艾芜，鲁彦，郁达夫，诸位先生，都遇到了。此外，还遇到戏剧界的阳翰笙，宋之的诸位先生，和好多位名导演与名艺员。

朋友们见面，不约而同的都想组织全国文艺界抗敌协会，以便团结到一处，共同努力于抗敌的文艺。我不是好事喜动的人，可是大家既约我参加，我也不便辞谢。于是，我就参加了筹备工作。

筹备得相当的快。到转过年三月二十七日成立大会便开成了。文人，在平日似乎有点吊儿郎当，赶到遇到要事正事，他们会干得很起劲，很紧张。文艺协会的筹备期间并没有一个钱，可是大家肯掏腰包，肯跑路，肯车马自备。就凭着这一点齐心努力的精神，大家把会开成，而且开得很体面。

这是，一点也不夸大，历史上少见的一件事。谁曾见过几百位写家坐在一处，没有一点成见与隔膜，而都想携起手来，立定了脚步，集中了力量，勇敢的，亲热的，一心一德的，成为笔的铁军呢？

大会是在商会里开的，连写家带来宾到了七八百人。主席是邵力子先生。这位老先生是"文协"首次大会的主席，也是后来历届年会的主席。上午在商会开会。中午在普海春聚餐；饭后即在普海春继续开会，讨论会章并选举理事。真热闹，也真热烈。有的人登在凳子上宣传大会的宣言，有的人朗读致外国作家的英文与法文信。可是警报器响了，空袭！谁也没有动，还照旧的开会。普海春不在租界，我们不管。一个炸弹就可以打死大一半的中国作家，我们不管。

紧急警报！我们还是不动。高射炮响了。听到了敌机的声音。我们还继续开会。投弹了。二十七架敌机，炸汉阳。

解除警报，我们正在选举。五点多钟散会，可是被推为检票——我也是一个——及监票的，还须继续工作。我们一直干到深夜。选举的结果，正是大家所期望的——不分党派，不管对文艺的主张如何，而只管团结与抗战。就我所记得的，邵力子，郭沫若，茅盾，胡风，冯乃超，郁达夫，姚蓬子，楼适夷，王平陵，陈西滢，张恨水，老向，诸位先生都当选。只就这几位说，就可以看出他们代表的方面有多么广，而绝对没有一点谁要包办与把持的痕迹。

第一次理事会是在冯先生那里开的。会里没有钱，无法预备茶饭，所以大家硬派冯先生请客。冯先生非常的高兴，给大家预备了顶丰富，顶实惠的饮食。理事都到会，没有请假的。开会的时候，张善子画师"闻风而至"，愿作会员。大家告诉他："这是文艺界协会，不是美术协会。"可是，他却另有个解释："文艺就是文与艺术。"虽然这是个曲解，大家可不再好意思拒绝他，他就作了"文协"的会员。

后来，善子先生给我画了一张顶精致的扇面——秋山上立着一只工笔的黑虎。为这个扇面，我特意过江到荣宝斋，花了五元钱，配了一副扇骨。荣宝斋的人们也承认那是杰作。那一面，我求丰子恺给写了字。可惜，第一次拿出去，便丢失在洋车上，使我心中难过了好几天。

我被推举为常务理事，并须担任总务组组长。我愿作常务理事，而力辞总务组组长。"文协"的组织里，没有会长或理事长。在拟定章程的时候，大家愿意教它显出点民主的精神，所以只规定了常务理事分担各组组长，而不愿有个总头目。因此，总务组组长，事实上，就是对外的代表，和理事长差不多。我不愿负起这个重任。我知道自己在文艺界的资望既不够，而且没有办事的能力。

可是，大家无论如何不准我推辞，甚至有人声明，假若我辞总务，他们也就不干了。为怕弄成僵局，我只好点了点头。

七　抗战文艺

这一来不要紧，我可就年年的连任，整整作了七年。

上长沙或别处的计划，连想也不再想了。"文协"的事务把我困在了武汉。

"文协"的"打炮"工作是刊行会刊。这又作得很快。大家凑了点钱，凑了点文章，就在五月四日发刊了《抗战文艺》。这个日子选得好。"五四"是新文艺的生日，现在又变成了《抗战文艺》的生日。新文艺假若是社会革命的武器，现在它变成了民族革命抵御侵略的武器。

《抗战文艺》最初是三日刊。不行，这太紧促。于是，出到五期就改了周刊。最热心的是姚蓬子，适夷，孔罗荪，与锡金几位先生，他们昼夜的为它操作，奔忙。

会刊虽不很大，它却给文艺刊物开了个新纪元——它是全国写家的，而不是一个人或几个人的。积极的，它要在抗战的大前题下，容纳全体会员的作品，成为"文协"的一面鲜明的旗帜。消极的，它要尽量避免像战前刊物上一些彼此的口角与近乎恶意的批评。它要稳健，又要活泼；它要集思广益，还要不失了抗战的，一定的目标；它要抱定了抗战宣传的目的，还要维持住相当高的文艺水准。这不大容易作到。可是，它自始至终，没有改变了它的本来面目。始终没有一篇专为发泄自己感情，而不顾及大体的文章。

在武汉撤退的时候，有一部分会员，仍停留在那里。他们——像冯乃超和孔罗荪几位先生——决定非至万不得已的时候不离开武汉。于是，在会刊编辑部西去重庆的期间，就由这几位先生编刊武汉特刊。特刊一共出了四期，末一期出版已是十月十五日——武汉是二十五日失守的。连同这四期特刊，《抗战文艺》在武汉一共出了二十期。自十七期起，即在重庆复刊。这个变动的痕迹是可以由纸张上看出来的：前十六期及特刊四期都是用白报纸印的，自第十七期起，可就换用土纸了。

重庆的印刷条件不及武汉那么良好，纸张——虽然是土纸——也极缺乏。因此，在"文协"的周年纪念日起，会刊由周刊改为半月刊。后来，又改成了月刊。就是在改为月刊之后，它还有时候脱期。会中经费支绌与印刷太不方便是使它脱期的两个重要原因。但是，无论怎么困难，它始终没有停刊。它是"文协"的旗帜，会员们决不允许它倒了下去。在武汉的时候，它可以销到七八千份。假若武汉不失守，它一定可以增销到万份以上。销得多就不会赔钱，也自然可以解决了许多困难。可是，武汉失守了，会刊在渝复刊后，只能行销于重庆，昆明，贵阳，成都几个大都市，连洛阳，西安，兰州都到不了。于是，每期只能印五千份，求收支相抵已自不易，更说不到赚钱了。

到了日本投降时，会刊出到了七十期。"文协"呢，由文艺界抗敌协会改名为文艺协会，《抗战文艺》也自然须告一结束，于是编辑者决定再出一小册作为终卷；以后就须出文艺协会的新会刊了。

在香港，昆明，和成都的"文协"分会，也都出过刊物，可是都因人才的缺乏与经费的困难，时出时停。最值得一提的是香港分会曾经出过几期外文的刊物，向国外介绍中国的抗战文艺。这是头一个向国外作宣传的文艺刊物，可惜因经费不足而夭折了，直到抗战胜利，也并没有继承它的。

我不惮繁琐的这么叙述"文协"会刊的历史，因为它实在是一部值得重视的文献。它不单刊露了战时的文艺创作，也发表了战时文艺的一切意见与讨论，并且报告了许多文艺者的活动。它是文，也是史。它将成为将来文学史上的一些最重要的资料。同时它也表现了一些特殊的精神，使读者看到作家们是怎样的在抗战中团结到一起，始终不懈的打着他们的大旗，向暴敌进攻。

在忙着办会刊而外，我们几乎每个星期都有座谈会联谊会。那真是快活的日子。多少相识与不相识的同道都成了朋友，在一块儿讨论抗战文艺的许多问题。开茶会呢，大家各自掏各自的茶资；会中穷得连"清茶恭候"也作不到呀。会后，刚刚得到了稿费的人，总是自动的请客，去喝酒，去吃便宜的饭食。在会所，在公园，在美的咖啡馆，在友人家里，在旅馆中，我们都开过会。假若遇到夜间空袭，我们便灭了灯，摸着黑儿谈下去。

这时候大家所谈的差不多集中在两个问题上：一个是如何教文艺下乡与入伍，一个是怎么使文艺效劳于抗战。前者是使大家开始注意到民间通俗文艺的原因；后者是在使大家于诗，小说，戏剧而外，更注意到朗诵诗，街头剧，及报告文学等新体裁。

但是，这种文艺通俗运动的结果，与其说是文艺真深入了民间与军队，倒不如说是文艺本身得到新的力量，并且产生了新的风格。文艺工作者只能负讨论，试作，与倡导的责任，而无法自己把作品送到民间与军队中去。这需要很大的经费与政治力量，而文艺家自己既找不到经费，又没有政治力量。这样，文艺家想到民间去，军队中去，都无从找到道路，也就只好写出民众读物，在报纸上刊物上发表发表而已。这是很可惜，与无可如何的事。

虽然我的一篇《抗战一年》鼓词，在七七周年纪念日，散发了一万多份；虽然何容与老向先生编的《抗到底》是专登载通俗文艺作品的刊物；虽然有人试将新写的通俗文艺也用木板刻出，好和《孟姜女》与《叹五更》什么的放在一处去卖；虽然不久教育部也设立了通俗读物编刊处；可是这个运动，在实施方面，总是枝枝节节没有风起云涌的现象。我知道，这些作品始终没有能到乡间与军队中去——谁出大量的金钱，一印就印五百万份？谁给它们运走？和准否大量的印，准否送到军民中间去？都没有解决。没有政治力量在它的后边，它只能成为一种文艺运动，一种没有什么实效的运动而已。

会员郁达夫与盛成先生到前线去慰劳军队。归来，他们报告给大家：前线上连报纸都看不到，不要说文艺书籍了。士兵们无可如何，只好到老百姓家里去借《三国演义》，与《施公案》一类的闲书。听到了这个，大家更愿意马上写出一些通俗的读物，先印一二百万份送到前线去。我们确是愿意写，可是印刷的经费，与输送的办法呢？没有人能回答。于是，大家只好干着急而想不出办法来。

八　入川

在武汉，我们都不大知道怕空袭。遇到夜袭，我们必定"登高一望"。探照灯把黑暗划开，几条银光在天上寻找。找到了，它们交叉在一处，照住那银亮的，几乎是透明的敌机。而后，红的黄的曳光弹打上去，高射炮紧跟着开了火。有声有色，真是壮观。

四月二十九与五月三十一日的两次大空战，我们都在高处看望。看着敌机被我机打伤，曳着黑烟逃窜，走着走着，一团红光，敌机打几个翻身，落了下去；有多么兴奋，痛快呀！一架敌机差不多就在我们的头上，被我们两架驱逐机截住，它就好像要孵窝的母鸡似的，有人捉它，它就爬下不动那样，老老实实的被击落。

可是，一进七月，空袭更凶了，而且没有了空战。在我的住处，有一个地洞，横着竖着，上下与四壁都用木柱密密的撑住，顶上堆着沙包。有一天，也就是下午两三点钟吧，空袭，我们入了这个地洞。敌机到了。一阵风，我们听到了飞沙走石；紧跟着，我们的洞就像一只小盒子被个巨人提起来，紧紧的乱摇似的，使我们眩晕。离洞有三丈吧，落了颗五百磅的炸弹，碎片打过来，把院中的一口大水缸打得粉碎。我们门外的一排贫民住房都被打垮，马路上还有两个大的弹坑。

我们没被打死，可是知道害怕了。再有空袭，我们就跑过铁路，到野地的荒草中藏起去。天热，草厚，没有风，等空袭解除了，我的袜子都被汗湿透。

不久，冯先生把我们送到汉口去。武昌已经被炸得不像样子了。千家街的福音堂中了两次弹。蛇山的山坡与山脚死了许多人。

因为我是"文协"的总务主任，我想非到万不得已不离开汉口。我们还时常在友人家里开晚会，十回倒有八回遇上空袭，我们煮一壶茶，灭去灯光，在黑暗中一直谈到空袭解除。邵先生劝我们快走，他的理由是："到了最紧急的时候，你们恐怕就弄不到船位，想走也走不脱了！"

这样，在七月三十日，我，何容，老向，与肖伯青（"文协"的干事），便带着"文协"的印鉴与零碎东西，辞别了武汉。只有友人白君和冯先生派来的副官，来送行。

船是一家中国的公司的，可插着意大利旗子。这是条设备齐全，而一切设备都不负责任的船。舱门有门轴，而关不上门；电扇不会转；衣钩掉了半截；什么东西都有，而全无用处。开水是在大木桶里。我亲眼看见一位江北娘姨把洗脚水用完，又倒在开水桶里！我开始拉痢。

一位军人，带着紧要公文，要在城陵矶下船。船上不答应在那里停泊。他耽误了军机，就碰死在绕锚绳的铁柱上！

船只到宜昌。我们下了旅馆。我继续拉痢。天天有空袭。在这里，等船的人很多，所以很热闹——是热闹，不是紧张。中国人仿佛不会紧张。这也许就是日本人侵华失败的原因之一吧？日本人不懂得中国人的"从容不迫"的道理。

我们求一位黄老翁给我们买票。他是一位极诚实坦白的人，在民生公司作事多年。他极愿帮我们的忙，可是连他也不住的抓脑袋。人多船少，他没法子临时给我们赶造出一只船来。等了一个星期，他算是给我们买到了铺位——在甲板上。我们不挑剔地方，只要不叫我们浮着水走就好。

仿佛全宜昌的人都上了船似的。不要说甲板上，连烟囱下面还有几十个难童呢。开饭，昼夜的开饭。茶役端着饭穿梭似的走，把脚上的泥垢全印在我们的被上枕上。我必须到厕所去，但是在夜间三点钟，厕所外边还站着一排候补员呢！

三峡有多么值得看哪。可是，看不见。人太多了，若是都拥到船头上去观景，船必会插在江里，永远不再抬头。我只能侧目看下面，看到人头——头发很黑——在水里打旋儿。

八月十四，我们到了重庆。上了岸，我们一直奔了青年会去。会中的黄次咸与宋杰人两先生都欢迎我们，可是怎奈宿舍已告客满。这时候重庆已经来了许多公务人员和避难的人，旅馆都有人满之患。青年会宿舍呢，地方清静，床铺上没有臭虫，房价便宜，而且有已经打好了的地下防空洞，所以永远客满。我们下决心不去另找住处。我们知道，在会里——那怕是地板呢——作候补，是最牢靠的办法。黄先生们想出来了一个办法，教我们暂住在机器房内。这是个收拾会中的器具的小机器房，很黑，响声很大。

天气还很热。重庆的热是出名的。我永远没睡过凉席，现在我没法不去买一张了。睡在凉席上，照旧汗出如雨。墙，桌椅，到处是烫的；人仿佛是在炉里。只有在一早四五点钟的时候，稍微凉一下，其余的时间全是在热气团里。城中树少而坡多，顶着毒花花的太阳，一会儿一爬坡，实在不是好玩的。

四川的东西可真便宜，一角钱买十个很大的烧饼，一个铜板买一束鲜桂圆。好吧，天虽热，而物价低，生活容易，我们的心中凉爽了一点。在青年会的小食堂里，我们花一二十个铜板就可以吃饱一顿。

"文协"的会友慢慢的都来到，我们在临江门租到了会所，开始办公。

我们的计划对了。不久，我们便由机器房里移到楼下一间光线不很好的屋里去。过些日子，又移到对门光线较好的一间屋中。最后，我们升到楼上去，屋子宽，光线好，开窗便看见大江与南山。何容先生与我各据一床。他编《抗到底》，我写我的文章。他每天是午前十一点左右才起来。我呢，到十一点左右已写完我一天该写的一二千字。写完，我去吃午饭。等我吃过午饭回来，他也出去吃东西，我正好睡午觉。晚饭，我们俩在一块儿吃。晚间，我睡得很早，他开始工作，一直到深夜。我们，这样，虽分住一间屋子，可是谁也不妨碍谁。赶到我们偶然都喝醉了的时候，才忘了这互不侵犯协定，而一齐吵嚷一回。

我开始正式的去和富少舫先生学大鼓书。好几个月，才学会了一段《白帝城》，腔调都摹拟刘（宝全）派。学会了这么几句，写鼓词就略有把握了。几年中，我写了许多段，可是只有几段被富先生们采用了：

《新拴娃娃》（内容是救济难童），富先生唱。

《文盲自叹》(内容是扫除文盲),富先生唱。

《陪都巡礼》(内容是赞美重庆),富贵花小姐唱。

《王小赶驴》(内容是乡民抗敌),董莲枝女士唱。

以上四段,时常在陪都演唱。其中以《王小赶驴》为最弱,因为董女士是唱山东犁铧大鼓的,腔调太缓慢,表现不出激昂慷慨的情调。于此,知内容与形式必求一致,否则劳而无功。

我也开始写旧剧剧本——用旧剧的形式写抗战的故事。这没有多大的成功。我只听说有一两出曾在某地表演过,我可是没亲眼看到。旧剧,因为是戏剧,比鼓词难写多了。最不好办的是教现代的人穿行头,走台步;不如此吧,便失去旧剧之美;按葫芦挖瓢吧,又使人看着不舒服;穿时装而且歌且舞吧,又像文明戏。没办法!

这时候,我还为《抗到底》写长篇小说——《蜕》。这篇东西没能写成。《抗到底》后来停刊了,我就没再往下写。

转过年来,二十八年之春,我开始学写话剧剧本。对戏剧,我是十成十的外行,根本不晓得小说与剧本有什么分别。不过,和戏剧界的朋友有了来往,看他们写剧,导剧,演剧,很好玩,我也就见猎心喜,决定瞎碰一碰。好在,什么事情莫不是由试验而走到成功呢。我开始写《残雾》。

初夏,"文协"得到战地党政工作委员会的资助,派出去战地访问团,以王礼锡先生为团长,宋之的先生为副团长,率领罗烽,白朗,葛一虹等十来位先生,到华北战地去访问抗战将士。

同时,慰劳总会组织南北两慰劳团,函请"文协"派员参加。理事会决议:推举姚蓬子,陆晶清两先生参加南团,我自己参加北团。

这是在五三、五四敌机狂炸重庆以后。重庆的房子,除了大机关与大商店的,差不多都是以竹篾为墙,上敷泥土,因为冬天不很冷,又没有大风,所以这种简单、单薄的建筑满可以将就。力气人的人,一拳能把墙砸个大洞。假若鲁智深来到重庆,他会天天闯祸的。这种房子盖得又密密相连,一失火就烧一大片。火灾是重庆的罪孽之一。日本人晓得这情形,所以五三、五四都投的是燃烧弹——不为炸军事目标,而是蓄意要毁灭重庆,造成恐怖。

前几天,我在公共防空洞里几乎憋死。人多,天热,空袭的时间长,洞中的空气不够用了。五三、五四我可是都在青年会里,所以没受到什么委屈。五四最糟,警报器因发生障碍,不十分响;没有人准知道是否有了空袭,所以敌机到了头上,人们还在街上游逛呢。火,四面八方全是火,人死得很多。我在夜里跑到冯先生那里去,因为青年会附近全是火场,我怕被火围住。彻夜,人们像流水一般,往城外搬。

经过这个大难,"文协"会所暂时移到南温泉去,和张恨水先生为邻。我也去住了几天。人心慢慢的安定了,我回渝筹备慰劳团与访问团出发的事情。我买了两身灰布的中山装，准备远行。此后，我老穿着这样的衣服。下过几次水以后，衣服灰不灰，蓝不蓝，老在身上裹着，使我很像个清道夫。吴组缃先生管我的这种服装叫作斯文扫地的衣服。

"文协"当然不会给我盘缠钱，我便提了个小铺盖卷，带了自己的几块钱，北去远征。

在起身以前，我写完了《残雾》。没加修改，便交王平陵先生去发表。我走了半年。等我回来，《残雾》已上演过了，很成功。导演是马彦祥先生，演员有舒绣文，吴茵，孙坚白，周伯勋诸位先生。可惜，我没有看见。

慰劳团先到西安，而后绕过潼关，到洛阳。由洛阳到襄樊老河口，而后出武关再到西安。由西安奔兰州，到由兰州榆林，而后到青海，绥远，宁夏，兴集，一共走了五个多月，两万多里。

这次长征的所见所闻，都记在《剑北篇》里——一部没有写完，而且不大像样的，长诗。在陕州，我几乎被炸死。在兴集，我差一点被山洪冲了走。这些危险与兴奋，都记在《剑北篇》里，即不多赘。

王礼锡先生死在了洛阳，这是文艺界极大的一个损失！

九 由川到滇

从二十九年起，大家开始感觉到生活的压迫。四川的东西不再便宜了，而是一涨就涨一倍的天天往上涨。我只好经常穿着斯文扫地的衣服了。我的香烟由使馆降为小大英，降为刀牌，降为船牌，再降为四川土产的卷烟——也可美其名曰雪茄。别的日用品及饮食也都随着香烟而降格。

生活不单困苦，而且也不安定。二十八，二十九，三十，这三年，日本费尽心机，用各种花样来轰炸。有时候是天天用一二百架飞机来炸重庆，有时候只用每次三五架，甚至于一两架，自晓至夜的施行疲劳轰炸，有时候单单在人们要睡觉，或睡的正香甜的时候，来捣乱。日本人大概是想以轰炸压迫政府投降。这是个梦想。中国人绝不是几个或几千个炸弹所能吓倒的。虽然如此，我在夏天可必须离开重庆，因为在防空洞里我没法子写作。于是，一到雾季过去，我就须预备下乡，而冯先生总派人来迎接："上我这儿来吧，城里没法子写东西呀！"二十九年夏天，我住在陈家桥冯公馆的花园里。园里只有两间茅屋，归我独住。屋外有很多的树木，树上时时有各种的鸟儿为我——也许为它们自己——唱歌。我在这里写《剑北篇》。

雾季又到，回教协会邀我和宋之的先生合写以回教为主题的话剧。我们就写了《国家至上》。这剧本，在重庆，成都，昆明，大理，香港，桂林，兰州，恩施，都上演过。他是抗战文艺中一个成功的作品。因写这剧本，我结识了许多回教的朋友。有朋友，就不怕穷。我穷，我的生活不安定，可是我并不寂寞。

二十九年冬，因赶写《面子问题》剧本，我开始患头晕。生活苦了，营养不足，又加上爱喝两杯酒，遂患贫血。贫血遇上努力工作，就害头晕——一低头就天旋地转，只好静卧。这个病，至今还没好，每年必犯一两次。病一到，即须卧倒，工作完全停顿！着急，但毫无办法。有人说，我的作品没有战前的那样好了。我不否认。想想看，抗战中，我是到处流浪，没有一定的住处，没有适当的饭食，而且时时有晕倒的危险，我怎能写出字字珠玑的东西来呢？

三十年夏，疲劳轰炸闹了两个星期。我先到歌乐山，后到陈家桥去住，还是应冯先生之邀。这时候，罗莘田先生来到重庆。因他的介绍，我认识了清华大学校长梅贻琦先生，梅先生听到我的病与生活状况，决定约我到昆明去住些日子。昆明的天气好，又有我许多老友，我很愿意去。在八月下旬我同莘田搭机，三个钟头便到了昆明。

我很喜爱成都，因为它有许多地方像北平。不过，论天气，论风景，论建筑，昆明比成都还更好。我喜欢那比什刹海更美丽的翠湖，更喜昆明湖——那真是湖，不是小小的一汪水，像北平万寿山下的人造的那个。土是红的，松是绿的，天是蓝的，昆明的城外到处像油画。

更使我高兴的，是遇见那么多的老朋友。杨今甫大哥的背有点驼了，却还是那样风流儒雅。他请不起我吃饭，可是也还烤几罐土茶，围着炭盆，一谈就和我谈几点钟。罗膺中兄也显着老，而且极穷，但是也还给我包饺子，煮俄国菜汤吃。郑毅生，陈雪屏，冯友兰，冯至，陈梦家，沈从文，章川岛，段喆人，闻一多，萧涤非，彭啸咸，查良钊，徐旭生，钱端升诸先生都见到，或约我吃饭，或陪我游山逛景。这真是快乐的日子。在城中，我讲演了六次；虽然没有什么好听，听众倒还不少。在城中住腻，便同莘田下乡。提着小包，顺着河堤慢慢的走，风景既像江南，又非江南；有点像北方，又不完全像北方；使人快活，仿佛是置身于一种晴朗的梦境，江南与北方混在一起而还很调谐的，只有在梦中才会偶尔看到的境界。

在乡下，我写完了《大地龙蛇》剧本。这是受东方文化协会的委托，而始终未曾演出过的，不怎么高明的一本剧本。

认识一位新朋友——查阜西先生。这是个最爽直，热情，多才多艺的朋友。他听我有愿看看大理的意思，就马上决定陪我去。几天的工夫，他便交涉好，我们作两部运货到腕江的卡车的高等黄鱼。所谓高等黄鱼者，就是第一不要出钱，第二坐司机台，第三司机师倒还请我们吃酒吃烟——这当然不在协定之内，而是在路上他们自动这样作的。两位司机师都是北方人。在开车之前他们就请我们吃了一桌酒席！后来，有一位摔死在澜沧江上，我写了一篇小文悼念他。

到大理，我们没有停住，马上奔了喜洲镇去。大理没有什么可看的，不过有一条长街，许多卖大理石的铺子而已。它的城外，有苍山洱海，才是值得看的地方。到喜洲镇去的路上，左是高山，右是洱海，真是置身图画中。喜洲镇，虽然是个小镇子，却有官殿似的建筑，小街左右都流着清清的活水。华中大学由武昌移到这里来，我又找到游泽丞教授。他和包漠庄教授，李何林教授，陪着我们游山泛水。这真是个美丽的地方，而且在赶集的时候，能看到许多夷民。

极高兴的玩了几天，吃了不知多少条鱼，喝了许多的酒，看了些古迹，并对学生们讲演了两三次，我们依依不舍的道谢告辞。在回程中，我们住在了下关等车。在等车之际，有好几位回教朋友来看我，因为他们演过《国家至上》。查阜西先生这回大显身手，居然借到了小汽车，一天便可以赶到昆明。

在昆明过了八月节，我飞回了重庆来。

十　写与游

这时候，我已移住白象街新蜀报馆。青年会被炸了一部分，宿舍已不再办。

夏天，我下乡，或去流荡；冬天便回到新蜀报馆，一面写文章，一面办理"文协"的事。"文协"也找到了新会所，在张家花园。

物价像发疯似的往上涨。文人们的生活都非常的困难。我们已不能时常在一处吃饭喝酒了，因为大家的口袋里都是空空的。"文协"呢有许多会员到桂林和香港去，人少钱少，也就显着冷落。可是，在重庆的几个人照常的热心办事，不肯教它寂寞的死去。办事很困难，只要我们动一动，外边就有谣言，每每还遭受了打击。我们可是不灰心，也不抱怨。我们诸事谨慎，处处留神。为了抗战，我们甘心忍受一切的委屈。

我的身体也越来越坏，本来就贫血，又加上时常"打摆子"（川语，管疟疾叫打摆子），所以头晕病更加重了。

不过，头晕并没完全阻止了我的写作。只要能挣扎着起床，我便拿起笔来，等头晕得不能坐立，再把它放下。就是在这么挣扎着的情形下，八年中我写了：

鼓词，十来段。旧剧，四五出。话剧，八本。短篇小说，六七篇。长篇小说，三部。长诗，一部。此外还有许多篇杂文。

这点成绩，由质上量上说都没有什么了不起。不过，把病痛，困苦，与生活不安定，都加在里面，即使其中并无佳作，到底可以见出一点努力的痕迹来了。

书虽出了不少，而钱并没拿到几个。战前的著作大致情形是这样的：商务的三本（《老张的哲学》，《赵子曰》，《二马》），因沪馆与渝馆的失去联系，版税完全停付；直到三十二年才在渝重排。《骆驼祥子》，《樱海集》，

《牛天赐传》，《老牛破车》四书，因人间书屋已倒全无消息。到三十一年，我才把《骆驼祥子》交文化生活出版社重排。《牛天赐传》到最近才在渝出版。《樱海集》与《老牛破车》都无机会在渝付印。其余的书的情形大略与此相同，所以版税收入老那么似有若无。在抗战中写的东西呢，像鼓词，旧剧等，本是为宣传抗战而写的，自然根本没想到收入。话剧与鼓词，目的在学习，也谈不到生意经。只有小说能卖，可是因为学写别的体裁，小说未能大量生产，收入就不多。

不过，写作的成绩虽不好，收入也虽欠佳，可是我到底学习了一点新的技巧与本事。这就"不虚此写"！一个文人本来不是商人，我又何必一定老死盯着钱呢？没有饿死，便是老天爷的保佑；若专算计金钱，而忘记了多学习，多尝试，则未免挂羊头而卖狗肉矣。我承认八年来的成绩欠佳，而不后悔我的努力学习。我承认不计较金钱，有点愚蠢，我可也高兴我肯这样愚蠢；天下的大事往往是愚人干出来的。

有许多去教书的机会，我都没肯去：一来是，我的书籍，存在了济南，已全部丢光；没有书自然没法教书。二来是，一去教书，势必就耽误了乱写，我不肯为一点固定的收入而随便搁下笔。笔是我的武器，我的资本，也是我的命。

三十一年夏天，我随冯先生去游灌县与青城山。

我真喜爱青城山。它的翠绿的颜色直到如今还印在我的脑中。三峡，剑门，华山，终南，祁连山我都看过了，它们都有它们的特点，都有它们的奇伟处，可是我觉得它们都不如青城。我是喜安静的人，所以特别喜欢青城的幽寂。

可惜，我没能到峨嵋去！四川真伟大，有多少奇山异水可看呀！一个人若能走遍于四川，也就够开眼的了！就是在重庆那么乱的山城里，它到底有许多青峰，和两条清江可以作诗料呀！

我爱花，即使不能去看高山大川，我的案头一年四季总有一瓶鲜花给我一点安慰。梅，各色的梅；腊梅，各种的腊梅；杜鹃，茶花，水仙，菊，和各种的花，都能在街头买到。看着花，我想象着那山腰水滨的美丽，便有些乐不思"离"蜀矣！

十一　在北碚

北碚是嘉陵江上的一个小镇子，离重庆有五十多公里，这原是个很平常的小镇市；但经卢作孚与卢子英先生们的经营，它变成了一个"试验区"。在抗战中，因有许多学校与机关迁到此处，它又成了文化区。此地出煤。在许多煤矿中，天府公司且有最新的设备与轻便铁路。原有的手工业是制造石器——石砚及磨石等——与挂面，现在又添上小的粉面厂与染织厂。

这里的学校是复旦大学，体育专科学校，戏剧专科学校，重庆师范，江苏省立医学院，兼善中学和勉仁中学等。迁来的机关有国立编译馆，礼乐馆，中工所，水利局，中山文化教育馆，儿童福利所，江苏医院，教育电影制片厂……有了这么多的学校与机关，市面自然也就跟着繁荣起来。它的整洁的旅舍，相当大的饭馆，浴室，和金店银行。它也有公园，体育场，戏馆，电灯，和自来水。它已不是个小镇，而是个小城。它的市外还有北温泉公园，可供游览及游泳；有山，山上住着太虚大师与法尊法师，他们在缙云寺中设立了汉藏理学院，教育年青的和尚。

二十八、二十九两年，此地遭受了轰炸，炸去许多房屋，死了不少的人。可是随炸随修。它的市容修改得更整齐美丽了。这是个理想的住家的地方。具体而微的，凡是大都市应有的东西，它也都有。它有水路，旱路直通重庆，百货可以源源而来。它的安静与清洁又远非重庆可比。它还有自己的小小的报纸呢。

林语堂先生在这里买了一所小洋房。在他出国的时候，他把这所房交给老向先生与"文协"看管着。因此，一来这里有许多朋友，二来又有住处，我就常常来此玩玩。在复旦，有陈望道，陈子展，章靳以，马宗融，洪深，赵松庆，伍蠡甫，方令孺诸位先生，在编译馆，有李长之，梁实秋，隋树森，阎金锷，老向诸位先生；在礼乐馆，有杨仲子，杨荫浏，卢前，张充和诸位先生；此外还有许多河北的同乡；所以我喜欢来到此处。虽然他们都穷，但是轮流着每家吃一顿饭，还不至于教他们破产。

三十一年夏天，我又来到北碚，写长篇小说《火葬》，从这一年春天，空袭就很少了；即使偶尔有一次，北碚也有防空洞，而且不必像在重庆那样跑许多路。

哪知道，这样一来可就不再动了。十月初，我得了盲肠炎，这个病与疟疾，在抗战中的四川是最流行的；大家都吃平价米，里边有许多稗子与稻子。一不留神把它们咽下去，入了盲肠，便会出毛病。空袭又多，每每刚端起饭碗警报器响了；只好很快的抓着吞咽一碗饭或粥，顾不得细细的挑拣；于是盲肠炎就应运而生。

我入了江苏医院。外科主任刘玄三先生亲自动手。他是北方人，技术好，又有个热心肠。可是，他出了不少的汗。找了三个钟头才找到盲肠。我的胃有点下垂，盲肠挪了地方，倒仿佛怕受一刀之苦，而先藏躲起来似的。经过还算不错，只是外边的缝线稍粗（战时，器材缺乏），创口有点出水，所以多住了几天院。

我还没出院，家眷由北平逃到了重庆。只好教他们上北碚来。我还不能动。多亏史叔虎，李效庵两位先生——都是我的同学——设法给他们找车，他们算是连人带行李都来到北碚。

从这时起，我就不常到重庆去了。交通越来越困难，物价越来越高；进一次城就仿佛留一次洋似的那么费钱。除了"文协"有最要紧的事，我很少进城。

妻絜青在编译馆找了个小事，月间拿一石平价米，我照常写作，好歹的对付着过日子。

按说，为了家计，我应去找点事作。但是，一个闲散惯了的文人会作什么呢？不要说别的，假若在从武汉撤退的时候，我若只带二三百元（这并不十分难筹）的东西，然后一把搂一把的去经营，说不定我就会成为百万之富的人。有许多人，就是这样的发了财的。但是，一个人只有一个脑子，要写文章就顾不得作买卖，要作生意就不用写文章。脑子之外，还有志愿呢。我不能为了金钱而牺牲了写作的志愿。那么，去作公务人员吧？也不行！公务人员虽无发国难财之嫌，可是我坐不惯公事房。去教书呢，我也不甘心。教我放下毛笔，去拿粉笔，我不情愿。我宁可受苦，也不愿改行。往好里说，这是坚守自己的岗位；往坏里说，是文人本即废物。随便怎么说吧，我的老主意。

我戒了酒。在省钱而外，也是为了身体。酒，到此时才看明白，并不帮忙写作，而是使脑子昏乱迟钝。

我也戒烟。这却专为省钱。可是，戒了三个月，又吸上了。不行，没有香烟，简直活不下去！

既不常进城，我开始计划写一部百万字的长篇小说。一百万字，我想：能在两年中写完；假若每天能照准写一千五百字的话。三十三年元月，我开始写这长篇——就是《四世同堂》。

可是，头昏与疟疾时常来捣乱。到三十三年年底，我才只写了三十万字。这篇东西大概非三年写不完了。

北碚虽然比重庆清静，可是夏天也一样的热。我的卧室兼客厅兼书房的屋子，三面受阳光的照射，到夜半热气还不肯散，墙上还可以烤面包。我睡不好。睡眠不足，当然影响到头昏。屋中坐不住，只好到室外去，而室外的蚊子又大又多，扇不停挥，它们还会乘机而入，把疟虫注射在人身上。"打摆子"使贫血的人更加贫血。

三十三年这一年又是战局最黑暗的时候，中原，广西，我们屡败；敌人一直攻进了贵州。这使我忧虑，也极不放心由桂林逃出来的文友的安全。忧虑与关切也减低了我写作的效率。

十二　望北平

三十三年四月十六日，"文协"开年会。第二天，朋友们给我开了写作二十年纪念会，到会人很多，而且有朗诵，大鼓，武技，相声，魔术等游艺节目。有许多朋友给写了文章，并且送给我礼物。到大家教我说话的时候，我已泣不成声。我感激大家对我的爱护，又痛心社会上对文人的冷淡，同时想到自己的年龄加长，而碌碌无成，不禁百感交集，无法说出话来。

这却给我以很大的鼓励。我知道我写作成绩并不怎么好；友人们的鼓励我，正像鼓励一个拉了二十年车的洋车夫，或辛苦了二十年的邮差，虽然成绩欠佳，可是始终尽责不懈。那么，为酬答友人的高情厚谊，我就该更坚定的守住岗位，专心一志的去写作，而且要写得更用心一些。我决定把《四世同堂》写下去。这部百万字的小说，即使在内容上没什么可取，我也必须把它写成，成为从事抗战文艺的一个较大的纪念品。

三十三年的战局很坏，我可是还天天写作。除了头昏不能起床，我总不肯偷懒。这一年，《四世同堂》得到三十万字。

三十四年，我的身体特别坏。年初，因为生了个小女娃娃，我睡得不甚好，又患头晕。春初，又打摆子。以前，头晕总在冬天。今年，夏天也犯了这病。秋间，患痔，拉痢。这些病痛时常使我放下笔。本想用两年的功夫把《四世同堂》写完，可是到三十四年年底，只写了三分之二。这简直不是写东西，而是玩命！

抗战胜利了，我进了一次城。按我的心意，"文协"既是抗敌协会，理当以抗战始，以胜利终。进城，我想结束结束会务，宣布解散。朋友们可是一致的不肯使它关门。他们都愿意把"抗敌"取销，成为永久的文艺协会。于是，大家开始筹备改组事宜，不久便得社会部的许可，发下许可证。

关于复员，我并不着急。一不营商，二不求官，我没有忙着走的必要。八年流浪，到处为家；反正到哪里，我也还是写作，干吗去挤车挤船的受罪呢？我很想念家乡，这是当然的。可是，我既没钱去买黑票，又没有衣锦还乡的光荣，那么就教北平先等一等我吧，写了一首"乡思"的七律，就拿它结束这段"八方风雨"吧：

> 茫茫何处话桑麻？破碎山河破碎家；
> 一代文章千古事，余年心愿半庭花！
> 西风碧海珊瑚冷，北岳霜天翔角斜；
> 无限乡思秋日晚，夕阳白发待归鸦！

三十四年十二月二十八日于四川北碚

（原载 1946 年 4 月 4 日至 5 月 16 日北平《新民报》）

北京的春节

　　按照北京的老规矩，过农历的新年（春节），差不多在腊月的初旬就开头了。"腊七腊八，冻死寒鸦"，这是一年里最冷的时候。可是，到了严冬，不久便是春天，所以人们并不因为寒冷而减少过年与迎春的热情。在腊八那天，人家里，寺观里，都熬腊八粥。这种特制的粥是祭祖祭神的，可是细一想，它倒是农业社会的一种自傲的表现——这种粥是用所有的各种的米，各种的豆，与各种的干果（杏仁、核桃仁、瓜子、荔枝肉、莲子、花生米、葡萄干、菱角米……）熬成的。这不是粥，而是小型的农业展览会。

　　腊八这天还要泡腊八蒜。把蒜瓣在这天放到高醋里，封起来，为过年吃饺子用的。到年底，蒜泡得色如翡翠，而醋也有了些辣味，色味双美，使人要多吃几个饺子。在北京，过年时，家家吃饺子。

　　从腊八起，铺户中就加紧的上年货，街上加多了货摊子——卖春联的、卖年画的、卖蜜供的、卖水仙花的等等都是只在这一季节才会出现的。这些赶年的摊子都教儿童们的心跳得特别快一些。在胡同里，吆喝的声音也比平时更多更复杂起来，其中也有仅在腊月才出现的，像卖宪书的，松枝的、薏仁米的、年糕的等等。

　　在有皇帝的时候，学童们到腊月十九日就不上学了，放年假一月。儿童们准备过年，差不多第一件事是买杂拌儿。这是用各种干果（花生、胶枣、榛子、栗子等）与蜜饯搀合成的，普通的带皮，高级的没有皮——例如：普通的用带皮的榛子，高级的用榛瓤儿。儿童们喜吃这些零七八碎儿，即使没有饺子吃，也必须买杂拌儿。他们的第二件大事是买爆竹，特别是男孩子们。恐怕第三件事才是买玩艺儿——风筝、空竹、口琴等——和年画儿。

　　儿童们忙乱，大人们也紧张。他们须预备过年吃的使的喝的一切。他们也必须给儿童赶快做新鞋新衣，好在新年时显出万象更新的气象。

　　二十三日过小年，差不多就是过新年的"彩排"。在旧社会里，这天晚上家家祭灶王，从一擦黑儿鞭炮就响起来，随着炮声把灶王的纸像焚化，美其名叫送灶王上天。在前几天，街上就有多少多少卖麦芽糖与江米糖的，糖形或为长方块或为大小瓜形。按旧日的说法：用糖粘住灶王的嘴，他到了天上就不会向玉皇报告家庭中的坏事了。现在，还有卖糖的，但是只由大家享用，并不再粘灶王的嘴了。

　　过了二十三，大家就更忙起来，新年眨眼就到了啊。在除夕以前，家家必须把春联贴好，必须大扫除一次，名曰扫房。必须把肉、鸡、鱼、青菜、年糕什么的都预备充足，至少足够吃用一个星期的——按老习惯，铺户多数关五天门，到正月初六才开张。假若不预备下几天的吃食，临时不容易补充。还有，旧社会里的老妈妈论，讲究在除夕把一切该切出来的东西都切出来，省得在正月初一到初五再动刀，动刀剪是不吉利的。这含有迷信的意思，不过它也表现了我们确是爱和平的人，在一岁之首连切菜刀都不愿动一动。

除夕真热闹。家家赶作年菜，到处是酒肉的香味。老少男女都穿起新衣，门外贴好红红的对联，屋里贴好各色的年画，哪一家都灯火通宵，不许间断，炮声日夜不绝。在外边作事的人，除非万不得已，必定赶回家来，吃团圆饭，祭祖。这一夜，除了很小的孩子，没有什么人睡觉，而都要守岁。

元旦的光景与除夕截然不同：除夕，街上挤满了人；元旦，铺户都上着板子，门前堆着昨夜燃放的爆竹纸皮，全城都在休息。

男人们在午前就出动，到亲戚家，朋友家去拜年。女人们在家中接待客人。同时，城内城外有许多寺院开放，任人游览，小贩们在庙外摆摊、卖茶、食品、和各种玩具。北城外的大钟寺、西城外的白云观，南城的火神庙（厂甸）是最有名的。可是，开庙最初的两三天，并不十分热闹，因为人们还正忙着彼此贺年，无暇及此。到了初五六，庙会开始风光起来，小孩们特别热心去逛，为的是到城外看看野景，可以骑毛驴，还能买到那些新年特有的玩具。白云观外的广场上有赛轿车赛马的；在老年间，据说还有赛骆驼的。这些比赛并不争取谁第一谁第二，而是在观众面前表演骡马与骑者的美好姿态与技能。

多数的铺户在初六开张，又放鞭炮，从天亮到清早，全城的炮声不绝。虽然开了张，可是除了卖吃食与其他重要日用品的铺子，大家并不很忙，铺中的伙计们还可以轮流着去逛庙、逛天桥和听戏。

元宵（汤圆）上市，新年的高潮到了——元宵节（从正月十三到十七）。除夕是热闹的，可是没有月光；元宵节呢，恰好是明月当空。元旦是体面的，家家门前贴着鲜红的春联，人们穿着新衣裳，可是它还不够美。元宵节，处处悬灯结彩，整条的大街像是办喜事，火炽而美丽。有名的老铺都要挂出几百盏灯来，有的一律是玻璃的，有的清一色是牛角的，有的都是纱灯；有的各形各色，有的通通彩绘全部《红楼梦》或《水浒传》故事。这，在当年，也就是一种广告；灯一悬起，任何人都可以进到铺中参观；晚间灯中都点上烛，观者就更多。这广告可不庸俗。干果店在灯节还要作一批杂拌儿生意，所以每每独出心裁的，制成各样的冰灯，或用麦苗作成一两条碧绿的长龙，把顾客招来。

除了悬灯，广场上还放花盒。在城隍庙里并且燃起火判，火舌由判官的泥像的口、耳、鼻、眼中伸吐出来。公园里放起天灯，像巨星似的飞到天空。

男男女女都出来踏月、看灯、看焰火；街上的人拥挤不动。在旧社会里，女人们轻易不出门，她们可以在灯节里得到些自由。

小孩子们买各种花炮燃放，即使不跑到街上去淘气，在家中照样能有声有光的玩耍。家中也有灯：走马灯——原始的电影——宫灯、各形各色的纸灯，还有纱灯，里面有小铃，到时候就叮叮的响。大家还必须吃汤圆呀。这的确是美好快乐的日子。

一眨眼，到了残灯末庙，学生该去上学，大人又去照常作事，新年在正月十九结束了。腊月和正月，在农村社会里正是大家最闲在的时候，而猪牛羊等也正长成，所以大家要杀猪宰羊，酬劳一年的辛苦。过了灯节，天气转暖，大家就又去忙着干活了。北京虽是城市，可是它也跟着农村社会一齐过年，而且过得分外热闹。

在旧社会里，过年是与迷信分不开的。腊八粥，关东糖，除夕的饺子，都须先去供佛，而后人们再享用。除夕要接神；大年初二要祭财神，吃元宝汤（馄饨），而且有的人要到财神庙去借纸元宝，抢烧头股香。正月初八要给老人们顺星、祈寿。因此那时候最大的一笔浪费是买香蜡纸马的钱。现在，大家都不迷信了，也就省下这笔开销，用到有用的地方去。特别值得提到的是现在的儿童只快活的过年，而不受那迷信的熏染，他们只有快乐，而没有恐惧——怕神怕鬼。也许，现在过年没有以前那么热闹了，可是多么清醒健康呢。以前，人们过年是托神鬼的庇佑，现在是大家劳动终岁，大家也应当快乐的过节。

（原载 1951 年 1 月《新观察》第 2 卷第 2 期）

老

舍

127

毛主席给了我新的文艺生命

在学习毛主席《在延安文艺座谈会上的讲话》以前，我不可能写出像最近二年来我所写的东西。这二年来我所写的东西虽然并不怎么好，可是和我的解放前的作品比较起来，本质上是大不相同了。

虽然我从一九二四年就开始学习文艺写作，可是始终不大明白应当写什么，怎么写，和应当为谁写。我的最初的写作动机是看见别人写，我也要试试，我要写，我要发表我所写的，我希望成为文艺作家。别的，我不管。

发表了一两篇作品以后，就有人来约稿了，我不能不再写。我真的成了一个"作家"。这时候我又为谁写呢？多半是为我自己，小半是为读者；我有了读者，不可放弃。我的读者是谁呢？大概地说，他们多半是小市民和一部分知识分子。他们为什么是我的读者呢？因为气味相投——我的思想和他们的思想距离不大，我的思想不会教他们害怕。他们讲趣味，我写的有趣味。这时节，我还是为自己写作，不过捎带着要顾及读者。这里所谓的"顾及读者"并不是我要给他们什么教育的意思，而是要迎合他们的趣味。

为丰富自己的文艺知识，在写作之外，我也读文艺作品和文艺理论。

我读过一些世界文艺名著。可是，我并不明白它们的真正价值何在。我只用个人的趣味去判断它们的高低。我的趣味是小市民的，遇到俏皮的文字，招笑的情节，或一段漂亮的写景，我就赞叹不已，究竟那有什么教育价值与文艺价值，我不过问。

我也读过一些文艺理论。可是，因为我自己没有个中心思想，就没法子批判地理解它们。我只能说某时代某人的主张如此，另一时代另一人的主张如彼，而说不出为何如此如彼，也说不出哪个对，哪个不对。这使我感到苦闷，甚至慢慢地厌弃理论。我会说：写吧，不必管理论！作品是真东西，理论是空洞的。这样，我便信笔一挥，写出来就算作品；甚至写出《猫城记》那样有错误的东西，也拿去发表！

是的，我也描写过劳苦大众，和受压迫的人。不过那是因为我自幼受过苦，受过压迫，愿意借题发挥，把心中的怨气发泄出来。我有小资产阶级的正义感。正因为那是小资产阶级的正义感，我可是不敢革命，于是我笔下的受压迫的人也不敢革命。我只写出我对他们的同情，而不敢也不能给他们指出一条出路。我用他们的语言、形象、生活等等描画出一些阴森晦暗的景象，其中可没有斗争，也就没有希望与光明。有人问到我为什么只写悲惨的景象，不写激壮的斗争呢？我总是说：国民党的图书检查制度很严哪，而不说自己对革命斗争既无认识，又无热情。在文艺与政治斗争当中，我画上了一条线：我是搞文艺的，政治是另一回事。

真的，在抗日战争中我就写过京戏鼓词之类的通俗文艺，为大众"服务"。其实呢，这点"服务"精神远不及我的自得自傲：我自居为全能的文艺作家，连京戏鼓词也会写！不管写什么，我总是由证明我是个文人出发。我这样的文人的法宝是文字与文艺形式；我有这两件法宝；通俗也好，典雅也好，我都能写；有时候还写一首五言或七言的旧诗，显显本事呢！至于文艺的思想性，和战斗任务，我向来不关心。

一九四九年年尾，由国外回来，我首先找到了一部《毛泽东选集》。头一篇我读的是毛主席《在延安文艺座谈会上的讲话》。

读完了这篇伟大的文章，我不禁狂喜。在我以前所看过的文艺理论里，没有一篇这么明确地告诉过我：文艺是为谁服务的，和怎么去服务的。可是，狂喜之后，我发了愁。我怎么办呢？是继续搞文艺呢，还是放弃它呢？对着毛主席给我的这面镜子，我的文艺作家的面貌是十分模糊了。以前，我自以为是十足的一个作家；此刻，除了我能掌握文字，懂得一些文艺形式之外，我什么也没有！毛主席指示：文艺须为工农兵服务。我怎么办呢？从我开始学习文艺写作起，二十多年来，我的思想、生活、作品都始终是在小资产阶级里绕圈圈。我最远的"远见"是人民大众应当受教育，有享受文艺的能力与权力。享受什么样的文艺呢？很简单：我写，大家念。我写什么呢？随便！我写什么，大家念什么。一个小资产阶级的确是可以这样狂傲无知的。这种狂傲使我对于工农兵，恰如毛主席所说的，缺乏接近，缺乏了解，缺乏研究，缺乏知心朋友，不善于描写他们。我真发了愁。

毛主席提出了文艺服从于政治的道理。这又使我手足失措。我在小资产阶级的圈子里既已混了很久，我的思想、生活、作品，已经都慢慢地瘫痪了。我每每觉得我可以不吸收任何新思想，还是照旧可以写东西。我的生活方式呢，似乎也恰好是一个文人所应有的，不必改变。作品呢，不管有无内容，反正写得光滑通顺，也就过得去了。这样的瘫痪已久，使我没法子不承认：文艺不但可以和政治分家，也应当分家；分了家日子好过！我以为，仗着一点小聪明和长时间的写作经验，我就可以安安稳稳地永远吃文艺饭。可是，毛主席告诉了我和类似我的人：你们错了，文艺应当服从政治！

我怎么办呢？

首先，我决定了态度：我要听毛主席的话，跟着毛主席走！听从毛主席的话是光荣的！假若我不求进步，还以老作家自居，连毛主席的话也不肯听，就是自暴自弃！我要在毛主席的指示里，找到自己的新文艺生命。

态度决定了，我该从哪里下手去实践呢？我不敢随便地去找一点新事物，就动手写小说或剧本；我既没有革命锻炼，又没有足够的思想改造学习和新社会生活的体验，若是冒冒失失地去写大部头的作品，必会错误百出。我得忘了我是有二十多年写作经验的作家，而须自居为小学生，从头学起。这样，我决定先写通俗文艺。这并不是说，通俗文艺容易写，思想性与艺术性可以打折扣，而是说通俗文艺，像快板与相声，篇幅都可以不求很长，较比容易掌握。

在从前，我写一篇一百句左右的鼓词，大概有两三天就可以交卷；现在，须用七八天的工夫。我须写了再写，改了再改。在文字上，我须尽力控制，既不要浮词滥调，又须把新的思想用通俗语言明确地传达出来，这很不容易。在思想上，困难就更多了。当我决定写某件事物的时候，对那件事物我必定已有一定程度的了解。可是，赶到一动笔，那点了解还是不够用，因为一篇作品，不管多么短小，必须处处结实、具体。我的了解只是大致不差，于是字里行间就不能不显出只知其一，不知其二的贫乏与毛病。有时候，正笔写得不错，而副笔违反了政策。有时候，思想写对了，可是文字贫弱无力，没有感情——只把政治思想翻译一下，而没有对政治思想所应有的热情，就一定不会有感动的力量。有时候……。困难很多！可是我决定：第一不要急躁，第二不要怕求教别人。我既决定听从毛主席的指示：思想改造必须彻底，也就必是长时间的事；我就不能急躁。我必须经常不断地学习，以求彻底解决。以前，我可以凭"灵感"，信笔一挥，只求自己快意一时，对读者却不负责任。现在，我要对自己思想负责，对读者负责。急于成功会使我由失望而自弃。另一方面，我须时时请教别人。时常，我的客人，共产党员或是有新思想的人，就变成我的批评者，我要求他们多坐一会儿，听我朗读文稿；一篇稿子不知要朗读多少回；读一回，修改一回。我自己的思想不够用，大家的思想会教我充实起来；当他们给我提出意见的时候，他们往往不但指出作品上的错处，而且也讲到我的思想上的毛病，使我明白为什么写错了的病根。

这样，写一小段，我就得到了一些好处。虽然我从书本上学来的新思想不很多（到今天我还是有些怕读理论书籍），可是因为不断地习作，不断地请教，我逐渐地明白了我应当怎样把政治思想放在第一位，而不许像从前那样得到一二漂亮的句子便沾沾自喜。虽然我因有严重的腿疾，不能马上到工厂、农村、或部队里去体验生活，可是因为不断地习写通俗文艺，我已经知道了向工农兵学习的重要；只要腿疾好些，我就会向他们学习去。虽然二年来我所写过的通俗文艺作品并非都没有毛病，可是这已给了我不少鼓励：放下老作家的包袱，不怕辛苦，乐于接受批评，就是像我这样学问没什么根底，思想颇落后的作家，也还有改造自己的可能，有去为人民服务的希望。

不管我写多么小的一个故事，我也必须去接触新的社会生活；关起门来写作，在今天，准连一句也写不出。为写一小段鼓词，我须去调查许多资料，去问明白有什么样政治思想上的要求。这样，我就知道了一些新社会是怎样在发展，和依照着什么领导思想而发展的。一来二去，接触的多了，我就热爱这个天天都在发展进步的新社会了。是的，我必须再说一遍，我缺乏有系统的学习政治理论与文艺理论。可是，赶到因为写作的需要，看到了新社会的新气象新事物，我就不能不动心了。我要歌颂这新社会的新事物，我有了向来没有的爱社会国家的热情。自然，有人说我这样先看见，后歌颂，是被动的，不会写出有很高思想性与创造性的作品来。可是，我是由旧社会过来的人，假若我自诩能够一下子便变成为今天的思想家，就是自欺欺人。我只能热情地去认识新社会，认识多少，就歌颂多少；我不应该因我的声音微弱而放弃歌颂。写不了大部头的小说，我就用几十句快板去歌颂。以我的小小的才力，我不该幻想一写就写出一鸣惊人的作品来；若因不能一鸣惊人，就连快板也不写，我便完全丧失了文艺生命，变成废物。我不再想用作品证明我是个了不起的文人，我要证明我是新文艺部队里的一名小兵，虽然腿脚不利落，也还咬着牙随着大家往前跑。

慢慢地，我开始写剧本。《方珍珠》与《龙须沟》的背景都是北京；我是北京人，知道一些北京的事情。我热爱北京，看见北京人与北京城在解放后的进步与发展，我不能不狂喜，不能不歌颂。我一向以生在北京自傲，现在我更骄傲了，北京城是毛主席的，北京人与北京城都在毛主席的恩惠中得到翻身与进步，我怎能不写出我的与北京人的对毛主席的感谢呢！

这两个剧本（虽然《龙须沟》里描写了劳动人民）都不是写工农兵的；我还不敢写工农兵，不是不想写。我必须加紧学习，加紧矫正小资产阶级的偏爱与成见，去参加工农兵的斗争生活，以期写出为工农兵服务的作品。这两个剧本本身也有个共同的缺点，对由旧社会过来的人描写得好，对新社会新生的人物描写得不那么好。我了解"老"人，不十分了解新人物。这是个很大的教训——我虽努力往前跑，可是到底背着的包袱太重，跑不快！新人物已经前进了十里，我才向前挪动了半里！这也警告了我：要写工农兵非下极大的工夫不可，万不可轻率冒失！只凭一点表面上的观察便动笔描写他们，一定会歪曲了他们的！

解放前，我的写作方法是自写自改，一切不求人；发表了以后，得到好批评就欢喜，得到坏批评就一笑置之。我现在的写作方法是：一动手写就准备着修改，决不幻想一挥而就。初稿不过是"砍个荒子"，根本不希望它能站得住。初稿写完，就朗读给文艺团体或临时约集的朋友们听。大家以为有可取之处，我就去从新另写；大家以为一无可取，就扔掉。假若是前者，我就那么再写一遍、两遍、到七八遍。有人说：大家帮忙，这怎能算你自己的作品呢？我说：我和朋友们都不那么小气！我感谢大家的帮忙，大家也愿意帮忙；文艺团体给我提意见总是经过集体地详密地讨论了的。敝帚千金，不肯求教大家，不肯更改一字，才正是我以前的坏毛病。改了七遍八遍之后，假若思想性还不很强，我还是扔掉它。我不怕白受累，而且也不会白受累——写七八遍就得到写七八遍的好处，不必非发表了才算得到好处。我很后悔，我有时候还是沉不住气，轻易地发表了不很好的东西。这样，我终年是在拚命的写，发表也好，不发表也好，我要天天摸一摸笔。这似乎近于自夸了。可是，为什么在毛主席的光荣里，得到改造自己的机会，得到了新的文艺生命，而不敢骄傲呢？毛主席告诉了我应当写什么，怎么写，和为谁写，我还不感谢么，还不拚命追随么？是的，我知道，我离着一个毛泽东思想的作家还很远很远。但是，我一定要按着毛主席所指示的一步一步地往前走，决不停止。在思想上，生活上，我还有不少的毛病，我要一一的矫正，好减轻负担，向前走得快一些。解放前我写过的东西，只能当作语文练习；今后我所写的东西，我希望，能成为学习了毛主席《在延安文艺座谈会上的讲话》以后的习作。只有这样，我才不会教"老作家"的包袱阻挡住我的进步，才能虚心地接受批评，才能得到文艺的新生命。

我感谢毛主席！

毛主席万岁！

（原载 1952 年 5 月 21 日《人民日报》）

悼念罗常培先生

与君长别日，悲忆少年时……

听到罗莘田（常培）先生病故的消息，我就含着热泪写下前面的两句。我想写好几首诗，哭吊好友。可是，越想泪越多，思想无法集中，再也写不下去！

悲忆少年时！是的，莘田与我是小学的同学。自初识到今天已整整有五十年了！叫我怎能不哭呢？这五十年间，世界上与国家里起了多大的变化呀，少年时代的朋友绝大多数早已不相闻问或不知下落了。在莘田活着的时候，每言及此，我们就都觉得五十年如一日的友情特别珍贵！

我记得很清楚：我从私塾转入学堂，即编入初小三年级，与莘田同班。我们的学校是西直门大街路南的两等小学堂。在同学中，他给我的印象最深，他品学兼优。而且长长的发辫垂在肩前；别人的辫子都垂在背后。虽然也吵过嘴，可是我们的感情始终很好。下午放学后，我们每每一同到小茶馆去听评讲《小五义》或《施公案》。出钱总是他替我付。我家里穷，我的手里没有零钱。

不久，这个小学堂改办女学。我就转入南草厂的第十四小学，莘田转到报子胡同第四小学。我们不大见面了。到入中学的时候，我们俩都考入了祖家街的第三中学，他比我小一岁，而级次高一班。他常常跃级，因为他既聪明，又肯用功。他的每门功课都很好，不像我那样对喜爱的就多用点心，不喜爱的就不大注意。在"三中"没有好久，我即考入北京师范，为的是师范学校既免收学膳费，又供给制服与书籍。从此，我与莘田又不常见了。

师范毕业后，我即去办小学，莘田一方面在参议院作速记员，一方面在北大读书。这就更难相见了。我们虽不大见面，但未相忘。此后许多年月中都是如此，忽聚忽散，而始终彼此关切。直到解放后，我们才又都回到北京，常常见面，高高兴兴地谈心道故。

莘田是学者，我不是。他的著作，我看不懂。那么，我们俩为什么老说得来，不管相隔多远，老彼此惦念呢？我想首先是我俩在作人上有相同之点，我们都耻于巴结人，又不怕自己吃点亏。这样，在那污浊的旧社会里，就能够独立不倚，不至被恶势力拉去作走狗。我们愿意自食其力，哪怕清苦一些。记得在抗日战争中，我在北碚，莘田由昆明来访，我就去卖了一身旧衣裳，好请他吃一顿小饭馆儿。可是，他正闹肠胃病，吃不下去。于是，相视苦笑者久之。

是的，遇到一处，我们总是以独立不倚，作事负责相勉。志同道合，所以我们老说得来。莘田的责任心极重，他的学生们都会作证。学生们大概有点怕他，因为他对他们的要求，在治学上与为人上，都很严格。学生们也都敬爱他，因为他对自己的要求也严格。他不但要求自己把学生教明白，而且要求把他们教通了，能够去独当一面，独立思考。他是那么负责，哪怕是一封普通的信，一张字条，也要写得字正文清，一丝不苟。多少年来，我总愿向他学习，养成凡事有条有理的好习惯，可总没能学到家。

莘田所重视的独立不倚的精神，在旧社会里有一定的好处。它使我们不至于利欲熏心，去蹚混水。可是它也有毛病，即孤高自赏，轻视政治。莘田的这个缺点也正是我的缺点。我们因不关心政治，便只知恨恶反动势力，而看不明白革命运动。我们武断地以为二者既都是搞政治，就都不清高。在革命时代里，我们犯了错误——只有些爱国心，而不认识革命道路。细想起来，我们的独立不倚不过是独善其身，但求无过而已。我们的四面不靠，来自黑白不完全分明。我们总想远远躲开黑暗势力，而躲不开，可又不敢亲近革命。直到革命成功，我们才明白救了我们的是革命，而不是我们自己的独立不倚！

是的，到解放后，我们才看出自己的错误，从而都愿随着共产党走，积极为人民服务。彼此见面，我们不再提独立不倚，而代之以关心政治，改造思想。可是，多年来养成的思想习惯往往阻碍着我们的思想跃进。莘田哪，假若你能多活几岁，我相信我们会互相督励，勤于学习，叫我们的心眼更亮堂一些，胸襟更开朗一些，忘掉个人的小小顾虑，而全心全意地接受党的领导，作出更多更好的工作来！你死的太早了！

莘田虽是博读古籍的学者，却不轻视民间文学。他喜爱戏曲与曲艺，常和艺人们来往，互相学习。他会唱许多折昆曲。莘田哪，再也听不到你的圆滑的嗓音，高唱《长生殿》与《夜奔》了！

安眠吧，莘田！我知道：这二三年来，你的最大苦痛就是因为身体不好，不能照常工作，老觉得对不起党与人民！安眠吧，在治学与教学上你尽了所能尽的心力，在政治思想上你更不断地学习，改造自己，儿女们都已长大，朋友与学生们都不会忘了你，休息吧！特别重要的是，我们都知道，并且永难忘记：党怎么爱护你，信任你！疾病夺去你的生命，你的朋友、学生和子女却都会因你所受的爱护与教育而感激党，靠近党，从而全心全意地努力于社会主义的建设！安眠吧，五十年的老友！明年来祭你的时候，祖国的革命事业必又有飞跃的发展与成就，你含笑休息吧

（原载 1959 年《中国语文》1 月号）

自由和作家

我怎样写《老张的哲学》

　　七月七刚过去，老牛破车的故事不知又被说过多少次；小儿女们似睡非睡的听着；也许还没有听完，已经在梦里飞上天河去了；第二天晚上再听，自然还是怪美的。但是我这个老牛破车，却与"天河配"没什么关系，至多也不过是迎时当令的取个题目而已；即使说我贴"谎报"，我也犯不上生气。最合适的标题似乎应当是"创作的经验"，或是"创作十本"，因为我要说的都是关系过去几年中写作的经验，而截至今日，我恰恰发表过十本作品。是的，这俩题目都好。可是，比上老牛破车，它们显然的缺乏点儿诗意。再一说呢所谓创作，经验，等等都比老牛多着一些"吹"；谦虚是不必要的，但好吹也总得算个毛病。那末，咱们还是老牛破车吧。

　　除了在学校里练习作文作诗，直到我发表《老张的哲学》以前，我没写过什么预备去发表的东西，也没有那份儿愿望。不错，我在南开中学教书的时候曾在校刊上发表过一篇小说；可是那不过是为充个数儿，连"国文教员当然会写一气"的骄傲也没有。我一向爱文学，要不然也当不上国文教员；但凭良心说，我教国文只为吃饭；教国文不过是且战且走，骑马找马；我的志愿是在作事——那时候我颇自信有些作事的能力，有机会也许能作作国务总理什么的。我爱文学，正如我爱小猫小狗，并没有什么精到的研究，也不希望成为专家。设若我继续着教国文，说不定二年以后也许被学校辞退；这虽然不足使我伤心，可是万一当时补不上国务总理的缺，总该有点不方便。无论怎说吧，一直到我活了二十七岁的时候，我作梦也没想到我可以写点东西去发表。这也就是我到如今还不自居为"写家"的原因，现在我还希望去作事，哪怕先作几年部长呢，也能将就。

　　二十七岁出国。为学英文，所以念小说，可是还没想起来写作。到异乡的新鲜劲儿渐渐消失，半年后开始感觉寂寞，也就常常想家。从十四岁就不住在家里，此处所谓"想家"实在是想在国内所知道的一切。那些事既都是过去的，想起来便像一些图画，大概那色彩不甚浓厚的根本就想不起来了。这些图画常在心中来往，每每在读小说的时候使我忘了读的是什么，而呆呆的忆及自己的过去。小说中是些图画，记忆中也是些图画，为什么不可以把自己的图画用文字画下来呢？我想拿笔了。

　　但是，在拿笔以前，我总得有些画稿子呀。那时候我还不知道世上有小说作法这类的书，怎办呢？对中国的小说我读过唐人小说和《儒林外史》什么的，对外国小说我才念了不多，而且是东一本西一本，有的是名家的著作，有的是女招待嫁皇太子的梦话。后来居上，新读过的自然有更大的势力，我决定不取中国小说的形式，可是对外国小说我知道的并不多，想选择也无从选择起。好吧，随便写吧，管它像样不像样，反正我又不想发表。况且呢，我刚读了 *Nicholas Nickleby*（《尼考拉斯·尼柯尔贝》）和 *Pickwick Papers*（《匹克威克外传》）等杂乱无章的作品，更足以使我大胆放野；写就好，管它什么。这就决定了那想起便使我害羞的《老张的哲学》的形式。

形式是这样决定的；内容呢，在人物与事实上我想起什么就写什么，简直没有个中心；这是初买来摄影机的办法，到处照像，热闹就好，谁管它歪七扭八，哪叫作取光选景！浮在记忆上的那些有色彩的人与事都随手取来，没等把它们安置好，又去另拉一批，人挤着人，事挨着事，全喘不过气来。这一本中的人与事，假如搁在今天写，实在够写十本的。

在思想上，那时候我觉得自己很高明，所以毫不客气的叫作"哲学"。哲学！现在我认明白了自己：假如我有点长处的话，必定不在思想上。我的感情老走在理智前面，我能是个热心的朋友，而不能给人以高明的建议。感情使我的心跳得快，因而不加思索便把最普通的、浮浅的见解拿过来，作为我判断一切的准则。在一方面，这使我的笔下常常带些感情；在另一方面，我的见解总是平凡。自然，有许多人以为文艺中感情比理智更重要，可是感情不会给人以远见；它能使人落泪，眼泪可有时候是非常不值钱的。故意引人落泪只足招人讨厌。凭着一点浮浅的感情而大发议论，和醉鬼借着点酒力瞎叨叨大概差不很多。我吃了这个亏，但在十年前我并不这么想。

假若我专靠着感情，也许我能写出有相当伟大的悲剧，可是我不澈底；我一方面用感情咂摸世事的滋味，一方面我又管束着感情，不完全以自己的爱憎判断。这种矛盾是出于我个人的性格与环境。我自幼便是个穷人，在性格上又深受我母亲的影响——她是个愣挨饿也不肯求人的，同时对别人又是很义气的女人。穷，使我好骂世；刚强，使我容易以个人的感情与主张去判断别人；义气，使我对别人有点同情心。有了这点分析，就很容易明白为什么我要笑骂，而又不赶尽杀绝。我失了讽刺，而得到幽默。据说，幽默中是有同情的。我恨坏人，可是坏人也有好处；我爱好人，而好人也有缺点。"穷人的狡猾也是正义"，还是我近来的发现；在十年前我只知道一半恨一半笑的去看世界。

有人说，《老张的哲学》并不幽默，而是讨厌。我不完全承认，也不完全否认，这个。有的人天生的不懂幽默；一个人一个脾气，无须再说什么。有的人急于救世救国救文学，痛恨幽默；这是师出有名，除了太专制一些，尚无大毛病。不过这两种人说我讨厌，我不便为自己辩护，可也不便马上抽自己几个嘴巴。有的人理会得幽默，而觉得我太过火，以至于讨厌。我承认这个。前面说过了，我初写小说，只为写着玩玩，并不懂何为技巧，哪叫控

我怎样写《老张的哲学》 老舍

制。我信口开河，抓住一点，死不放手，夸大了还要夸大，而且津津自喜，以为自己的笔下跳脱畅肆。讨厌？当然的。

大概最讨厌的地方是那半白半文的文字。以文字耍俏本来是最容易流于耍贫嘴的，可是这个诱惑不易躲避；一个局面或事实可笑，自然而然在描写的时候便顺手加上了招笑的文字，以助成那夸张的陈述。适可而止，好不容易。在发表过两三本小说后，我才明白了真正有力的文字——即使是幽默的——并不在乎多说废话。虽然如此，在实际上我可是还不能完全除掉那个老毛病。写作是多么难的事呢，我只能说我还在练习；过勿惮改，或者能有些进益；拍着胸膛说，"我这是杰作呀！"我永远不敢，连想一想也不敢。"努力"不过足以使自己少红两次脸而已。

够了，关于《老张的哲学》怎样成形的不要再说了。

写成此书，大概费了一年的工夫。闲着就写点，有事便把它放在一旁，所以滴滴拉拉的延长到一年；若是一气写下，本来不需要这么多的时间。写的时候是用三个便士一本的作文簿，钢笔横书，写得不甚整齐。这些小事足以证明我没有大吹大擂的通电全国——我在著作；还是那句话，我只是写着玩。写完了，许地山兄来到伦敦；一块儿谈得没有什么好题目了，我就掏出小本给他念两段。他没给我什么批评，只顾了笑。后来，他说寄到国内去吧。我倒还没有这个勇气；即使寄去，也得先修改一下。可是他既不告诉我哪点应当改正，我自然闻不见自己的脚臭；于是马马虎虎就寄给了郑西谛兄——并没挂号，就那么卷了一卷扔在邮局。两三个月后，《小说月报》居然把它登载出来，我到中国饭馆吃了顿"杂碎"，作为犒赏三军。欲知后事如何，且听下回分解。

（原载 1935 年 9 月 16 日《宇宙风》第 1 期）

感悟名家经典

我怎样写《赵子曰》

我只知道《老张的哲学》在《小说月报》上发表了，和登完之后由文学研究会出单行本。至于它得了什么样的批评，是好是坏，怎么好和怎么坏，我可是一点不晓得。朋友们来信有时提到它，只是提到而已，并非批评；就是有批评，也不过三言两语。写信问他们，见到什么批评没有，有的忘记回答这一点，有的说看到了一眼而未能把所见到的保存起来，更不要说给我寄来了。我完全是在黑暗中。

不过呢，自己的作品用铅字印出来总是件快事，我自然也觉得高兴。《赵子曰》便是这点高兴的结果，也可以说《赵子曰》是"老张"的尾巴。自然，这两本东西在结构上，人物上，事实上，都有显然的不同；可是在精神上实在是一贯的。没有"老张"，绝不会有"老赵"。"老张"给"老赵"开出了路子来。在当时，我既没有多少写作经验；又没有什么指导批评，我还没见到"老张"的许多短处。它既被印出来了，一定是很不错，我想。怎么不错呢？这很容易找出；找自己的好处还不容易么！我知道"老张"很可笑，很生动；好了，照样再写一本就是了。于是我就开始写《赵子曰》。

材料自然得换一换："老张"是讲些中年人们，那么这次该换些年轻的了。写法可是不用改，把心中记得的人与事编排到一处就行。"老张"是揭发社会上那些我所知道的人与事，"老赵"是描写一群学生。不管是谁与什么吧，反正要写得好笑好玩；一回吃出甜头，当然想再吃；所以这两本东西是同窝的一对小动物。

可是，这并不完全正确。怎么说呢？"老张"中的人多半是我亲眼看见的，其中的事多半是我亲身参加过的；因此，书中的人与事才那么拥挤纷乱；专凭想象是不会来得这么方便的。这自然不是说，此书中的人物都可以一一的指出，"老张"是谁谁，"老李"是某某。不，绝不是！所谓"真"，不过是大致的说，人与事都有个影子，而不是与我所写的完全一样。它是我记忆中的一个百货店，换了东家与字号，即使还卖那些旧货，也另经摆列过了。其中顶坏的角色也许长得像我所最敬爱的人；就是叫我自己去分析，恐怕也没法作到一个萝卜一个坑儿。不论怎样吧，为省事起见，我们暂且笼统的说"老张"中的人与事多半是真实的。赶到写《赵子曰》的时节，本想还照方抓一剂，可是材料并不这么方便了。所以只换换材料的话不完全正确。这就是说：在动机上相同，而在执行时因事实的困难使它们不一样了。

在写"老张"以前，我已作过六年事，接触的多半是与我年岁相同和中年人。我虽没想到去写小说，可是时机一到，这六年中的经验自然是极有用的。这成全了"老张"，但委屈了《赵子曰》，因为我在一方面离开学生生活已六七年，而在另一方面这六七年中的学生已和我作学生时候的情形大不相同了，即使我还清楚地记得自己的学校生活也无补于事。"五四"把我与"学生"隔开。我看见了五四运动，而没在这个运动里面，我已作了事。是的，我差不多老没和教育事业断缘，可是到底对于这个大运动是个旁观者。看戏的无论如何也不能完全明白演戏的，所以《赵子曰》之所以为《赵子曰》，一半是因为我立意要幽默，一半是因为我是个看戏的。我在"招待学员"的公寓里住过，我也极同情于学生们的热烈与活动，可是我不能完全把自己当作个学生，于是我在解放与自由的声浪中，在严重而混乱的场面中，找到了笑料，看出了缝子。在今天想起来，我之立在五四运动外面使我的思想吃了极大的亏，《赵子曰》便是个明证，它不鼓舞，而在轻搔新人物的痒痒肉！

有了这点说明，就晓得这两本书的所以不同了。"老张"中事实多，想象少；《赵子曰》中想象多，事实少。"老张"中纵有极讨厌的地方，究竟是与真实相距不远；有时候把一件很好的事描写得不堪，那多半是文字的毛病；文字把我拉了走，我收不住脚。至于《赵子曰》，简直没多少事实，而只有些可笑的体态，像些滑稽舞。小学生看了能跳着脚笑，它的长处止于此！我并不是幽默完又后悔；真的，真正的幽默确不是这样，现在我知道了，虽然还是眼高手低。

此中的人物只有一两位有个真的影子，多数的是临时想起来的；好的坏的都是理想的，而且是个中年人的理想，虽然我那时候还未到三十岁。我自幼贫穷，作事又很早，我的理想永远不和目前的事实相距很远，假如使我设想一个地上乐园，大概也和那初民的满地流蜜，河里都是鲜鱼的梦差不多。贫人的空想大概离不开肉馅馒头，我就是如此。明乎此，才能明白我为什么有说有笑，好讽刺而并没有绝高的见解。因为穷，所以作事早；作事早，碰的钉子就特别的多；不久，就成了中年人的样子。不应当如此，但事实上已经如此，除了酸笑还有什么办法呢？！

前面已经提过，在立意上，《赵子曰》与"老张"是鲁卫之政，所以《赵子曰》的文字还是——往好里说——很挺拔利落。往坏里说呢，"老张"所有的讨厌，"老赵"一点也没减少。可是，在结构上，从《赵子曰》起，一步一步的确是有了进步，因为我读的东西多了。《赵子曰》已比"老张"显着紧凑了许多。

这本书里只有一个女角，而且始终没露面。我怕写女人；平常日子见着女人也老觉得拘束。在我读书的时候，男女还不能同校；在我作事的时候，终日与些中年人在一处，自然要假装出稳重。我没机会交女友，也似乎以此为荣。在后来的作品中虽然有女角，大概都是我心中想出来的，而加上一些我所看到的女人的举动与姿态；设若有人问我：女子真是这样么？我没法不摇头，假如我不愿撒谎的话。《赵子曰》中的女子没露面，是我最诚实的地方。

这本书仍然是用极贱的"练习簿"写的，也经过差不多一年的工夫。写完，我交给宁恩承兄先读一遍，看看有什么错儿；他笑得把盐当作了糖，放到茶里，在吃早饭的时候。

（原载 1935 年 10 月 1 日《宇宙风》第 2 期）

我怎样写《赵子曰》

老 舍

我怎样写《二马》

　　《二马》中的细腻处是在《老张的哲学》与《赵子曰》里找不到的，"张"与"赵"中的泼辣恣肆处从《二马》以后可是也不多见了。人的思想不必一定随着年纪而往稳健里走，可是文字的风格差不多是"晚节渐于诗律细"的。读与作的经验增多，形式之美自然在心中添了分量，不管个人愿意这样与否。《二马》是我在国外的末一部作品：从"作"的方面说，已经有了些经验；从"读"的方面说，我不但读得多了，而且认识了英国当代作家的著作。心理分析与描写工细是当代文艺的特色；读了它们，不会不使我感到自己的粗劣，我开始决定往"细"里写。

　　《二马》在一开首便把故事最后的一幕提出来，就是这"求细"的证明：先有了结局，自然是对故事的全盘设计已有了个大概，不能再信口开河。可是这还不十分正确；我不仅打算细写，而且要非常的细，要像康拉德那样把故事看成一个球，从任何地方起始它总会滚动的。我本打算把故事的中段放在最前面，而后倒转回来补讲前文，而后再由这里接下去讲——讲马威逃走以后的事。这样，篇首的两节，现在看起来是像尾巴，在原来的计划中本是"腰眼儿"。为什么把腰眼儿变成了尾巴呢？有两个原因：第一个是我到底不能完全把幽默放下，而另换一个风格，于是由心理的分析又走入了姿态上的取笑，笑出以后便没法再使文章萦回逗宕；无论是尾巴吧，还是腰眼吧，放在前面乃全无意义！第二个是时间上的关系：我应在一九二九年的六月离开英国，在动身以前必须把这本书写完寄出去，以免心中老存着块病。时候到了，我只写了那么多，马威逃走以后的事无论如何也赶不出来了，于是一狠心，就把腰眼当作了尾巴，硬行结束。那么，《二马》只是比较的"细"，并非和我的理想一致；到如今我还是没写出一部真正细腻的东西，这或者是天才的限制，没法勉强吧。

　　在文字上可是稍稍有了些变动。这不能不感激亡友白涤洲——他死去快一年了！已经说过，我在"老张"与《赵子曰》里往往把文言与白话夹裹在一处；文字不一致多少能帮助一些矛盾气，好使人发笑。涤洲是头一个指出这一个毛病，而且劝我不要这样讨巧。我当时还不以为然，我写信给他，说我这是想把文言溶解在白话里，以提高白话，使白话成为雅俗共赏的东西。可是不久我就明白过来，利用文言多少是有点偷懒；把文言与白话中容易用的，现成的，都拿过来，而毫不费力的作成公众讲演稿子一类的东西，不是偷懒么？所谓文艺创作不是兼思想与文字二者而言么？那么，在文字方面就必须努力，作出一种简单的，有力的，可读的，而且美好的文章，才算本事。在《二马》中我开始试验这个。请看看那些风景的描写就可以明白了。《红楼梦》的言语是多么漂亮，可是一提到风景便立刻改腔换调而有诗为证了；我试试看：一个洋车夫用自己的言语能否形容一个晚晴或雪景呢？假如他不能的话，让我代他来试试。什么"潺湲"咧，"凄凉"咧，"幽径"咧，"萧条"咧……我都不用，而用顶俗浅的字另想主意。设若我能这样形容得出呢，那就是本事，反之则宁可不去描写。这样描写出来，才是真觉得了物境之美而由心中说出；用文言拼凑只是修辞而已。论味道，英国菜——就是所谓英法大菜的菜——可以算天下最难吃的了；什么几乎都是白水煮或愣烧。可是英国人有个说法——记得好像 George Gissing（乔治·吉辛）也这么说过——英国人烹调术的主旨是不假其他材料的帮助，而是把肉与蔬菜的原味，真正的香味，烧出来。我以为，用白话著作倒须用这个方法，把白话的真正香味烧出来；文言中的现成字与辞虽一时无法一概弃斥，可是用在白话文里究竟是有些像酱油与味之素什么的；放上去能使菜的色味俱佳，但不是真正的原味儿。

在材料方面，不用说，是我在国外四五年中慢慢积蓄下来的。可是像故事中那些人与事全是想象的，几乎没有一个人一件事曾在伦敦见过或发生过。写这本东西的动机不是由于某人某事的值得一写，而是在比较中国人与英国人的不同处，所以一切人差不多都代表着些什么；我不能完全忽略了他们的个性，可是我更注意他们所代表的民族性。因此，《二马》除了在文字上是没有多大的成功的。其中的人与事是对我所要比较的那点负责，而比较根本是种类似报告的东西。自然，报告能够新颖可喜，假若读者不晓得这些事；但它的取巧处只是这一点，它缺乏文艺的伟大与永久性，至好也不过是一种还不讨厌的报章文学而已。比较是件容易作的事，连个小孩也能看出洋人鼻子高，头发黄；因此也就很难不浮浅。注意在比较，便不能不多取些表面上的差异作资料，而由这些资料里提出判断。脸黄的就是野蛮，与头发卷着的便文明，都是很容易说出而且说着怪高兴的；越是在北平住过一半天的越敢给北平下考语，许多污辱中国的电影，戏剧，与小说，差不多都是仅就表面的观察而后加以主观的判断。《二马》虽然没这样坏，可是究竟也算上了这个当。

老马代表老一派的中国人，小马代表晚一辈的，谁也能看出这个来。老马的描写有相当的成功：虽然他只代表了一种中国人，可是到底他是我所最熟识的；他不能普遍的代表老一辈的中国人，但我最熟识的老人确是他那个样子。他不好，也不怎么坏；他对过去的文化负责，所以自尊自傲，对将来他茫然，所以无从努力，也不想努力。他的希望是老年的舒服与有所依靠；若没有自己的子孙，世界是非常孤寂冷酷的。他背后有几千年的文化，面前只有个儿子。他不大爱思想，因为事事已有了准则。这使他很可爱，也很可恨；很安详，也很无聊。至于小马，我又失败了。前者我已经说过，五四运动时我是个旁观者；在写《二马》的时节，正赶上革命军北伐，我又远远的立在一旁，没机会参加。这两个大运动，我都立在外面，实在没有资格去描写比我小十岁的青年。我们在伦敦的一些朋友天天用针插在地图上：革命军前进了，我们狂喜；退却了，懊丧。虽然如此，我们的消息只来自新闻报，我们没亲眼看见血与肉的牺牲，没有听见枪炮的响声。更不明白的是国内青年们的思想。那时在国外读书的身处异域，自然极爱祖国；再加上看着外国国民如何对国家的事尽职责，也自然使自己想作个好国民，好像一个中国人能像英国人那样作国民便是最高的理想了。个人的私事，如恋爱，如孝悌，都可以不管，自要能有益于国家，什么都可以放在一旁。这就是马威所要代表的。比这再高一点的理想，我还没想到过。先不用管这个理想高明不高明吧，马威反正是这个理想的产儿。他是个空的，一点也不像个活人。他还有缺点，不尽合我的理想，于是另请出一位李子荣来作补充；所以李子荣更没劲！

对于英国人，我连半个有人性的也没写出来。他们的褊狭的爱国主义决定了他们的罪案，他们所表现的都是偏见与讨厌，没有别的。自然，猛一看过去，他们确是有这种讨厌而不自觉的地方，可是稍微再细看一看，他们到底还不这么狭小。我专注意了他们与国家的关系，而忽略了他们其他的部分。幸而我是用幽默的口气述说他们，不然他们简直是群可怜的半疯子了。幽默宽恕了他们，正如宽恕了马家父子，把褊狭与浮浅消解在笑声中，万幸！

最危险的地方是那些恋爱的穿插，它们极容易使《二马》成为《留东外史》一类的东西。可是我在一动笔时就留着神，设法使这些地方都成为揭露人物性格与民族成见的机会，不准恋爱情节自由的展动。这是我很会办的事，在我的作品中差不多老是把恋爱作为副笔，而把另一些东西摆在正面。这个办法的好处是把我从三角四角恋爱小说中救出来，它的坏处是使我老不敢放胆写这个人生最大的问题——两性间的问题。我一方面在思想上失之平凡，另一方面又在题材上不敢摸这个禁果，所以我的作品即使在结构上文字上有可观，可是总走不上那伟大之路。三角恋爱永不失为好题目，写得好还是好。像我这样一碰即走，对打八卦拳倒许是好办法，对写小说它使我轻浮，激不起心灵的震颤。

这本书的写成差不多费了一年的工夫。写几段，我便对朋友们去朗读，请他们批评，最多的时候是找祝仲谨兄去，他是北平人，自然更能听出句子的顺当与否，和字眼的是否妥当。全篇写完，我又托郦堃厚兄给看了一遍，他很细心的把错字给挑出来。把它寄出去以后——仍是寄给《小说月报》——我便向伦敦说了"再见"。

（原载 1935 年 10 月 16 日《宇宙风》第 3 期）

我怎样写《小坡的生日》

　　离开伦敦，我到大陆上玩了三个月，多半的时间是在巴黎。在巴黎，我很想把马威调过来，以巴黎为背景续成《二马》的后半。只是想了想，可是：凭着几十天的经验而动笔写像巴黎那样复杂的一个城，我没那个胆气。我希望在那里找点事作，找不到；马威只好老在逃亡吧，我既没法在巴黎久住，他还能在那里立住脚么！

　　离开欧洲，两件事决定了我的去处：第一，钱只够到新加坡的；第二，我久想看看南洋。于是我就坐了三等舱到新加坡下船。为什么我想看看南洋呢？因为想找写小说的材料，像康拉德的小说中那些材料。不管康拉德有什么民族高下的偏见没有，他的著作中的主角多是白人；东方人是些配角，有时候只在那儿作点缀，以便增多一些颜色——景物的斑斓还不够，他还要各色的脸与服装，作成个"花花世界"。我也想写这样的小说，可是以中国人为主角，康拉德有时候把南洋写成白人的毒物——征服不了自然便被自然吞噬，我要写的恰与此相反，事实在那儿摆着呢：南洋的开发设若没有中国人行么？中国人能忍受最大的苦处，中国人能抵抗一切疾痛：毒蟒猛虎所盘据的荒林被中国人铲平，不毛之地被中国人种满了菜蔬。中国人不怕死，因为他晓得怎样应付环境，怎样活着。中国人不悲观，因为他懂得忍耐而不惜力气。他坐着多么破的船也敢冲风破浪往海外去，赤着脚，空着拳，只凭那口气与那点天赋的聪明，若能再有点好运，他便能在几年之间成个财主。自然，他也有好多毛病与缺欠，可是南洋之所以为南洋，显然的大部分是中国人的成绩。国内人只知道在南洋容易挣钱，而华侨都是胖胖的财主，所以凡有点势力的人就派个代表在那儿募捐。只知道要钱，不晓得华侨所受的困苦，更想不到怎样去帮忙。另有一些人以为华侨是些在国内无法生存而到国外碰运气的，一伸手也许摸着个金矿，马上便成百万之富。这样的人是因为轻视自己所以也忽略了中国人能力的伟大。还有些人以为华侨漫无组织，所以今天暴富而富得不得其道，明天忽然失败又正自理当如此；说这样现成话的人是只看见了华侨的短处，而忘了国家对这些在海外冒险的人可曾有过帮助与指导没有。华侨的失败也就是国家的失败。无论怎样吧，我想写南洋，写中国人的伟大；即使仅能写成个罗曼司，南洋的颜色也正是艳丽无匹的。

　　可是，这有三件必须预备的事：第一，得在城市中研究经济的情形。第二，到内地观察老华侨的生活，并探听他们的历史。第三，得学会广东话，福建话，与马来话。哎呀，这至少须花费几年的工夫呀！我恰巧花费不起这么多的工夫。我找不到相当的事作。只能在中学里去教书，而教书就把我拴在了一个地方，时间与金钱都不许我到各处去观察。我的心慢慢凉起来。我是在新加坡教书，假若我想到别的地方去看看，除非是我能在别处找到教书的机会，机会哪能那么容易得呢。即使有机会，还不是仍得教书，钱不够花而时间不属于我？我没办法。我的梦想眼看着将永成为梦想了。

打了个大大的折扣，我开始写《小坡的生日》。我爱小孩，我注意小孩子们的行动。在新加坡，我虽没工夫去看成人的活动，可是街上跑来跑去的小孩，各种各色的小孩，是有意思的，可以随时看到的。下课之后，立在门口，就可以看到一两个中国的或马来的小儿在林边或路畔玩耍。好吧，我以小人儿们作主人翁来写出我所知道的南洋吧——恐怕是最小最小的那个南洋吧！

上半天完全消费在上课与改卷子上。下半天太热。非四点以后不能作什么。我只能在晚饭后写一点。一边写一边得驱逐蚊子，而老鼠与壁虎的捣乱也使我心中不甚太平，况且在热带的晚间独抱一灯，低着头写字，更仿佛有点说不过去：屋外的虫声，林中吹来的湿而微甜的晚风，道路上印度人的歌声，妇女们木板鞋的轻响，都使人觉得应到外边草地上去，卧看星天，永远不动一动。这地方的情调是热与软，它使人从心中觉到不应当作什么。我呢，一气写出一千字已极不容易，得把外间的一切都忘了才能把笔放在纸上。这需要极大的注意与努力，结果，写一千来字已是筋疲力尽，好似打过一次交手仗。朋友们稍微点点头，我就放下笔，随他们去到林边的一间门面的茶馆去喝咖啡了。从开始写直到离开此地，至少有四个整月，我一共才写成四万字，没法儿再快。这本东西通体有六万字，那末后两万是在上海郑西谛兄家中补成的。

以小孩为主人翁，不能算作童话。可是这本书的后半又全是描写小孩的梦境，让猫狗们也会说话，仿佛又是个童话。此书的形式因此极不完整非大加删改不可。前半虽然是描写小孩，可是把许多不必要的实景加进去；后半虽是梦境，但也时时对南洋的事情作小小的讽刺。总而言之，这是幻想与写实夹杂在一处，而成了个四不像了。这个毛病是因为我是脚踩两只船：既舍不得小孩的天真，又舍不得我心中那点不属于儿童世界的思想。我愿与小孩们一同玩耍，又忘不了我是大人。这就糟了。所谓不属于儿童世界的思想是什么呢？是联合世界上弱小民族共同奋斗。此书中有中国小孩，马来小孩，印度小孩，而没有一个白色民族的小孩。在事实上，真的，在新加坡住了半年，始终没见过一回白人的小孩与东方小孩在一块玩耍。这给我很大的刺激，所以我愿把东方小孩全拉到一处去玩，将来也许立在同一战线上去争战！同时，我也很明白广东与福建人中间的冲突与不合作，马来与印度人间的愚昧与散漫。这些实际上的缺欠，我都在小孩们一块玩耍时随手儿讽刺出。可是，写着写着我又似乎把这个忘掉，而沉醉在小孩的世界里，大概此书中最可喜的一些地方就是这当我忘了我是成人的时候。现在看来，我后悔那时候我是那么拿不定主意；可是我对这本小书仍然最满意，不是因为别的，是因为我深喜自己还未全失赤子之心——那时我已经三十多岁了。

最使我得意的地方是文字的浅明简确。有了《小坡的生日》，我才真明白了白话的力量；我敢用最简单的话，几乎是儿童的话，描写一切了。我没有算过，《小坡的生日》中一共到底用了多少字；可是它给我一点信心，就是用平民千字课的一千个字也能写出很好的文章。我相信这个，因而越来越恨"迷惘而苍凉的沙漠般的故城哟"这种句子。有人批评我，说我的文字缺乏书生气，太俗，太贫，近于车夫走卒的俗鄙；我一点也不以此为耻！

在上海写完了，就手儿便把它交给了西谛，还在《小说月报》发表。登完，单行本已打好底版，被"一二八"的大火烧掉；所以在去年才又交给生活书店印出来。

希望还能再写一两本这样的小书，写这样的书使我觉得年轻，使我快活；我愿永远作"孩子头儿"。对过去的一切，我不十分敬重；历史中没有比我们正在创造的这一段更有价值的。我爱孩子，他们是光明，他们是历史的新页，印着我们所不知道的事儿——我们只能向那里望一望，可见就够痛快的了，那里是希望。

得补上一些。在到新加坡以前我还写过一本东西呢。在大陆上写了些，在由马赛到新加坡的船上写了些，一共写了四万多字。到了新加坡，我决定抛弃了它，书名是"大概如此"。

为什么中止了呢？慢慢的讲吧。这本书和《二马》差不多，也是写在伦敦的中国人。内容可是没有《二马》那么复杂，只有一男一女。男的穷而好学，女的富而遭了难。穷男人救了富女的，自然喽跟着就得恋爱。男的是真落于情海中，女的只拿爱作为一种应酬与报答，结果把男的毁了。文字写得并不错，可是我并不满意这个题旨。设若我还住在欧洲，这本书一定能写完。可是我来到新加坡，新加坡使我看不起这本书了。在新加坡，我是在一个中学里教几点钟国文。我教的学生差不多都是十五六岁的小人儿们。他们所说的，和他们在作文时所写的，使我惊异。他们在思想上的激进，和所要知道的问题，是我在国外的学校五年中所未遇到过的。不错，他们是很浮浅；但是他们的言语行动都使我不敢笑他们，而开始觉到新的思想是在东方，不是在西方。在英国，我听过最激烈的讲演，也知道有专门售卖所谓带危险性书籍的铺子。但是大概的说来，这些激烈的言论与文字只是宣传，而且对普通人很少影响。学校里简直听不到这个。大学里特设讲座，讲授政治上经济上的最新学说与设施；可是这只限于讲授与研究，并没成为什么运动与主义；大多数的将来的硕士博士还是叼着烟袋谈"学生生活"，几乎不晓得世界上有什么毛病与缺欠。新加坡的中学生设若与伦敦大学的学生谈一谈，满可以把大学生说得瞪了眼，自然大学生可别刨根问底的细问。

有件小事很可以帮助说明我的意思：有一天，我到图书馆里去找本小说念，找到了本梅·辛克来（May Sinclair）[①] 的 *Arnold Waterlow*（《阿诺德·沃特洛》）。别的书都带着"图书馆气"，污七八黑的；只有这本是白白的，显然的没人借读过。我很纳闷，馆中为什么买这么一本书呢？我问了问，才晓得馆中原是去买大家所知道的那个辛克来（Upton Sinclair）[②] 的著作，而错把这位女写家的作品买来，所以谁也不注意它。我明白了！以文笔来讲，男辛克来的是低等的新闻文学，女辛克来的是热情与机智兼具的文艺。以内容言，男辛克来的是作有目的的宣传，而女辛克来只是空洞的反抗与破坏。女辛克来在西方很有个名声，而男辛克来在东方是圣人。东方人无暇管文艺，他们要炸弹与狂呼。西方的激烈思想似乎是些好玩的东西，东方才真以它为宝贝。新加坡的学生差不多都是家中很有几个钱的，可是他们想打倒父兄，他们捉住一些新思想就不再松手，甚至于写这样的句子："自从母亲流产我以后"——他爱"流产"，而不惜用之于己身，虽然他已活了十六七岁。

在今日而想明白什么叫作革命，只有到东方来，因为东方民族是受着人类所有的一切压迫；从哪儿想，他都应当革命。这就无怪乎英国中等阶级的儿女根本不想天下大事，而新加坡中等阶级的儿女除了天下大事什么也不想了。虽然光想天下大事，而永远不肯交作文与算术演草簿的小人儿们也未必真有什么用处，可是这种现象到底是应该注意的。我一遇见他们，就没法不中止写"大概如此"了。一到新加坡，我的思想猛的前进了好几丈，不能再写爱情小说了！这个，也就使我决定赶快回国来看看了。

（原载 1935 年 11 月 1 日《宇宙风》第 4 期）

---

① 现通译梅·辛克莱（1870—1949），英国小说家，1924 年著小说《阿诺德·沃特洛》。
② 现通译厄普顿·辛克莱（1878—1968），美国小说家。

我怎样写《大明湖》

在上海把《小坡的生日》交出，就跑回北平；住了三四个月；什么也没写。

被约到济南去教书。到校后，忙着预备功课，也没工夫写什么。可是我每走在街上，看见西门与南门的炮眼，我便自然的想起"五三"惨案；我开始打听关于这件事的详情；不是那些报纸登载过的大事，而是实际上的屠杀与恐怖的情形。有好多人能供给我材料，有的人还保存着许多像片，也借给我看。半年以后，济南既被走熟，而"五三"的情形也知道了个大概，我就想写《大明湖》了。

《大明湖》里没有一句幽默的话，因为想着"五三"。可是"五三"并不是正题，而是个副笔。设若全书都是描写那次的屠杀，我便不易把别的事项插进去了，而我深怕笔力与材料都不够写那么硬的东西。我需要个别的故事，而把战争与流血到相当的时机加进去，既不干枯，又显着越写越火炽。我很费了些时间去安置那些人物与事实：前半的本身已像个故事，而这故事里已暗示出济南的危险。后半还继续写故事，可是遇上了"五三"，故事与这惨案一同紧张起来。在形式上，这本书有些可取的地方。

故事的进展还是以爱情为联系，这里所谓爱情可并不是三角恋爱那一套。痛快着一点来说，我写的是性欲问题。在女子方面，重要的人物是很穷的母女两个。母亲受着性欲与穷困的两重压迫，而扔下了女儿不再管。她交结过好几个男人，全没有所谓浪漫故事中的追求与迷恋，而是直截了当的讲肉与钱的获得。读书的青年男女好说自己如何苦闷，如何因失恋而想自杀，好像别人都没有这种问题，而只有他们自己的委屈很值钱似的。所以我故意的提出几个穷男女，说说他们的苦处与需求。在她所交结的几个男人中，有一个是非常精明而有思想的人。他虽不是故事中的主要人物，可是由他口中说出许多现在应当用 ×× 画出来的话语。这个女的最后跳了大明湖。她的女儿呢，没有人保护着，而且没有一个钱，也就走上她母亲所走的路——在《樱海集》所载的《月牙儿》便是这件事的变形。可是在《大明湖》里，这个孤苦的女儿到了也要跳湖的时候，被人救出而结了婚。救她的人是兄弟三个，老大老二是对双生的弟兄，也就是故事中的男主角。

在这一对男主角身上，爱情的穿插没有多少重要，主要的是在描写他俩的心理上的变动。他们是双生子，长得一样，而且极相爱，可是他们的性格极不相同。他们想尽方法去彼此明白与谅解，可是不能随心如意；他们到底有个自己，这个自己不会因爱心与努力而溶解在另一个自己里。他俩在外表上是一模一样，而在内心上是背道而驰。老大表现着理智的能力，老二表现着感情的热烈。一冷一热，而又不肯公然冲突。这象征着"学问呢，还是革命呢？"的不易决定。老大是理智的，可是被疾病征服的时候，在梦里似的与那个孤女发生了关系，结果非要她不可——大团圆。

可是这个大团圆是个悲剧的——假如这句话可以说得通——"五三"事件发生了，老三被杀。剩下老大老二，一个用脑，一个用心，领略着国破家亡的滋味。

由这点简要的述说可以看出来《大明湖》里实在包含着许多问题，在思想上似乎是有些进步。可是我并不满意这本作品，因为文字太老实。前面说过了：此书中没有一句幽默的话，而文字极其平淡无奇，念着很容易使人打盹儿。我是个爽快的人，当说起笑话来，我的想象便能充分的活动，随笔所至自自然然的就有趣味。教我哭丧着脸讲严重的问题与事件，我的心沉下去，我的话也不来了！

在暑假后把它写成，交给张西山兄看了一遍，还是寄给《小说月报》。因为刚登完了《小坡的生日》，所以西谛兄说留到过了年再登吧。过了年，稿子交到印工手里去，"一·二八"的火把它烧成了灰。没留副稿。我向来不留副稿。想好就写，写完一大段，看看，如要不得，便扯了另写；如能要，便只略修改几个字，不作更大的更动。所以我的稿子多数是写得很清楚。我雇不起书记给另抄一遍，也不愿旁人代写。稿子既须自己写，所以无论故事多么长，总是全篇写完才敢寄出去，没胆子写一点发表一点。全篇寄出去，所以要烧也就都烧完；好在还痛快！

有好几位朋友劝我再写《大明湖》，我打不起精神来。创作的那点快乐不能在默写中找到。再说呢，我实在不甚满意它，何必再写。况且现在写出，必须用许多 ×× 与……，更犯不着了。

到济南后，自己印了稿纸，张大格大，一张可写九百多字。用新稿纸写的第一部小说就遭了火劫，总算走"红"运！

（原载 1935 年 11 月 16 日《宇宙风》第 5 期

我怎样写《猫城记》

自《老张的哲学》到《大明湖》，都是交《小说月报》发表，而后由商务印书馆印单行本。《大明湖》的稿子烧掉，《小坡的生日》的底版也殉了难；后者，经过许多日子，转让给生活书店承印。《小说月报》停刊。施蛰存兄主编的《现代》杂志为沪战后惟一的有起色的文艺月刊，他约我写个"长篇"，我答应下来：这是我给别的刊物——不是《小说月报》了——写稿子的开始。这次写的是《猫城记》。登完以后，由现代书局出书，这是我在别家书店——不是"商务"了——印书的开始。

《猫城记》，据我自己看，是本失败的作品。它毫不留情地揭显出我有块多么平凡的脑子。写到了一半，我就想收兵，可是事实不允许我这样作，硬把它凑完了！有人说，这本书不幽默，所以值得叫好，正如梅兰芳反串小生那样值得叫好。其实这只是因为讨厌了我的幽默，而不是这本书有何好处。吃厌了馒头，偶尔来碗粗米饭也觉得很香，并非是真香。说真的，《猫城记》根本应当幽默，因为它是篇讽刺文章：讽刺与幽默在分析时有显然的不同；但在应用上永远不能严格的分隔开。越是毒辣的讽刺，越当写得活动有趣，把假托的人与事全要精细的描写出，有声有色，有骨有肉，看起来头头是道，活像有此等人与此等事；把讽刺埋伏在这个底下，而后才文情并懋，骂人才骂到家。它不怕是写三寸丁的小人国，还是写酸臭的君子之邦，它得先把所凭借的寓言写活，而后才能仿佛把人与事玩之股掌之上，细细的创造出，而后捏着骨缝儿狠狠的骂，使人哭不得笑不得。它得活跃，灵动，玲珑，和幽默。必须幽默。不要幽默也成，那得有更厉害的文笔，与极聪明的脑子，一个巴掌一个红印，一个闪一个雷。我没有这样厉害的手与脑，而又舍去我较有把握的幽默，《猫城记》就没法不爬在地上，像只折了翅的鸟儿。

在思想上，我没有积极的主张与建议。这大概是多数讽刺文字的弱点，不过好的讽刺文字是能一刀见血，指出人间的毛病的：虽然缺乏对思想的领导，究竟能找出病根，而使热心治病的人知道该下什么药。我呢，既不能有积极的领导，又不能精到的搜出病根，所以只有讽刺的弱点，而没得到它的正当效用。我所思虑的就是普通一般人所思虑的，本用不着我说，因为大家都知道。眼前的坏现象是我最关切的；为什么有这种恶劣现象呢？我回答不出。跟一般人相同，我拿"人心不古"——虽然没用这四个字——来敷衍。这只是对人与事的一种惋惜，一种规劝；惋惜与规劝，是"阴骘文"的正当效用——其效用等于说废话。这连讽刺也够不上了。似是而非的主张，即使无补于事，也还能显出点讽刺家的聪明。我老老实实的谈常识，而美其名为讽刺，未免太荒唐了。把讽刺改为说教，越说便越腻得慌：敢去说教的人不是绝顶聪明的，便是傻瓜。我知道我不是顶聪明，也不肯承认是地道傻瓜；不过我既写了《猫城记》，也就没法不叫自己傻瓜了。

自然，我为什么要写这样一本不高明的东西也有些外来的原因。头一个就是对国事的失望，军事与外交种种的失败，使一个有些感情而没有多大见解的人，像我，容易由愤恨而失望。失望之后，这样的人想规劝，而规劝总是妇人之仁的。一个完全没有思想的人，能在粪堆上找到粮食；一个真有思想的人根本不将就这堆粪。只有半瓶子醋的人想维持这堆粪而去劝告苍蝇："这儿不卫生！"我吃了亏，因为任着外来的刺激去支配我的"心"，而一时忘了我还有块"脑子"。我居然去劝告苍蝇了！

不错，一个没有什么思想的人，满能写出很不错的文章来；文学史上有许多这样的例子。可是，这样的专家，得有极大的写实本领，或是极大的情绪感诉能力。前者能将浮面的观感详实的写下来，虽然不像显微镜那么厉害，到底不失为好好的一面玻璃镜，映出个真的世界。后者能将普通的感触，强有力的道出，使人感动。可是我呢，我是写了篇讽刺。讽刺必须高超，而我不高超。讽刺要冷静，于是我不能大吹大擂，而扭扭捏捏。既未能悬起一面镜子，又不能向人心掷去炸弹，这就很可怜了。

失了讽刺而得到幽默，其实也还不错。讽刺与幽默虽然是不同的心态，可是都得有点聪明。运用这点聪明，即使不能高明，究竟能见出些性灵，至少是在文字上。我故意的禁止幽默，于是《猫城记》就一无可取了。《大明湖》失败在前，《猫城记》紧跟着又来了个第二次。朋友们常常劝我不要幽默了，我感谢，我也知道自己常因幽默而流于讨厌。可是经过这两次的失败，我才明白一条狗很难变成一只猫。我有时候很想努力改过，偶尔也能因努力而写出篇郑重、有点模样的东西。但是这种东西总缺乏自然的情趣，像描眉擦粉的小脚娘。让我信口开河，我的讨厌是无可否认的，可是我的天真可爱处也在里边，Aristophanes（阿里斯多芬）的撒野正自不可及；我不想高攀，但也不必因谦虚而抹杀事实。

自然，这两篇东西——《大明湖》与《猫城记》——也并非对我全无好处：它们给我以练习的机会，练习怎样老老实实的写述，怎样瞪着眼说谎而说得怪起劲。虽然它们的本身是失败了，可是经过一番失败总多少增长些经验。

《猫城记》的体裁，不用说，是讽刺文章最容易用而曾经被文人们用熟了的。用个猫或人去冒险或游历，看见什么写什么就好了。冒险者到月球上去，或到地狱里去，都没什么关系。他是个批评家，也许是个伤感的新闻记者。《猫城记》的探险者分明是后一流的，他不善于批评，而有不少浮浅的感慨；他的报告于是显着像赴宴而没吃饱的老太婆那样回到家中瞎唠叨。

我早就知道这个体裁。说也可笑，我所以必用猫城，而不用狗城者，倒完全出于一件家庭间的小事实——我刚刚抱来个黄白花的小猫。威尔思的 *The First Man in the Moon* (《月亮上的第一个人》)，把月亮上的社会生活与蚂蚁的分工合作相较，显然是有意的指出人类文明的另一途径。我的猫人之所以为猫人却出于偶然。设若那天我是抱来一只兔，大概猫人就变成兔人了；虽然猫人与兔人必是同样糟糕的。

猫人的糟糕是无可否认的。我之揭露他们的坏处原是出于爱他们也是无可否认的。可惜我没给他们想出办法来。我也糟糕！可是，我必须说出来：即使我给猫人出了最高明的主意，他们一定会把这个主意弄成个五光十色的大笑话；猫人的糊涂与聪明是相等的。我爱他们，惭愧！我到底只能讽刺他们了！况且呢；我和猫人相处了那么些日子，我深知道我若是直言无隐的攻击他们，而后再给他们出好主意，他们很会把我偷偷的弄死。我的怯懦正足以暗示出猫人的勇敢，何等的勇敢！算了吧，不必再说什么了！

（原载 1935 年 12 月 1 日《宇宙风》第 6 期）

我怎样写《猫城记》

老 舍

我怎样写《离婚》

也许这是个常有的经验吧：一个写家把他久想写的文章撂在心里，撂着，甚至于撂一辈子，而他所写出的那些倒是偶然想到的。有好几个故事在我心里已存放了六七年，而始终没能写出来；我一点也不晓得它们有没有能够出世的那一天。反之，我临时想到的倒多半在白纸上落了黑字。在写《离婚》以前，心中并没有过任何可以发展到这样一个故事的"心核"，它几乎是忽然来到而马上成了个"样儿"的。在事前，我本来没打算写个长篇，当然用不着去想什么。邀我写个长篇与我临阵磨刀去想主意正是同样的仓促。是这么回事：《猫城记》在《现代》杂志登完，说好了是由良友公司放入"良友文学丛书"里。我自己知道这本书没有什么好处，觉得它还没资格入这个"丛书"。可是朋友们既愿意这么办，便随它去吧，我就答应了照办。及至事到临期，现代书局又愿意印它了，而良友扑了个空。于是良友的"十万火急"来到，立索一本代替《猫城记》的。我冒了汗！可是我硬着头皮答应下来；知道拼命与灵感是一样有劲的。

这我才开始打主意。在没想起任何事情之前，我先决定了：这次要"返归幽默"。《大明湖》与《猫城记》的双双失败使我不得不这么办。附带的也决定了，这回还得求救于北平。北平是我的老家，一想起这两个字就立刻有几百尺"故都景象"在心中开映。啊！我看见了北平，马上有了个"人"。我不认识他，可是在我廿岁至廿五岁之间我几乎天天看见他。他永远使我羡慕他的气度与服装，而且时时发现他的小小变化：这一天他提着条很讲究的手杖，那一天他骑上自行车——稳稳的溜着马路边儿，永远碰不了行人，也好似永远走不到目的地，太稳，稳得几乎像凡事在他身上都是一种生活趣味的展示。我不放手他了。这个便是"张大哥"。

叫他作什么呢？想来想去总在"人"的上面，我想出许多的人来。我得使"张大哥"统领着这一群人，这样才能走不了板，才不至于杂乱无章。他一定是个好媒人，我想，假如那些人又恰恰的害着通行的"苦闷病"呢？那就有了一切，而且是以各色人等揭显一件事的各种花样，我知道我捉住了个不错的东西。这与《猫城记》恰相反：《猫城记》是但丁的游"地狱"，看见什么说什么，不过是既没有但丁那样的诗人，又没有但丁那样的诗。《离婚》在决定人物时已打好主意：闹离婚的人才有资格入选。一向我写东西总是冒险式的，随写随着发现新事实；即使有时候有个中心思想，也往往因人物或

感悟名家经典

事实的趣味而唱荒了腔。这回我下了决心要把人物都拴在一个木桩上。

这样想好，写便容易了。从暑假前大考的时候写起，到七月十五，我写得了十二万字。原定在八月十五交卷，居然能早了一个月，这是生平最痛快的一件事。天气非常的热——济南的热法是至少可以和南京比一比的——我每天早晨七点动手，写到九点；九点以后便连喘气也很费事了。平均每日写两千字。所余的大后半天是一部分用在睡觉上，一部分用在思索第二天该写的二千来字上。这样，到如今想起来，那个热天实在是最可喜的。能写入了迷是一种幸福，即使所写的一点也不高明。

在下笔之前，我已有了整个计划；写起来又能一气到底，没有间断，我的眼睛始终没离开我的手，当然写出来的能够整齐一致，不至于大嘟噜小块的。匀净是《离婚》的好处，假如没有别的可说的。我立意要它幽默，可是我这回把幽默看住了，不准它把我带了走。饶这么样，到底还有“滑”下去的地方，幽默这个东西——假如它是个东西——实在不易拿得稳，它似乎知道你不能老瞪着眼盯住它，它有机会就跑出去。可是从另一方面说呢，多数的幽默写家是免不了顺流而下以至野调无腔的。那么，要紧的似乎是这个：文艺，特别是幽默的，自要“底气”坚实，粗野一些倒不算什么。Dostoevsky（陀思妥夫斯基）的作品——还有许多这样伟大写家的作品——是很欠完整的，可是他的伟大处永不被这些缺欠遮蔽住。以今日中国文艺的情形来说，我倒希望有些顶硬顶粗莽顶不易消化的作品出来，粗野是一种力量，而精巧往往是种毛病。小脚是纤巧的美，也是种文化病，有了病的文化才承认这种不自然的现象，而且称之为美。文艺或者也如此。这么一想，我对《离婚》似乎又不能满意了，它太小巧，笑得带着点酸味！受过教育的与在生活上处处有些小讲究的人，因为生活安适平静，而且以为自己是风流蕴藉，往往提到幽默便立刻说：幽默是含着泪的微笑。其实据我看呢，微笑而且得含着泪正是“装蒜”之一种。哭就大哭，笑就狂笑，不但显出一点真挚的天性，就是在文学里也是很健康的。惟其不敢真哭真笑，所以才含泪微笑；也许这是件很难作到与很难表现的事，但不必就是非此不可。我真希望我能写出些震天响的笑声，使人们真痛快一番，虽然我一点也不反对哭声震天的东西。说真的，哭与笑原是一事的两头儿；而含泪微笑却两头儿都不站。《离婚》的笑声太弱了。写过了六七本十万字左右的东西，我才明白了一点何谓技巧与控制。可是技巧与控制不见得就会使文艺伟大。《离婚》有了技巧，有了控制；伟大，还差得远呢！文艺真不是容易作的东西。我说这个，一半是恨自己的藐小，一半也是自励。

我怎样写短篇小说

　　我最早的一篇短篇小说还是在南开中学教书时写的；纯为敷衍学校刊物的编辑者，没有别的用意。这是十二三年前的事了。这篇东西当然没有什么可取的地方，在我的写作经验里也没有一点重要，因为它并没引起我的写作兴趣。我的那一点点创作历史应由《老张的哲学》算起。

　　这可就有了文章：合起来，我在写长篇之前并没有写短篇的经验。我吃了亏。短篇想要见好，非拚命去作不可。长篇有偷手。写长篇，全篇中有几段好的，每段中有几句精彩的，便可以立得住。这自然不是理应如此，但事实上往往是这样；连读者仿佛对长篇——因为是长篇——也每每格外的原谅。世上允许很不完整的长篇存在，对短篇便不很客气。这样，我没有一点写短篇的经验，而硬写成五六本长的作品；从技巧上说，我的进步的迟慢是必然的。短篇小说是后起的文艺，最需要技巧，它差不多是仗着技巧而成为独立的一个体裁。可是我一上手便用长篇练习，很有点像练武的不习"弹腿"而开始便举"双石头"，不被石头压坏便算好事；而且就是能够力举千斤也是没有什么用处的笨劲。这点领悟是我在写了些短篇后才得到的。

　　上段末一句里的"些"字是有作用的。《赶集》与《樱海集》里所收的二十五篇，和最近所写的几篇——如《断魂枪》与《新时代的旧悲剧》等——可以分为三组。第一组是《赶集》里的前四篇和后边的《马裤先生》与《抱孙》。第二组是自《大悲寺外》以后，《月牙儿》以前的那些篇。第三组是《月牙儿》，《断魂枪》与《新时代的旧悲剧》等。第一组里那五六篇是我写着玩的：《五九》最早，是为给《齐大月刊》凑字数的。《热包子》是写给《益世报》的《语林》，因为不准写长，所以故意写了那么短。写这两篇的时候，心中还一点没有想到我是要练习短篇；"凑字儿"是它们惟一的功用。赶到"一·二八"以后，我才觉得非写短篇不可了，因为新起的刊物多了，大家都要稿子，短篇自然方便一些。是的，"方便"一些，只是"方便"一些；这时候我还有点看不起短篇，以为短篇不值得一写，所以就写了《抱孙》等笑话。随便写些笑话就是短篇，我心里这么想。随便写笑话，有了工夫还是写长篇；这是我当时的计划。可是，工夫不容易找到，而索要短篇的越来越多；我这才收起"写着玩"，不能老写笑话啊！《大悲寺外》与《微神》开始了第二组。

　　第二组里的《微神》与《黑白李》等篇都经过三次的修正；既不想再闹

着玩，当然就得好好的干了。可是还有好些篇是一挥而就，乱七八糟的，因为真没工夫去修改。报酬少，少写不如多写；怕得罪朋友，有时候就得硬挤；这两桩决定了我的——也许还有别人——少而好不如多而坏的大批发卖。这不是政策，而是不得不如此。自己觉得很对不起文艺，可是钱与朋友也是不可得罪的。有一次有位姓王的编辑跟我要一篇东西，我随写随放弃，一共写了三万多字而始终没能成篇。为怕他不信，我把那些零块儿都给他寄去了。这并不是表明我对写作是怎样郑重，而是说有过这么一回，而且只能有这么"一"回。假如每回这样，不累死也早饿死了。累死还倒干脆而光荣，饿死可难受而不体面。每写五千字，设若，必扔掉三万字；而五千字只得二十元钱或更少一些，不饿死等什么呢？不过，这个说得太多了。

第二组里十几篇东西的材料来源大概有四个：第一，我自己的经验或亲眼看见的人与事。第二，听人家说的故事。第三，摹仿别人的作品。第四，先有了个观念而后去撰构人与事。列个表吧：

第一类：《大悲寺外》《微神》《柳家大院》《眼镜》《牺牲》《毛毛虫》《邻居们》

第二类：《也是三角》《上任》《柳屯的》《老年的浪漫》

第三类：《歪毛儿》

第四类：《黑白李》《铁牛和病鸭》《末一块钱》《善人》

第三类——摹仿别人的作品——的最少，所以先说它。《歪毛儿》是摹仿 J. D. Beresford[①] 的 *The Hermit*[②]。因为给学生讲小说，我把这篇奇幻的故事翻译出来，讲给他们听。经过好久，我老忘不了它，也老想写这样的一篇。可是我始终想不出旁的路儿来，结果是照样摹了一篇；虽然材料是我自己的，但在意思上全是抄袭的。

第一类里的七篇，多数是亲眼看见的事实，只有一两篇是自己作过的事。这本没有什么可说的，假若不是《牺牲》那篇得到那么坏的批评。《牺牲》里的人与事是千真万确的，可凡是批评过我的短篇小说的全拿它开刀，甚至有的说这篇是非现实的。乍一看这种批评，我与一般人一样的拿这句话反抗："这是真事呀！"及至我再去细看它，我明白了：它确是不好。它摇动，后边所描写的不完全帮助前面所立下的主意。它破碎，随写随补充，像用旧棉花作褥子似的，东补一块西补一块。真事原来靠不住，因为事实本身不就是小说，得看你怎么写。太信任材料就容易忽略了艺术。反之，在第二类中的几篇倒都平稳，虽然其中的事实都是我听朋友们讲的。正因为是听来的，所以我才分外的留神，小心是没有什么坏处的。同样，第四类中的几篇也有很像样子的，其实其中的人与事全是想象的，全是一个观念的子女。《黑白

① 约翰·戴维斯·贝雷斯福特（1873—1947），英国小说家。
② 贝雷斯福特的小说《隐者》。

李》与《铁牛和病鸭》都是极清楚的由两个不同的人代表两个不同的意思。先想到意思，而后造人，所以人物的一切都有了范围与轨道；他们闹不出圈儿去。这比乱七八糟一大团好，我以为。经验丰富想象，想象确定经验。

这些篇的文字都比我长篇中的老实，有的是因为屡屡修改，有的是因为要赶快交卷；前者把火气扇（用"删"字也许行吧）去，后者根本就没劲。可是大致地说，我还始终保持着我的"俗"与"白"。对于修辞，我总是第一要清楚，而后再说别的。假若清楚是思想的结果，那么清楚也就是力量。我不知道自己的文字是否清楚而有力量，不过我想这么作就是了。

该说第三组的了。这一组里的几篇——如《月牙儿》，《阳光》，《断魂枪》，与《新时代的旧悲剧》——并没有什么特别的好处。一个事实，一点觉悟，使我把它们另作一组来说说。前面说过了，第一组的是写着玩的，坏是当然的，好也是碰巧劲。第二组的虽然是当回事儿似的写，可还有点轻视短篇，以为自己的才力是在写长篇。到了第三组，我的态度变了。事实逼得我不能不把长篇的材料写作短篇了，这是事实，因为索稿子的日多，而材料不那么方便了，于是把心中留着的长篇材料拿出来救急。不用说，这么由批发而改为零卖是有点难过。可是及至把十万字的材料写成五千字的一个短篇——像《断魂枪》——难过反倒变成了觉悟。经验真是可宝贵的东西！觉悟是这个：用长材料写短篇并不吃亏，因为要从够写十几万字的事实中提出一段来，当然是提出那最好的一段。这就是愣吃仙桃一口，不吃烂杏一筐了。再说呢，长篇虽也有个中心思想，但因事实的复杂与人物的繁多，究竟在描写与穿插上是多方面的。假如由这许多方面之中挑选出一方面来写，当然显着紧凑精到。长篇的各方面中的任何一方面都能成个很好的短篇，而这各方面散布在长篇中就不易显出任何一方面的精彩。长篇要匀调，短篇要集中。拿《月牙儿》说吧，它本是《大明湖》中的一片段。《大明湖》被焚之后，我把其他的情节都毫不可惜的忘弃，可是忘不了这一段。这一段是，不用说，《大明湖》中最有意思的一段。但是，它在《大明湖》里并不像《月牙儿》这样整齐，因为它是夹在别的一堆事情里，不许它独当一面。由现在看来，我愣愿要《月牙儿》而不要《大明湖》了。不是因它是何等了不得的短篇，而是因它比在《大明湖》里"窝"着强。

《断魂枪》也是如此。它本是我所要写的"二拳师"中的一小块。"二拳师"是个——假如能写出来——武侠小说。我久想写它，可是谁知道写出来是什么样呢？写出来才算数，创作是不敢"预约"的。在《断魂枪》里，我表现了三个人，一桩事。这三个人与这一桩事是我由一大堆材料中选出来的，他们的一切都在我心中想过了许多回，所以他们都能立得住。那件事是我所要在长篇中表现的许多事实中之一，所以它很利落。拿这么一件小小的事，联系上三个人，所以全篇是从从容容的，不多不少正合适。这样，材料受了损失，而艺术占了便宜；五千字也许比十万字更好。文艺并非肥猪，块儿越大越好。不过呢，十万字可以得到三五百元，而这五千字只得了十九块钱，这恐怕也就是不敢老和艺术亲热的原因吧。为艺术而牺牲是很好听的，可是饿死谁也是不应当的，为什么一定先叫作家饿死呢？我就不明白！

设若没有《月牙儿》，《阳光》也许显着怪不错。有人说，《阳光》的失败在于题材；在我自己看，《阳光》所以被《月牙儿》比下去的原因是这个：《月牙儿》是由《大明湖》中抽出来而加以修改，所以一气到底，没有什么生硬勉强的地方；《阳光》呢，本也是写长篇的材料，可是没在心中储蓄过多久，所以虽然是在写短篇，而事实上是把临时想起的事全加进去，结果便显着生硬而不自然了。有长时间的培养，把一件复杂的事翻过来掉过去的调动，人也熟了，事也熟了，而后抽出一节来写个短篇，就必定成功，因为一下笔就是地方，准确产出调匀之美。写完《月牙儿》与《阳光》我得到这么点觉悟。附带着要说的，就是创作得有时间。这也就是说，写家得有敢尽量花费时间的准备，才能写出好东西。这个准备就是最伟大的一个字——"饭"。我常听见人家喊：没有伟大的作品啊！每次听见这个呼声，我就想到在这样呼喊的人的心中，写家大概是只喝点露水的什么小生物吧？我知道自己没有多么高的才力，这一世恐怕没有写出伟大作品的希望了。但是我相信，给我时间与饭，我确能够写出较好的东西，不信咱们就试试！

《新时代的旧悲剧》有许多的缺点。最大的缺点是有许多人物都见首不见尾，没有"下回分解"。毛病是在"中篇"。我本来是想拿它写长篇的，一经改成中篇，我没法不把精神集注在一个人身上，同时又不能不把次要的人物搬运出来，因为我得凑上三万多字。设若我把它改成短篇，也许倒没有这点毛病了。我的原来长篇计划是把陈家父子三个与宋龙云都看成重要人物；陈老先生代表过去，廉伯代表七成旧三成新，廉仲代表半旧半新，龙云代表新时代。既改成中篇，我就减去了四分之三，而专去描写陈老先生一个人，别人就都成了影物，只帮着支起故事的架子，没有别的作用。这种办法是危险的，当然没有什么好结果。不过呢，陈老先生确是有个劲头；假如我真是写了长篇，我真不敢保他能这么硬梆。因此，我还是不后悔把长篇材料这样零卖出去，而反觉得武戏文唱是需要更大的本事的，其成就也绝非乱打乱闹可比。

这点小小的觉悟是以三十来个短篇的劳力换来的。不过，觉悟是一件事，能否实际改进是另一件事，将来的作品如何使我想到便有点害怕。也许呢"老牛破车"是越走越起劲的，谁晓得。

在抗战中，因为忙，病，与生活不安定，很难写出长篇小说来。连短篇也不大写了，这是因为忙，病，与生活不安定之外，还有稍稍练习写话剧及诗等的缘故。从一九三八年到一九四三年，我只写了十几篇短篇小说，收入《火车集》与《贫血集》。《贫血集》这个名字起得很恰当，从一九四〇年冬到现在（一九四四年春），我始终患着贫血病。每年冬天只要稍一劳累，我便头昏；若不马上停止工作，就必由昏而晕，一抬头便天旋地转。天气暖和一点，我的头昏也减轻一点，于是就又拿起笔来写作。按理说，我应当拿出一年半载的时间，作个较长的休息。可是，在学习上，我不肯长期偷懒；在经济上，我又不敢以借债度日。因此，病好了一点，便写一点；病倒了，只好"高卧"。于是，身体越来越坏，作品也越写越不像话！在《火车》与《贫血》两集中，惭愧，简直找不出一篇像样子的东西！

　　既写不成样子，为什么还发表呢？这很容易回答。我一病倒，就连坏东西也写不出来哇！作品虽坏，到底是我的心血啊！病倒即停止工作；病稍好时所写的坏东西再不拿去换钱，我怎么生活下去呢？《火车》与《贫血》两集应作如是观。

（原载 1936 年 1 月 1 日《宇宙风》第 8 期）

我怎样写《牛天赐传》

《牛天赐传》，就是和我自己的其他作品比较起来，也没有什么可吹的地方。一篇东西的好坏，有许多使它好或使它坏的原因。在这许多原因里，作家当时的生活情形是很要紧的。《牛天赐传》吃亏在这个上不少。我记得，这本东西是在一九三四年三月廿三日动笔的，可是直到七月四日才写成两万多字。三个多月的工夫只写了这么点点，原因是在学校到六月尾才能放暑假，没有充足的工夫天天接着写。在我的经验里，我觉得今天写十来个字，明天再写十来个字，碰巧了隔一个星期再写十来个字，是最要命的事。这是向诗神伸手乞要小钱，不是创作。

七月四日以后，写得快了；七月十九日已有了五万多字。忽然快起来，因为已放了暑假。八月十号，我的日记上记着："《牛天赐传》写完，匆匆赶出，无一是处！"

单是快，也还好。还有别的不得劲的事呢：自从一入七月门，济南就热起，那年简直热得出奇；那就是我"避暑床下"的那一回。早晨一睁眼，屋里——是屋里——就九十多度！小孩拒绝吃奶，专门哭号；大人不肯吃饭，立志喝水！可是我得赶文章，昏昏忽忽，半睡半醒，左手挥扇与打苍蝇，右手握笔疾写，汗顺着指背流到纸上。写累了，想走一走，可不敢出去，院里的墙能把人身炙得像叉烧肉——那廿多天里，每天街上都热死行人！屋里到底强得多，忍着吧。自然，要是有个电扇，再有个冰箱，一定也能稍好一些。可是我的财力还离设置电扇与冰箱太远。一连十五天，我没敢出街门。要说在这个样的暑天里，能写出怪像回事儿的文章，我就有点不信。

天气是那么热，心里还有不痛快的事呢。我在老早就想放弃教书匠的生活，到这一年我得到了辞职的机会。六月廿九日我下了决心，就不再管学校里的事。不久，朋友们知道了我这点决定，信来了不少。在上海的朋友劝我到上海去，爽性以写作为业。在别处教书的朋友呢，劝我还是多少教点书，并且热心的给介绍事。我心中有点乱，乱就不痛快。辞事容易找事难，机会似乎不可都错过了。另一方面呢，且硬试试职业写家的味儿，倒也合脾味。生活，创作，二者在心中大战三百几十回合。寸心已成战场，可还要假装没事似的写《牛天赐传》，动中有静，好不容易。结果，我拒绝了好几位朋友的善意，决定到上海去看看。八月十九日动了身。在动身以前，必须写完《牛天赐传》，不然心中就老存着块病。这又是非快写不可的促动力。

热，乱，慌，是我写《牛天赐传》时生活情形的最合适的三个形容字。这三个字似乎都与创作时所需要的条件不大相合。"牛天赐"产生的时候不对，八字根本不够格局！

此外，还另有些使它不高明的原因。第一个是文字上的限制。它是《论语》半月刊的特约长篇，所以必须幽默一些。幽默与伟大不是不能相容的，我不必为幽默而感到不安；《吉诃德先生传》等名著译成中文也并没招出什么"打倒"来。我的困难是每一期只要四五千字，既要顾到故事的连续，又须处处轻松招笑。为达到此目的，我只好抱住幽默死啃；不用说，死啃幽默总会有失去幽默的时候；到了幽默论斤卖的地步，讨厌是必不可免的。我的困难至此乃成为毛病。艺术作品最忌用不正当的手段取得效果，故意招笑与无病呻吟的罪过原是一样的。

每期只要四五千字，所以书中每个人，每件事，都不许信其自然的发展。设若一段之中我只详细的描写一个景或一个人，无疑的便会失去故事的趣味。我得使每期不落空，处处有些玩艺。因此，一期一期的读，它倒也怪热闹；及至把全书一气读完，它可就显出紧促慌乱，缺乏深厚的味道了。

书中的主人公——按老话儿说，应当叫作"书胆"——是个小孩儿。一点点的小孩儿没有什么思想，意志，与行为。这样的英雄全仗着别人来捧场，所以在最前的几章里我几乎有点和个小孩子开玩笑的嫌疑了。其实呢，我对小孩子是非常感觉趣味，而且最有同情心的。我的脾气是这样：不轻易交朋友，但是只要我看谁够个朋友，便完全以朋友相待。至于对小孩子，我就一律的看待，小孩子都可爱。世界上有千千万万的受压迫的人，其中的每一个都值得我们替他呼冤，代他想方法。可是小孩子就更可怜，不但是无衣无食的，就是那打扮得马褂帽头像小老头的也可怜。牛天赐是属于后者的，因为我要写得幽默，就不能拿个顶穷苦的孩子作书胆——那样便成了悲剧。自然，我也明知道照我那么写一定会有危险的——幽默一放手便会成为瞎胡闹与开玩笑。于此，我至今还觉得怪对不起牛天赐的！

就在这儿附带声明一下吧。前些日子，我与赵少侯兄商议好，合写"天书代存"——用书信体写《牛天赐续传》。可是，这个暑假里，我俩的事情大概要有些变动，说不定也许不能再在一块儿了。合写一个长篇而不能常常见面商议就未免太困难了，所以我俩打了退堂鼓，虽然每人已经写了几千字。事实所迫，我们俩只好向牛天赐与喜爱他的人们道歉了！以后也许由我，也许由少侯兄，单独地去写；不过这是后话，顶好不提了。

（原载 1936 年 8 月 1 日《宇宙风》第 22 期）

我怎样写《骆驼祥子》

　　从何月何日起，我开始写《骆驼祥子》？已经想不起来了。我的抗战前的日记已随同我的书籍全在济南失落，此事恐永无对证矣。

　　这本书和我的写作生活有很重要的关系。在写它以前，我总是以教书为正职，写作为副业，从《老张的哲学》起到《牛天赐传》止，一直是如此。这就是说，在学校开课的时候，我便专心教书，等到学校放寒暑假，我才从事写作。我不甚满意这个办法。因为它使我既不能专心一志的写作，而又终年无一日休息，有损于健康。在我从国外回到北平的时候，我已经有了去作职业写家的心意；经好友们的谆谆劝告，我才就了齐鲁大学的教职。在齐大辞职后，我跑到上海去，主要的目的是在看看有没有作职业写家的可能。那时候，正是"一·二八"以后，书业不景气，文艺刊物很少，沪上的朋友告诉我不要冒险。于是，我就接了山东大学的聘书。我不喜欢教书，一来是我没有渊博的学识，时时感到不安；二来是即使我能胜任，教书也不能给我像写作那样的愉快。为了一家子的生活，我不敢独断独行的丢掉了月间可靠的收入，可是我的心里一时一刻也没忘掉尝一尝职业写家的滋味。

　　事有凑巧，在"山大"教过两年书之后，学校闹了风潮，我便随着许多位同事辞了职。这回，我既不想到上海去看看风向，也没同任何人商议，便决定在青岛住下去，专凭写作的收入过日子。这是"七七"抗战的前一年。《骆驼祥子》是我作职业写家的第一炮。这一炮要放响了，我就可以放胆的作下去，每年预计着可以写出两部长篇小说来。不幸这一炮若是不过火，我便只好再去教书，也许因为扫兴而完全放弃了写作。所以我说，这本书和我的写作生活有很重要的关系。

　　记得是在一九三六年春天吧，"山大"的一位朋友跟我闲谈，随便的谈到他在北平时曾用过一个车夫。这个车夫自己买了车，又卖掉，如此三起三落，到末了还是受穷。听了这几句简单的叙述，我当时就说："这颇可以写一篇小说。"紧跟着，朋友又说：有一个车夫被军队抓了去，哪知道，转祸为福，他乘着军队移动之际，偷偷的牵回三匹骆驼回来。

　　这两个车夫都姓什么？哪里的人？我都没问过。我只记住了车夫与骆驼。这便是骆驼祥子的故事的核心。

　　从春到夏，我心里老在盘算，怎样把那一点简单的故事扩大，成为一篇十多万字的小说。

不管用得着与否，我首先向齐铁恨先生打听骆驼的生活习惯。齐先生生长在北平的西山，山下有许多家养骆驼的。得到他的回信，我看出来，我须以车夫为主，骆驼不过是一点陪衬，因为假若以骆驼为主，恐怕我就须到"口外"去一趟，看看草原与骆驼的情景了。若以车夫为主呢，我就无须到口外去，而随时随处可以观察。这样，我便把骆驼与祥子结合到一处，而骆驼只负引出祥子的责任。

　　怎么写祥子呢？我先细想车夫有多少种，好给他一个确定的地位。把他的地位确定了，我便可以把其余的各种车夫顺手儿叙述出来；以他为主，以他们为宾，既有中心人物，又有他的社会环境，他就可以活起来了。换言之，我的眼一时一刻也不离开祥子；写别的人正可以烘托他。

　　车夫们而外，我又去想，祥子应该租赁哪一车主的车，和拉过什么样的人。这样，我便把他的车夫社会扩大了，而把比他的地位高的人也能介绍进来。可是，这些比他高的人物，也还是因祥子而存在故事里，我决定不许任何人夺去祥子的主角地位。

　　有了人，事情是不难想到的。人既以祥子为主，事情当然也以拉车为主。只要我教一切的人都和车发生关系，我便能把祥子拴住，像把小羊拴在草地上的柳树下那样。

　　可是，人与人，事与事，虽以车为联系，我还感觉着不易写出车夫的全部生活来。于是，我还再去想：刮风天，车夫怎样？下雨天，车夫怎样？假若我能把这些细琐的遭遇写出来，我的主角便必定能成为一个最真确的人，不但吃的苦，喝的苦，连一阵风，一场雨，也给他的神经以无情的苦刑。

　　由这里，我又想到，一个车夫也应当和别人一样的有那些吃喝而外的问题。他也必定有志愿，有性欲，有家庭和儿女。对这些问题，他怎样解决呢？他是否能解决呢？这样一想，我所听来的简单的故事便马上变成了一个社会那么大。我所要观察的不仅是车夫的一点点的浮现在衣冠上的、表现在言语与姿态上的那些小事情了，而是要由车夫的内心状态观察到地狱究竟是什么样子。车夫的外表上的一切，都必有生活与生命上的根据。我必须找到这个根源，才能写出个劳苦社会。

　　由一九三六年春天到夏天，我入了迷似的去搜集材料，把祥子的生活与相貌变换过不知多少次——材料变了，人也就随着变。

　　到了夏天，我辞去了"山大"的教职，开始把祥子写在纸上。因为酝酿的时期相当的长，搜集的材料相当的多，拿起笔来的时候我并没感到多少阻碍。一九三七年一月，"祥子"开始在《宇宙风》上出现，作为长篇连载。当发表第一段的时候，全部还没有写完，可是通篇的故事与字数已大概的有了准谱儿，不会有很大的出入。假若没有这个把握，我是不敢一边写一边发表的。刚刚入夏，我将它写完，共二十四段，恰合《宇宙风》每月要两段，连载一年之用。

当我刚刚把它写完的时候，我就告诉了《宇宙风》的编辑：这是一本最使我自己满意的作品。后来，刊印单行本的时候，书店即以此语嵌入广告中。它使我满意的地方大概是：（一）故事在我心中酝酿得相当的长久，收集的材料也相当的多，所以一落笔便准确，不蔓不枝，没有什么敷衍的地方。（二）我开始专以写作为业，一天到晚心中老想着写作这一回事，所以虽然每天落在纸上的不过是一二千字，可是在我放下笔的时候，心中并没有休息，依然是在思索；思索的时候长，笔尖上便能滴出血与泪来。（三）在这故事刚一开头的时候，我就决定抛开幽默而正正经经地去写。在往常，每逢遇到可以幽默一下的机会，我就必抓住它不放手。有时候，事情本没什么可笑之处，我也要运用俏皮的言语，勉强的使它带上点幽默味道。这，往好里说，足以使文字活泼有趣；往坏里说，就往往招人讨厌。《祥子》里没有这个毛病。即使它还未能完全排除幽默，可是它的幽默是出自事实本身的可笑，而不是由文字里硬挤出来的。这一决定，使我的作风略有改变，教我知道了只要材料丰富，心中有话可说，就不必一定非幽默不足叫好。（四）既决定了不利用幽默，也就自然的决定了文字要极平易，澄清如无波的湖水。因为要求平易，我就注意到如何在平易中而不死板。恰好，在这时候，好友顾石君先生供给了我许多北平口语中的字和词。在平日，我总以为这些词汇是有音无字的，所以往往因写不出而割爱。现在，有了顾先生的帮助，我的笔下就丰富了许多，而可以从容调动口语，给平易的文字添上些亲切，新鲜，恰当，活泼的味儿。因此，《祥子》可以朗诵。它的言语是活的。

《祥子》自然也有许多缺点。使我自己最不满意的是收尾收得太慌了一点。因为连载的关系，我必须整整齐齐的写成二十四段；事实上，我应当多写两三段才能从容不迫的刹住。这，可是没法补救了，因为我对已发表过的作品是不愿再加修改的。

《祥子》的运气不算很好：在《宇宙风》上登刊到一半就遇上"七七"抗战。《宇宙风》何时在沪停刊，我不知道；所以我也不知道，《祥子》全部登完过没有。后来，《宇宙风》社迁到广州，首先把《祥子》印成单行本。可是，据说刚刚印好，广州就沦陷了，《祥子》便落在敌人的手中。《宇宙风》又迁到桂林，《祥子》也又得到出版的机会，但因邮递不便，在渝蓉各地就很少见到它。后来，文化生活出版社把纸型买过来，它才在大后方稍稍活动开。

近来，《祥子》好像转了运，据友人报告，它已被译成俄文、日文与英文。

（原载 1945 年 7 月重庆《青年知识》第 1 卷第 2 期）

谈幽默

"幽默"这个字在字典上有十来个不同的定义。还是把字典放下，让咱们随便谈吧。据我看，它首要的是一种心态。我们知道，有许多人是神经过敏的，每每以过度的感情看事，而不肯容人。这样人假若是文艺作家，他的作品中必含着强烈的刺激性，或牢骚，或伤感；他老看别人不顺眼，而愿使大家都随着他自己走，或是对自己的遭遇不满，而伤感的自怜。反之，幽默的人便不这样，他既不呼号叫骂，看别人都不是东西，也不顾影自怜，看自己如一活宝贝。他是由事事中看出可笑之点，而技巧的写出来。他自己看出人间的缺欠，也愿使别人看到。不但仅是看到，他还承认人类的缺欠；于是人人有可笑之处，他自己也非例外，再往大处一想，人寿百年，而企图无限，根本矛盾可笑。于是笑里带着同情，而幽默乃通于深奥。所以Thackeray（萨克莱）[①]说："幽默的写家是要唤醒与指导你的爱心，怜悯，善意——你的恨恶不实在，假装，作伪——你的同情与弱者，穷者，被压迫者，不快乐者。"

Walpole（沃波尔）[②]说："幽默者'看'事，悲剧家'觉'之。"这句话更能补证上面的一段。我们细心"看"事物，总可以发现些缺欠可笑之处；及至钉着坑儿去咂摸，便要悲观了。

我们应再进一步的问，除了上面这点说明，能不能再清楚一些的认识幽默呢？好吧，我们先拿出几个与它相近，而且往往与它相关的几个字，与它比一比，或者可以稍微使我们清楚一点。反语（irony），讽刺（satire），机智（wit），滑稽剧（farce），奇趣（whimsicality），这几个字都和幽默有相当的关系。我们先说那个最难讲的——奇趣。这个字在应用上是很松泛的，无论什么样子的打趣与奇想都可以用这个字来表示，《西游记》的奇事，《镜花缘》中的冒险，《庄子》的寓言，都可以叫作奇趣。可是，在分析文艺品类的时候，往往以奇趣与幽默放在一处，如《现代小说的研究》的著者 Marble（马布尔）便把 whimsicality and humour（奇趣和幽默）作为一类。这大概是因为奇趣的范围很广，为方便起见，就把幽默也加了进去。一般地说，幻想的作品——即使是别有目的——不能不利用幽默，以便使文

感悟名家经典

166

---

① 现通译萨克雷（1811—1863），英国作家。
② 沃波尔（1717—1797），英国作家。

字生动有趣；所以这二者——奇趣与幽默——就往往成了一家人。这个，简直不但不能帮忙我们看明何为幽默，反倒使我更糊涂了。不过，有一点可是很清楚：就是文字要生动有趣，必须利用幽默。在这里，我们没弄清幽默是什么，可是明白幽默很重要的一个效用。假若干燥，晦涩，无趣，是文艺的致命伤；幽默便有了很大的重要；这就是它之所以成为文艺的因素之一的缘故吧。

至于反语，便和幽默有些不同了；虽然它俩还是可以联合在一处的东西。反语是暗示出一种冲突。这就是说，一句中有两个相反的意思，所要说的真意却不在话内，而是暗示出来的。《史记》上载着这么回事：秦始皇要修个大园子，优旃对他说："好哇，多多搜集飞禽走兽，等敌人从东方来的时候，就叫麋鹿去挡一阵，满好！"这个话，在表面上，是顺着始皇的意思说的。可是咱们和始皇都能听出其中的真意；不管咱们怎样吧，反正始皇就没再提造园的事。优旃的话便是反语。它比幽默要轻妙冷静一些。它也能引起我们的笑，可是得明白了它的真意以后才能笑。它在文艺中，特别是小品文中，是风格轻妙，引人微笑的助成者。据会古希腊语的说：这个字原意便是"说"，以别于"意"。因此，这个字还有个较实在的用处——在文艺中描写人生的矛盾与冲突，直以此字的含意用之人生上，而不只在文字上声东击西。在悲剧中，或小说中，聪明的人每每落在自己的陷阱里，聪明反被聪明误；这个，和与此相类的矛盾，普遍被称为 Sophoclean irony（索福克里斯的反语）。不过，这与幽默是没什么关系的。

现在说讽刺。讽刺必须幽默，但它比幽默厉害。它必须用极锐利的口吻说出来，给人一种极强烈的冷嘲；它不使我们痛快的笑，而是使我们淡淡的一笑，笑完因反省而面红过耳。讽刺家故意的使我们不同情于他所描写的人或事。在它的领域里，反语的应用似乎较多于幽默，因为反语也是冷静的。讽刺家的心态好似是看透了这个世界，而去极巧妙的攻击人类的短处，如《海外轩渠录》，如《镜花缘》中的一部分，都是这种心态的表现。幽默者的心是热的，讽刺家的心是冷的；因此，讽刺多是破坏的。马克·吐温（Mark Twain）可以被人形容作："粗装，心宽，有天赋的用字之才，使我们一齐发笑。他以草原的野火与西方的泥土建设起他的真实的罗曼司，指示给我们，在一切重要之点上我们都是一样的。"这是个幽默者。让咱们来看看讽刺家是什么样子吧。好，看看 Swift① 这个家伙；当他赞美自己的作品时，他这么说："好上帝。我写那本书的时候，我是何等的一个天才呀！"在他廿六岁的时候，他希望他的诗能够："每一行会刺，会炸，像短刃与火。"是的，幽默与讽刺二者常常在一块儿露面，不易分划开；可是，幽默者与讽刺家的心态，大体上是有很清楚的区别的。幽默者有个热心肠儿，讽

---

① 斯威夫特（1667—1745），英国讽刺作家。

刺家则时常由婉刺而进为笑骂与嘲弄。在文艺的形式上也可以看出二者的区别来：作品可以整个的叫作讽刺，一出戏或一部小说都可以在书名下注明 a satire。幽默不能这样。"幽默的"至多不过是形容作品的可笑，并不足以说明内容的含意如何。"一个讽刺"——a satire——则分明是有计划的，整本大套的讥讽或嘲骂。一本讽刺的戏剧或小说，必有个道德的目的，以笑来矫正或诛伐。幽默的作品也能有道德的目的，但不必一定如此。讽刺因道德目的而必须毒辣不留情，幽默则宽泛一些，也就宽厚一些，它可以讽刺，也可以不讽刺，一高兴还可以什么也不为而只求和大家笑一场。

机智是什么呢？它是用极聪明的，极锐利的言语，来道出像格言似的东西，使人读了心跳。中国的老子庄子都有这种聪明。讽刺已经很厉害了，可到底要设法从旁面攻击；至于机智则是劈面一刀，登时见血。"圣人不死，大盗不止！"这才够味儿。不论这个道理如何，它的说法的锐敏就够使人跳起来的了。有机智的人大概是看出一条真理，便毫不含忽的写出来；幽默的人是看出可笑的事而技巧的写出来；前者纯用理智，后者则赖想象来帮忙。Chesterton（切斯特顿）[1]说："在事物中看出一贯的，是有机智的。在事物中看出不一贯的，是个幽默者。"这样，机智的应用，自然在讽刺中比在幽默中多，因为幽默者的心态较为温厚，而讽刺与机智则要显出个人思想的优越。

滑稽戏——farce——在中国的老话儿里应叫作"闹戏"，如《瞎子逛灯》之类。这种东西没有多少意思，不过是充分的作出可笑的局面，引人发笑。在影戏的短片中，什么把一套碟子都摔在头上，什么把汽车开进墙里去，就是这种东西。这是幽默发了疯；它抓住幽默的一点原理与技巧而充分的去发展，不管别的，只管逗笑，假若机智是感诉理智的，闹戏则仗着身体的摔打乱闹。喜剧批评生命，闹戏是故意招笑。假若幽默也可以分等的话，这是最下级的幽默。因为它要摔打乱闹的行动，所以在舞台上较易表现；在小说与诗中几乎没有什么地位。不过，在近代幽默短篇小说里往往只为逗笑，而忽略了——或根本缺乏——那"笑的哲人"的态度。这种作品使我们笑得肚痛，但是除了对读者的身体也许有点益处——笑为化食糖呀——而外，恐怕任什么也没有了。

有上面这一点粗略的分析，我们现在或者清楚一些了：反语是似是而非，借此说彼；幽默有时候也有弦外之音，但不必老这个样子。讽刺是文艺的一格，诗，戏剧，小说，都可以整篇的被呼为 a satire；幽默在态度上没有讽刺这样厉害，在文体上也不这样严整。机智是将世事人心放在 X 光线下照透，幽默则不带这种超越的态度，而似乎把人都看成兄弟，大家都有短处。闹戏是幽默的一种，但不甚高明。

---

① 切斯特顿（1874—1936），英国小说家，诗人。

拿几句话作例子，也许就更能清楚一些：

今天贴了标语，明天中国就强起来——反语。

君子国的标语："之乎者也"——讽刺。

标语是弱者的广告——机智。

张三把"提倡国货"的标语贴在祖坟上——滑稽；再加上些贴标语时怎样摔跟头等等招笑的行动，就成了闹戏。

张三把"打倒帝国主义走狗"贴成"走狗打倒帝国主义"——幽默；这个张三贴一天的标语也许才挣三毛小洋，贴错了当然要受罚；我们笑这种贴法，可是很可怜张三。

这几个例子摆在纸面上也许能帮助我们分别的认清它们，但在事实上是不易这样分划开的。从性质上说，机智与讽刺不易分开，讽刺也有时候要利用闹戏；至于幽默，就更难独立。从一篇文章上说，一篇幽默的文字也许利用各种方法，很难纯粹。我们简直可以把这些都包括在幽默之内，而把它们看成各种手法与情调。我们这样分析它们与其说是为从形式上分别得清楚，还不如说是为表明幽默——大概的说——有它特具的心态。

所谓幽默的心态就是一视同仁的好笑的心态。有这种心态的人虽不必是个艺术家，他还是能在行为上言语上思想上表现出这个幽默态度。这种态度是人生里很可宝贵的，因为它表现着心怀宽大。一个会笑，而且能笑自己的人，决不会为件小事而急躁怀恨。往小了说，他决不会因为自己的孩子挨了邻儿一拳，而去打邻儿的爸爸。往大了说，他决不会因为战胜政敌而去请清兵。褊狭，自是，是"四海兄弟"这个理想的大障碍；幽默专治此病。嬉皮笑脸并非幽默；和颜悦色，心宽气朗，才是幽默。一个幽默写家对于世事，如入异国观光，事事有趣。他指出世人的愚笨可怜，也指出那可爱的小古怪地点。世上最伟大的人，最有理想的人，也许正是最愚而可笑的人，吉诃德先生即　好例。幽默的写家会同情于一个满街追帽子的大胖子，也同情——因为他明白——那攻打风磨的愚人的真诚与伟大。

（原载 1936 年 8 月 16 日《宇宙风》第 23 期）

论创作

要创作当先解除一切旧势力的束缚。文章义法及一切旧说，在创作之光里全没有存在的可能。

对于旧的文艺，应有相当的认识，不错，因为它们自有它们的价值。但是不可由认识古物而走入迷古；事事以古代的为准则，便是因沿，便是消失了自身。即使摹古有所似，究是替古人宣传。即使考古有所获，究是文学以外之物，不是文学的本身。

托尔司太说："每人都有他的特性，和他独有的，个人的，奇异的，复杂的疾病。这点疾病是医学中所不知道的，它不是医书中所载之肺病，肝病，皮肤病，心脏病，神经病；它是由这各种机关的不调和而成的。这个道理是医生所不能晓得的。"这段话很好拿来说明文学的认识：好考证的，好研究文章义法的，好研究诗词格律的，好考究作家历史的，好玩弄版本沿革的，都足以著书立论，都足以作研究文学的辅助；但这些东西都不是文学的本身，文学的本身是高于这一切，而不是这些专家所能懂的。

在旧书中讨生活的可以作学者，作好教授；但是往往流于祖古，心灵便滞塞了；往往抱着述而不作的态度，这个态度便是文学衰死的先兆。

抱着"松花"是不会孵出小鸡的。想孵出小鸡，顶好找几个活卵。

读一本伟大的创作，便胜于读一百本关于文学的书。读过几段《红楼梦》，便胜于读十几篇红楼考证的文字。文学是生命的诠解，不是考古家的玩艺儿。

文学的批评不是一字一句的考证，是欣赏，是估定文学的价值。我们"真"读了杜甫，便不再称他为"诗圣"，因为还要拿他与世界上的大诗人比一比，以便看出他到底怎么高明。这样看出短长，我们便不复盲从，不再迷信自家古物。承认杜甫没有莎士比亚伟大，决不是污蔑杜甫，我们要知道的是世界上最好的作品；世界！抱着几本黄纸线装书便不能满足我们了！

孔子说：读诗可以迩之事父，远之事君，多识于鸟兽草木之名。在文学史中，这些话便是好材料。从文学上看，孔子对于诗根本是外行。真要多识鸟兽草木之名，动植物教科书岂不更有用，何必读诗？我们今日还拿孔子的话说诗，便是糊涂。以孔子的话还给孔子，以我们自己的眼光认识文学，才真能有所了解。

不因沿才有活气，志在创作才有生命。

我们的《红楼梦》节翻成英文，我们的《三国志演义》也全部译成外国语，对于外国文学有什么影响？毫无影响！再看看俄国诸大家的作品，一经翻译，便震动了全世界！不要自馁，我们的好著作叫人家比下去，不是还有我们吗？努力创作，只有创作是发扬国光，而利泽施于全世的。

我们自有感情，何必因李白、白乐天酒后牢骚，我们也就牢骚。我们自有观察力，何必拿"盈盈宝靥，红酣春晓之花；浅浅蛾眉，黛画初三之月"等等敷衍。我们自有判断，何须借重古句古书。因袭偷巧是我们的大毛病，这么一个古国，这么多的书籍，真有高超思想，妙美描写的，可有几部？真诚是为文第一要件，藉风花雪月写我们的心情，要使读者，读了文字，也读心情，看不出文字与心灵的分歧处。文字是工具，是符号；思想感情是个人的，是内心的。文字通过心灵的锻炼，便成了个人的。风花雪月是外面的，经过心灵的浸洗，便是由心灵吹出来的风花月雪的现象，使读者看见，同时也闻到花的香，听到风的响，还似醉非醉，似梦非梦的迷恋在这诗境之中，这便是文学作品的成功。

批评家可以不会创作，而没有一个创作家不会批评的。在他下笔之前；对于生命自然已有了极详细的视察，极严格的批评，然后才下笔写东西。读文者是由认识而批评而指导，正如作者之由认识而批评而指导。

反之，作者是抄袭摹拟，读者是挑剔字句的毛病，这作者读者便该捆在一处，各打四十大板。

对于生命与自然由认识批评指导，才能言之有物。批评不是专为挑剔毛病，要在指导。胡适先生批评旧文字的弊病，同时他指导出新文字的应用，于是这几年来文学界中才有一些生气。指导是积极的，对于文学的发展，效力最大。

文字的限制是中国文学不伟大的一因。文字呆板，加以因袭的毛病，文学便成了少数人的玩艺，而全无生气。抄袭旧辞，调弄平仄是瓦匠砌墙，不是大建筑家的计划。现在好了，文字的束缚除解了许多，我们可以用活文字写东西了。可是毛病还有：第一，白话的本身是很穷窘的，句的结构太少变化，字的太少伸缩，文法的太简单，用字的简少，都足以妨碍思想发表的自由。但是这文字本身的恶劣，我们既不打算采用某种外国语来代替，也就只好努力利用这不漂亮的国货。第二，白话已是成形的东西，可是白话文学还在萌芽期中，这便是我们的责任来创筑一座新的金塔。我们最大的毛病便是不肯吃苦，每当形容景物，便感觉到白话的简陋不够用，而去偷几个古字来撑门面。有的更聪明一点，便把偷来的辞句添上个"吗"，"呢"，"哟"来冒充自造。这便是二荤铺添女招待，原来卖得还是那些菜。

有思想自是作文最重要的事，但是不要忘了文学是艺术中的一个星球，美也是最要的成分。假如我们只有好思想，而不千锤百炼的写出来，那便是报告，而不是文艺。文学的真实，是真实受了文学炼洗的；文学家怎样利用真实比是不是真实还要紧。在文字上不下一番工夫，作品便不会高贵。我们应有作八股文的态度，字字句句要细心配对，我们的作品，要成为文字的结晶，要使读者不再想引用古句，而引用我们自己的话。我们不能改变过去，但将来的历史是由我们造成的！使将来的人们忘了《离骚》，诸子，而引据我们，是我们应有的野心。有人说：兴会所至，下笔万言，不增删一字。这或者是事实，可是我不敢这样信，更不敢这样办。"他永远是作文章，点，冒号，分号，惊叹号，问号永远在他的眼前"，这是乔治姆耳称赞沃路特儿拍特儿的话，也是我们当遵从的。

要看问题：凡是一件事的发生，不会被喊打倒的打倒，也不会因有喊万岁而万岁。文学家的态度是细细看问题，然后去指导。没有问题，文学便渐成了消闲解闷之品；见着问题而乱嚷打倒或万岁，便只有标语而失掉文学的感动力。伟大的创作，由感动渐次的宣传了主义。粗劣的宣传，由标语而毁坏了主义。

创作：抛开旧势力的重负，抱着批评的态度，有了自己的思想，用着活的文字，看着一切问题，我们的国家已经破产，我们还甘于同别人一块儿作梦吗？我们忠诚于生命，便不能不写了。在最近二三十年我们受了多少耻辱，多少变动，多少痛苦，为什么始终没有一本伟大的著作？不是文人只求玩弄文字，而精神上与别人一样麻木吗？我们不许再麻木下去，我们且少掀两回《说文解字》，而去看看社会，看看民间，看看枪炮一大打杀多少你的同胞，看看贪官污吏在那里耍什么害人的把戏。看生命，领略生命，解释生命，你的作品才有生命。看，看便起了心灵的感应，这个感应便是生命的呼声。看，看别人，也看自己；看外面，也用直觉；这样便有了创作的训练。

创作！不要浮浅，不要投机，不计利害。活的文学，以生命为根，真实作干，开着爱美之花。

滑稽小说

滑稽小说这个名词与政治小说、爱情小说等一样的不能成立。政治与爱情等不过是材料的选取；而这种选材不能是很简单的，多数的小说的穿插含有许多的不同兴趣，如要严格的分别，恐怕一部小说便要有个极长的类名，像某小说为政治爱情社会军事家庭小说，或不止于此。况且小说的成败，根本不在它的材料是什么。滑稽小说也是如此，假如要勉强的成立，势必弄成勉强的类分，如半滑稽小说，先滑稽后悲惨小说，一人滑稽而多数人严重等等；因为滑稽小说的内容虽可笑，可是未必有喜剧的结局，像狄更斯的作品，有许多是悲剧的，而不失为幽默的；在普通小说中设一两个有幽默的角色也是常有的事。况且滑稽小说普通以为是可笑的作品；但笑与笑便不同：有的是引起天真的大笑，有的引起冷隽的微笑；滑稽二字便不能包括这一切。而且滑稽小说一名词所含的意味又与政治小说等不同。政治小说等是由取材上看，而滑稽不是这样固定的材料，而是一种心态。一个写家惯于采用某种材料，往往被人称为某种小说写家，如张资平的被称为三角恋爱小说写家。但是这并不能限制住张资平不跑到"爱力圈外"去。滑稽小说家的名称，并不因为他写的什么而得这个徽号，而是因为他无论写什么也是可笑的。这足以说明滑稽是写家的心态，不是他抱定什么一定的材料而后才能滑稽。文学中分派，也没有滑稽派，虽然文学家有被称为滑稽家或幽默家的。一个人如果他的心态是幽默的，不论他是那派的，不论他写什么东西，他总可以表现出那幽默的心境与觉得的。

滑稽小说虽不成立，我们可是不能不讲一讲这个滑稽的心态，因为它在文学中占有很重要的地位。为便利与清楚起见，我们采用时行的"幽默"二字来代替它，因为"滑稽"的意义是没有"幽默"那样广的。

幽默这个字在字典上有十来个不定的定义，我们所要说的是文学作品中的幽默。它是一种心态。我们知道有许多人是神经过敏的，以过分的情感看事，而不肯容人；这样的人假若是文艺的作者，作品中必是含着过度的兴奋与刺激，看别人不好，使别人随着自己走；或是对自己的遭遇不满，作颓丧的自弃。反之，有幽默的人便不这样，他不叫骂呼号，以别人为不对，而是由事事中看出可笑之点，照样的写出来时他有那罕有的观察天才；他看世人是愚笨可笑，可是也看出他们的郑重与诚恳；有时正因为他们爽直诚实才可笑，就好像我们看小孩子的天真可笑，但这决不是轻视小孩子。一个幽默家的世界不是个坏鬼的世界，也不是个圣人的世界，而是个个人有个人的幽默的世界。幽默指出那使人可爱的古怪之点，小典故，与无害的弱点。他是好奇的观察，如入异国，凡事有趣。

这似乎是专就幽默家的心态而言，我们再问，幽默与小说的关系怎样呢？柏格森说，幽默是不能离人的范围而存在的，我们不笑山水树木，而笑人的动作。由这一点上看，要在音乐上与图画上表现幽默是极难的事，而在文艺上是很合宜的，因为言语的运用可以充分的把幽默表现出来的。至于小说，差不多都是讲述人事的，而幽默恰好是有人而后有幽默的。因此，就是说幽默是小说的特有物也无所不可吧。

小说最适宜于表现幽默，假如人是不会笑的东西，自然幽默无从说起，但是人是会笑的动物，而且是最愿笑的，而且是只有笑的时候，他必须要反响，人笑己亦笑，或己笑也愿别人笑；这种需要使笑成为人世最宝贵的东西，最能表现人情的东西，于是幽默也便在文艺中占有重要的地位。假如有人能引触大家都笑，他便是人类的恩人，所以狄更斯与卓别林便是世人的恩人，狄更斯的死时，能使 Westminster Abbey① 三日不能关上门，足以证明人们怎样爱戴他。卓别林在欧战② 后，不复受未加入战场的责骂，而反有人说，幸而他没有去从军，因为一个欧战也抵不了一个卓别林，也足以证明这个道理。笑是有益于身体的，自然是人人知道的，笑是有益于精神上的，谁也不能否认。以招笑为写作的动机决不是卑贱的。因笑而成就的伟业比流血革命胜强多少倍，狄更斯的影响于十九世纪的社会改革是最经济的最有价值的。马克·吐温的以美国商业化的观识作幽默的材料，不仅是招笑，而是也替近代文明担忧。

那么，幽默的表现是否成为艺术的呢？假如我们不能回答此点，我们便只能承认上面所说的——幽默的实用——而不能解释它在艺术里的功能了。从艺术上说，有柏格森作我们的证人，幽默决不是一种胡闹。幽默之引人发笑是基于人类天性的。笑是多方面的：笑是与情绪隔开的，所以他近乎天真。笑是机械的固定性，习惯应如此而忽然中止则招笑，一个艺术家在人生上可以找到许多这样的材料。笑是我们的活动成为机械的时候而发生的，这个在艺术家的眼里可以像哲理似的去找社会的死化之点。最后，夸大是招笑的主因之一，但这决不是艺术的目的，而是艺术家把所见的畸形的胚胎扩大而使我们注意，这是漫画的原理，也是一班幽默艺术家的天才所在。只有艺术家才能看透宇宙间的种种可笑的要素，而后用强烈的手段写画出来。有人以为这种夸大是没有什么的，最好是请他夸大一下试试，看别人笑不笑。笑自有它的逻辑，情绪活动时笑即停止，因为哭与笑不过是一物的两端，

---

① 威斯特敏斯特教堂，英国有名人物国葬的地方。
② 欧战，指第一次世界大战。

那么，要使人笑的，必须有天才把人们的笑的逻辑维持住，一个猴子读马克·吐温的幽默笔记而悲啼，是使他引为奇耻的。因为笑有它的定律与逻辑，它不许一切的东西有不匀妥的地方，于是写家才会利用它的想象去适应这个定律与逻辑；空泛的讲几句贫话是不成功的。况且一个艺术家须有经验，而世界上奇物自多，正可拿我们自己的经验断定事实的可能性。泪可以不觉的落下，笑永远是自觉的。

最末后我们要说一句：只有自由国家的人民才会产生狄更斯与阿里斯托芬那样的人，因为笑是有时候能发生危险的。在自由的国家社会里，人民会笑，会欣赏幽默，才会笑别人也笑自己，才会用幽默的态度接受幽默。反之，在专制与暴动的社会国家中，人人眼光如豆，是不会欣赏幽默的。

幽默的根源须由笑之原理找出来。矛盾与对照为招笑之源。关于此点，看柏格森的《笑之研究》。

说法与看法可以有幽默，并不一定有多么可笑的事。

（录自作者 1930 至 1934 年在山东齐鲁大学执教时自编讲义手稿之一章）

滑稽小说

老舍

175

一个近代最伟大的境界与人格的创造者

——我最爱的作家——康拉得

对约瑟·康拉得[1]（Joseph Conrad 一八五七——一九二四年）的个人历史，我知道的不多，也就不想多说什么。圣佩韦的方法——要明白一本作品须先明白那个著者——在这里是不便利用的；我根本不想批评这近代小说界中的怪杰。我只是要就我所知道的，不完全的，几乎是随便的，把他介绍一下罢了。

谁都知道，康拉得是个波兰人，原名 Feodor Josef Conrad Korzeniowski；当十六岁的时候才仅晓得六个英国字；在写过 *Lord Jim*[2]（一九〇〇）以后还不懂得 cad 这个字的意思（我记得仿佛是 Arnold Bennett[3] 这么说过）。可是他竟自给乔叟，莎士比亚，狄更斯们的国家增加许多不朽的著作。这岂止是件不容易的事呢！从他的文字里，我们也看得出，他对于创作是多么严重热烈，字字要推敲，句句要思索；写了再改，改了还不满意；有时候甚至于绝望。他不拿写作当种游戏。"我所要成就的工作是，借着文字的力量，使你听到，使你觉到——首要的是使你看到。"是的，他的材料都在他的经验中，但是从他的作品的结构中可以窥见：他是把材料翻过来掉过去的布置排列，一切都在他的心中，而一切需要整理染制，使它们成为艺术的形式。他差不多是殉了艺术，就是这么累死的。文字上的困难使他不能不严重，不感觉艰难，可是严重到底胜过了艰难。虽然文法家与修辞家还能指出他的许多错误来，但是那些错误，即使是无可原谅的，也不足以掩遮住他的伟大。英国人若是只拿他在文法上与句子结构上的错误来取笑他，那只是英国人的藐小。他无须请求他们原谅，他应得的是感谢。

他是个海船上的船员船长，这也是大家都知道的。这个决定了他的作品内容。海与康拉得是分不开的。我们很可以想象到：这位海上的诗人，到处详细的观察，而后把所观察的集成多少组，像海上星星的列岛。从漂浮着一个枯枝，到那无限的大洋，他提取出他的世界，而给予一些浪漫的精气，使

---

① 即约瑟夫·康拉德。
② 小说《吉姆老爷》。
③ 即阿诺德·本涅特。

现实的一切都立起来，呼吸着海上的空气。Peyrol 在 *The Rover*① 里，把从海上劫取的金钱偷偷缝在帆布的背心里；康拉得把海上的一切偷来，装在心里。也正像 Peyrol，海陆上所能发生的奇事都不足以使他惊异；他不慌不忙的，细细品味所见到听到的奇闻怪事，而后极冷静的把它们逼真的描写下来；他的写实手段有时候近于残酷。可是他不只是个冷酷的观察者，他有自己的道德标准与人生哲理，在写实的背景后有个生命的解释与对于海上一切的认识。他不仅描写，他也解释；要不然，有过航海经验的固不止他一个人呀。

关于他的个人历史，我只想提出上面这两点；这都给我们一些教训："美是艰苦的"，与"诗是情感的自然流露"，常常在文学的主张上碰了头，而不愿退让。前者作到极端便把文学变成文学的推敲，而忽略了更大的企图；后者作到极端便信笔一挥即成文章，即使显出点聪明，也是华而不实的。在我们的文学遗产里，八股匠与所谓的才子便是这二者的好例证。在白话文学兴起以后，正有点像西欧的浪漫运动，一方面打破了文艺的义法与拘束，自然便在另一方面提倡灵感与情感的自然流露。这个，使浪漫运动产生了伟大的作品，也产生了随生转灭，毫无价值的作品。我们的白话文学运动显然的也吃着这个亏，大家觉得创作容易，因而就不慎重，假如不是不想努力。白话的运用在我们手里，不像文言那样准确，处处有轨可循；它还是个待炼制的东西。虽然我们用白话没有像一个波兰人用英文那么多的困难，可是我们应当，应当知道怎样的小心与努力。这个，就是我爱康拉得的一个原因；他使我明白了什么叫严重。每逢我读他的作品，我总好像看见了他，一个受着苦刑的诗人，和艺术拚命！至于材料方面，我在佩服他的时候感到自己的空虚：想象只是一股火力，经验——像金子——须是先搜集来的。无疑的，康拉得是个最有本事的说故事者。可是他似乎不敢离开海与海的势力圈。他也曾写过不完全以海为背景的故事，他的艺术在此等故事中也许更精到。可是他的名誉到底不建筑在这样的故事上。一遇到海和在南洋的冒险，他便没有敌手。我不敢说康拉得是个大思想家；他绝不是那种寓言家，先有了要宣传的哲理，而后去找与这哲理平行的故事。他是由故事，由他的记忆中的经验，找到一个结论。这结论也许是错误的，可是他的故事永远活跃的立在我们面前。于此，我们知道怎样培养我们自己的想象，怎样先去丰富我们自己的经验，而后以我们的作品来丰富别人的经验，精神的和物质的。

关于他的作品，我没都读过；就是所知道的八九本也都记不甚清了，因为那都是在七八年前读的。对于别人的著作，我也是随读随忘；但忘记的程度是不同的，我记得康拉得的人物与境地比别的作家的都多一些，都比较的清楚一些。他不但使我闭上眼就看见那在风暴里的船，与南洋各色各样的

---

① 康拉德的小说《漂泊者》。

人，而且因着他的影响我才想到南洋去。他的笔上魔术使我渴想闻到那咸的海，与从海岛上浮来的花香；使我渴想亲眼看到他所写的一切。别人的小说没能使我这样。我并不想去冒险，海也不是我的爱人——我更爱山——我的梦想是一种传染，由康拉得得来的。我真的到了南洋，可是，啊！我写出了什么呢？！失望使我加倍的佩服了那《台风》与《海的镜》的作家。我看到了他所写的一部分，证明了些他的正确与逼真，可是他不准我摹仿；他是海王！

可是康拉得在把我送到南洋以前，我已经想从这位诗人偷学一些招数。在我写《二马》以前，我读了他几篇小说。他的结构方法迷惑住了我。我也想试用他的方法。这在《二马》里留下一点——只是那么一点——痕迹。我把故事的尾巴摆在第一页，而后倒退着叙说。我只学了这么一点；在倒退着叙述的部分里，我没敢再试用那忽前忽后的办法。到现在，我看出他的方法并不是顶聪明的，也不再想学他。可是在《二马》里所试学的那一点，并非没有益处。康拉得使我明白了怎样先看到最后的一页，而后再动笔写最前的一页。在他自己的作品里，我们看到：每一个小小的细节都似乎是在事前准备好，所以他的叙述法虽然显着破碎，可是他不至陷在自己所设的迷阵里。我虽然不愿说这是个有效的方法，可是也不能不承认这种预备的工夫足以使作者对故事的全体能准确的把握住，不至于把力量全用在开首，而后半落了空。自然，我没能完全把这个方法放在纸上，可是我总不肯忘记它，因而也就老忘不了康拉得。

郑西谛说我的短篇每每有传奇的气味！无论题材如何，总设法把它写成个"故事"。这个话——无论他是警告我，还是夸奖我——我以为是正确的。在这一点上，还是因为我老忘不了康拉得——最会说故事的人。说真的，我不信自己在文艺创作上有个伟大的将来；至好也不过能成个下得去的故事制造者。就是连这点希冀也还只是个希冀。不过，假设这能成为事实呢，我将永忘不了康拉得的恩惠。

刚才提到康拉得的方法，那么就再接着说一点吧。

现在我已不再被康拉得的方法迷惑着。他的方法有一时的诱惑力，正如它使人有时候觉得迷乱。它的方法不过能帮助他给他的作品一些特别的味道，或者在描写心理时能增加一些恍忽迷离的现象，此外并没有多少好处，而且有时候是费力不讨好的。康拉得的伟大不寄在他那点方法上。

他在结构上惯使两个方法：第一个是按着古代说故事的老法子，故事是由口中说出的。但是在用这个方法的时候，他使一个 Marlow[1]，或一个 Davidson[2] 述说，可也把他自己放在里面。据我看，他满可以去掉一个，而

① 马罗，康拉得一些小说如《吉姆老爷》《青春》《黑暗的心灵》《机遇》中的故事叙述人。
② 达维德逊，康拉德小说《胜利》中的故事叙述人。

专由一人负述说的责任；因为两个人或两个人以上述说一个故事，述说者还得互相形容，并与故事无关，而破坏了故事的完整。况且像在 *Victory*① 里面，述说者 Dvidson 有时不见了，而"我"——作者——也没一步不离的跟随着故事中的人物，于是只好改为直接的描写了。其实，这个故事颇可以通体用直接的描写法，"我"与 Davidson 都没有多少用处。因为用这个方法，他常常去绕弯，这是不合算的。第二个方法是他将故事的进行程序割裂，而忽前忽后的叙说。他往往先提出一个人或一件事，而后退回去解析他或它为何是这样的原因；然后再回来继续着第一次提出的人与事叙说，然后又绕回去。因此，他的故事可以由尾而头，或由中间而首尾的叙述。这个办法加重了故事的曲折，在相当的程度上也能给一些神秘的色彩。可是这样写成的故事也未必一定比由头至尾直着叙述的更有力量。像 *Youth*② 和 *Typhoon*③ 那样的直述也还是极有力量的。

在描写上，我常常怀疑康拉德是否从电影中得到许多新的方法。不管是否如此吧，他这种描写方法是可喜的。他的景物变动得很快，如电影那样的变换。在风暴中的船手用尽力量想从风浪中保住性命时；忽然康拉德的笔画出他们的家来，他们的妻室子女，他们在陆地上的情形。这样，一方面缓和了故事的紧张，使读者缓一口气；另一方面，他毫不费力的，轻松的，引出读者的泪——这群流氓似的海狗也是人哪！他们不是只在水上漂流的一群没人关心的灵魂啊！他用这个方法，把海与陆联上，把一个人的老年与青春联上，世界与生命都成了整的。时间与空间的距离在他的笔下任意的被戏耍着。

这便更像电影了："掌舵的把桨插入水中，以硬臂用力的摇，身子前俯。水高声的碎叫；忽然那长直岸好像转了轴，树木转了个圆圈，落日的斜光像火闪照到木船的一边，把摇船的人们的细长而破散的影儿投在河上各色光浪上。那个白人转过来，向前看。船已改了方向，和河身成了直角，船头上雕刻的龙首现在正对着岸上短丛的一个缺口。"（ *The Lagoon*④ ）其实呢，河岸并没有动，树木也没有动；是人把船换了方向，而觉得河身与树木都转了。这个感觉只有船上的人能感到，可是就这么写出来，使读者也身入其境的去感觉；读者由旁观者变为故事中的人物了。

无论对人物对风景，康拉德的描写能力是惊人的。他的人物，正像南洋的码头，是民族的展览会。他有东方与西方的各样人物，而且不仅仅描写了他们的面貌与服装，也把他们的志愿，习惯，道德……都写出来。自

一个近代最伟大的境界与人格的创造者　老舍

179

---

① 康拉德的小说《胜利》。
② 康拉德的小说《青春》。
③ 康拉德的小说《台风》。
④ 康拉德的小说《环礁湖》。

然，他的欧洲人被船与南洋给限制住，他的东方人也因与白人对照而没完全得到公平的待遇。可是在他的经验范围里，他是无敌的；而且无论如何也比Kipling①少着一点成见。

对于景物，他的严重的态度使他不仅描写，而时时加以解释。这个解释使他把人与环境打成了一片，而显出些神秘气味。就我所知道的，他的白人大概可以分为两类：成功的与失败的。所谓成功，并不是财富或事业上的，而是由责任心上所起的勇敢与沉毅。他们都不是出奇的人才，没有超人的智慧，他们可是至死不放松他们的责任。他们敢和台风怒海抵抗，敢始终不离开要沉落的船，海员的道德使他们成为英雄，而大自然的残酷行为也就对他们无可如何了。他们都认识那"好而壮的海，苦咸的海。能向你耳语，能向你吼叫，能把你打得不能呼吸"。可是他们不怕。Beard 船长，Mao Whirr 船长，Allistoun 船长，都是这样的人。有这样的人，才能与海相平衡。他的景物都有灵魂，因为它们是与英雄们为友或为敌的。Beard 船长到船已烧起，不能不离开的时候才恋恋不舍的下了船，所以船的烧起来是这样的：

"在天地黑暗之间，她（船）在被血红火舌的游戏射成的一圈紫海上猛烈的烧着；在闪耀而不祥的一圈水上。一高而清亮的火苗，一极大而孤寂的火苗，从海上升起，黑烟在尖顶上继续的向天上灌注。她狂烈的烧着；悲哀而壮观像夜间烧起的葬火，四面是水，星星在上面看着。一个庄严的死来到，像给这只老船的奔忙的末日一个恩宠，一个礼物，一个报酬。把她的疲倦了的灵魂交托给星与海去看管，其动心正如看一光荣的凯旋。桅杆倒下来正在天亮之前，一刻中火星乱飞，好似给忍耐而静观的夜充满了飞火，那在海上静卧的大夜。在晨光中她仅剩了焦的空壳，带着一堆有亮的煤，还冒着烟浮动。"

类似这样的文字还能找到许多，不过有此一段已足略微窥见他怎样把浪漫的气息吹入写实里面去。他不能不这样，这被焚的老船并非独自在那里烧着，她的船员们都在远处看着呢。康拉得的景物多是带着感情的。

在那些失败者的四围，景物的力量更为显明："在康拉得，哈代，和多数以景物为主体的写作，'自然'是画中的恶人。"是的，他手中那些白人，经商的，投机的，冒险的，差不多一经失败，便无法逃出——简直可以这么说吧——"自然"给予的病态。山川的精灵似乎捉着了他们，把他们像草似的腐在那里。Victory 里的主角 Heyst 是"群岛的漂流者，嗜爱静寂，好几年了他满意的得到。那些岛们是很安静。它们星列着，穿着木叶的深色衣裳，在银与翠蓝的大静默里；那里，海不发一声，与天相接，成个有魔力的静寂之圈。一种含笑的睡意包覆着它们；人们就是出声也是温软而低敛的，

① 吉卜林（1865—1936），英国作家。作品大多描述英国殖民者在印度的生活，有种族主义偏见。

好像怕破坏了什么护身的神咒。"Heyst 永远没有逃出这个静寂的魔咒，结果是落了个必不可免的"空虚"（nothing）。

Nothing，常常成为康拉得的故事的结局。不管人有多么大的志愿与生力，不管行为好坏，一旦走入这个魔咒的势力圈中，便很难逃出。在这种故事中，康拉得是由个航员而变为哲学家。那些成功的人物多半是他自己的写照，爱海，爱冒险，知道困难在前而不退缩。意志与纪律有时也可以胜天。反之，对这些失败的人物，他好像是看到或听到他们的历史，而点首微笑的叹息："你们胜过不了所在的地方。"他并没有什么伟大的思想，也没想去教训人；他写的是一种情调，这情调的主音是虚幻。他的人物不尽是被环境锁住而不得不堕落的，他们有的很纯洁很高尚；可是即使这样，他们的胜利还是海阔天空的胜利，nothing。

由这两种人——成功的与失败的——的描写中，我们看到康拉得的两方面：一方面是白人的冒险精神与责任心，一方面是东方与西方相遇的由志愿而转入梦幻。在这两方面，"自然"都占据了重要的地位，他的景物也是人。他的伟大不在乎他认识这种人与景物的关系，而是在对这种关系中诗意的感得，与有力的表现。真的，假如他的感觉不是那么精微，假如他的表现不是那么有力，恐怕他的虚幻的神秘的世界只是些浮浅的伤感而已。他的严重不许他浮浅。像 *The Nigger of the "Narcissus*[①]*"* 那样的材料，假若放在 W. W. Jacobs[②] 手里，那将成为何等可笑的事呢。可是康拉得保持着他的严重，他会使那个假装病的黑水手由恐怖而真的死去。

可是这个严重态度也有它的弊病：因为太热心给予艺术的刺激，他不惜用尽方法去创作出境界与效力，于是有时候他利用那些人为的不自然的手段。我记得，他常常在人物争斗极紧张的时节利用电闪，像电影中的助成恐怖。自然，除去这小小的毛病，他无疑的是近代最伟大的境界与人格的创造者。

（原载 1935 年 11 月 10 日上海《文学时代》创刊号）

---

① 康拉德的小说《白水仙号上的黑水手》。
② 威廉·W·雅各布斯（1863—1943），英国短篇小说家。

事实的运用

　　小说中的人与事是相互为用的。人物领导着事实前进是偏重人格与心理的描写，事实操纵着人物是注重故事的惊奇与趣味。因灵感而设计，重人或重事，必先决定，以免忽此忽彼。中心既定，若以人物为主，须知人物之所思所作均由个人身世而决定；反之，以事实为主，须注意人心在事实下如何反应。前者使事实由人心辐射出，后者使事实压迫着个人。若是，故事才会是心灵与事实的循环运动。事实是死的，没有人在里面不会有生气。最怕事实层出不穷，而全无联络，没有中心。一些零乱的事实不能成为小说。

　　大概我们平常看事，总以为它们是平面的，看过去就算了，此乃读新闻纸的习惯与态度。欲作个小说家，须把事实看成有宽广厚的东西，如律师之辩护，要把犯人在作案时的一切情感与刺激都引为免罪或减罪的证据。一点风一点雨也是与人物有关系的，即使此风此雨不足帮助事实的发展，亦至少对人物的心感有关。事实无所谓好坏，我们应拿它作人格的试金石。没有事情，人格不能显明；说一人勇敢，须在放炸弹时试试他。抓住人物与事实相关的那点趣味与意义，即见人生的哲理。在平凡的事中看出意义，是最要紧的。把事实只当作事实看，那么见了妓女便只见了争风吃醋，或虚情假义，如蝴蝶鸳鸯派作品中所报告者。由妓女的虚情假义而看到社会的罪恶，便深进了一层；妓女的狡猾应由整个社会负责任，这便有了些意义。事实的新奇要在其次，第一须看出个中的深义。

　　我们若能这样看事实并找事实，就不怕事实不集中，因为我们已捉到事实的真义，自然会去合适地裁剪或补充。我们也不怕事实虚空了，因为这些事实有人在其中。不集中与空虚是两大弊病，必须避免。

　　小说，我们要记住了，是感情的纪录，不是事实的重述。我们应先看出事实中的真意义，这是我们所要传达的思想；而后，把在此意义下的人与事都赋与一些感情，使事实成为爱、恶、仇恨等等的结果或引导物；小说中的思想是要带着感情说出的。"快乐"，巴尔扎克说，"是没有历史的，'他们很快乐'一语是爱情小说的收结"。

　　在古代与中古的故事里，对于感情的表现是比较微弱的，设若 Henry James（亨利·詹姆斯）的作品而放在古人们手里，也许只用"过了十年"一语便都包括了；他的作品总是在特别的一点感情下看一些小事实，不厌其细琐与平凡，只要写出由某件事所激起的感情如何。康拉德的小说中有许多新奇的事实，但是他决不为新奇而表现它们，他是要述说由事实所引起的感情，所以那些事实不止新奇，也使人感到亲切有趣。小说，十之八九，是到了后半便松懈了。为什么？多半是因为事实已不能再是感情的刺激与产物。一旦失去这个，故事便失去活跃的力量，而露出勉强堆砌的痕迹来。一下笔时不十分用力，以便有余力贯彻全体，不过是消极的办法；设若始终拿事实为感情起落的刺激物，便不怕有松懈的毛病了。康拉德之所以能忽前忽后的述说，就是因为他先决定好了所要传达的感情为何，故事的秩序虽颠倒杂陈亦不显着混乱了。

所谓事实发展的关键，逗宕与顶点者，便是感情的冲突、波浪与结束。这是个自然的步骤。假若我们没有深厚的感情，而空泛的逗宕，适足以惹人讨厌，如八股文之起承转合然。

Arlo Bates（阿洛·贝茨）说："我不相信小说构成的死规则。工作的方法必随个人的性情而异。我自己的办法据我看是最逻辑的，可是我知道这是每一写家自决的问题。以我自己说，我以为小说的大体有定好的必要，而且在未动手之前就知道结局是更要紧的。"

这段话使我们放胆去运用事实。实事是事实，是死的，怎样运用它是我们自己的事。Arnold Bennett（阿诺尔特·贝内特）在巴黎的一个饭馆里，看见一老妇，她的举止非常的可笑。他就设想她曾经有过美好的青春，由少艾而肥老，其间经过许多细小的不停的变化。于是他便决定写那《老妇们的故事》。但这本书当开始动笔的时候，主角可已不是那个老妇，因为她太老了，不足以惹起同情，杜思妥益夫斯基[①]的《罪与罚》是根据他自己的经验，但把故事放在都市里，因为都市生活的不安与犯罪空气的浓厚，更适宜于此题旨的表现。这样看，我们得到事实是随时的事，我们用什么事实是判断了许多事实之后的结果。真人真事不过是个起点，是个跳板。我们不仗着事实本身的好坏，而是仗着我们怎样去判断事实。这就是说，小说一开首的某件事实，已经是我们判断过的；在小说中，大家所见到的是事实的逐渐的发展，其实在作者心中，小说中的第一件事与第末一件事同样是预先决定好了的。自然，谁也不会把一部小说的每一段都预先想好，只等动笔一写，像填表格似的，不会。写出来才是作品，想得怎样高明不算一回事。但是，我们确能在写第一件事的时候，已经预备好末一件事，而且并不很难，因为即使我们不准知道那件是什么事，我们总会知道那是件什么样的事——我们所要传达的与激起的情绪是什么便替我们决定，替我们判断，所需要的是什么事。明乎此，在下笔的时候便能准确；我们要的是"怒"，便不会上手就去打哈哈。及至写完了，想改正，我们也知道了怎去改正——加强我们所要激起的感情，删削那阻碍或破坏此种情绪的激发的。

---

① 现通译陀思妥耶夫斯基（1821—1881），俄国作家。

由事实中求得意义，予以解释，而后把此意义与解释在情绪的激动下写出来；这样，我们才敢以事实为生材料，不论是极平凡的，还是极惊奇的，都有经过锻炼的必要。我们最怕教事实给管束住：看见或听见一件奇事，我们想这必是好材料，而愿把它写出来。这有两个危险，第一是写了一堆东西而毫无意义；第二是只顾了写事而忘记了去创造人。反之，我们知道材料是需要我们去锻炼炮制的，我们才敢大胆地自由地去运用它们，使它们成为我们手中的东西。小说中的事实之所以能使人感到艺术的味道就是因为每一事实所给的效果与感力都是整个作品所要给的效果与感力的一部分，仿佛每一件事都是完全由作者调动好了的，什么事在他手下都能活动起来。硬插入一段事实，不管它本身是多么有趣，必定妨碍全体的整美。平均是最不易作到的。要平均，我们必须依着所要激动的情绪制造出一种空气，把一切材料都包围起来。我们所要的是"怒"，那么便可以利用声音、光线、味道种种去包围那些材料，使它们都在这种声音、光线、味道中有了活力，有了作用，有了感力。这样，我们才能使作品各部分平均的供给刺激，全体像一气呵成的，在最后达到"怒"的高潮。所谓小说中的逗宕便是在物质上为逻辑的排列，在精神上是情绪的盘旋回荡。小说是些图画，都用感情联串起来。图画的鲜明或暗淡，或一明一暗，都凭所要激起的情感而决定。千峰万壑，色彩各异，有明有暗，有远有近，有高有低，但是在秋天，它们便都有秋的景色，连花草也是秋花秋草。小说的事实如千峰万壑，其中主要的感情便是季节的景色。

但是，我们千万莫取巧，去用小巧的手段引起虚浮的感情。电影片中每每用雷声闪光引起恐怖，可是我们并不受多少感动，而有时反觉得可笑可厌。暗示是个好方法，它能调剂写法，使不至处处都是强烈的描画，通体只有色而无影。它也能使描写显着细腻，比直接述说还更有力。一个小孩，当故意恐吓人的时候，也会想到一种比直陈事实更有力的方法——不说出什么事，而给一点暗示。他不说屋中有鬼，而说有两只红眼睛。小说中的暗示，给人一些希冀，使人动心。说屋中有些血迹，比直说那里杀了人更多些声势；说某人的衣服上有油污，比直说他不干净强。暗示既使人希冀，又使人与作者共同去猜想，分担了些故事发展的预测。但是这不可用得过火了，虚张声势而使读者受骗是不应该的。

（原载 1936 年 12 月 16 日《宇宙风》第 29 期）

言语与风格

小说是用散文写的，所以应当力求自然。诗中的装饰用在散文里不一定有好结果，因为诗中的文字和思想同是创造的，而散文的责任则在运用现成的言语把意思正确地传达出来。诗中的言语也是创造的，有时候把一个字放在那里，并无多少意思，而有些说不出来的美妙。散文不能这样，也不必这样。自然，假若我们高兴的话，我们很可以把小说中的每一段都写成一首散文诗。但是，文字之美不是小说的惟一的责任。专在修辞上讨好，有时倒误了正事。本此理，我们来讨论下面的几点：

（一）用字：佛罗贝[1]说，每个字只有一个恰当的形容词。这在一方面是说选字须极谨慎，在另一方面似乎是说散文不能像诗中那样创造言语，所以我们须去找到那最自然最恰当最现成的字。在小说中，我们可以这样说，用字与其俏皮，不如正确；与其正确，不如生动。小说是要绘色绘声地写出来，故必须生动。借用一些诗中的装饰，适足以显出小气呆死，如蒙旦[2]所言："在衣冠上，如以一些特别的，异常的，式样以自别，是小气的表示。言语也如是，假若出于一种学究的或儿气的志愿而专去找那新词与奇字。"青年人穿戴起古代衣冠，适见其丑。我们应以佛罗贝的话当作找字的应有的努力，而以蒙旦的话为原则——努力去找现成的活字。在活字中求变化，求生动，文字自会活跃。

（二）比喻：约翰孙博士[3]说："司斯威夫特这个家伙永远不随便用个比喻。"这是句赞美的话。散文要清楚利落地叙述，不仗着多少"我好比"叫好。比喻在诗中是很重要的，但在散文中用得过多便失了叙述的力量与自然。看《红楼梦》中描写黛玉："两湾似蹙非蹙笼烟眉，一双似喜非喜含情目。态生两靥之愁，娇袭一身之病。泪光点点，娇喘微微。闲静似娇花照水，行动如弱柳扶风。心较比干多一窍，病如西子胜三分。"这段形容犯了两个毛病：第一是用诗语破坏了描写的能力；念起来确有诗意，但是到底有肯定的描写没有？在诗中，像"泪光点点"，与"闲静似娇花照水"一路的句子是有效力的，因为诗可以抽出一时间的印象为长时间的形容：有的时候她泪

---

① 现通译福楼拜（Gustave Flaubert，1821—1880），法国著名作家。
② 现通译蒙田（Micheldе Montaigne，1533—1592），法国散文家。
③ 现通译约翰逊（Samuel Johnson，1709—1784），英国文学评论家，诗人，文坛领袖。

光点点，便可以用之来表现她一生的状态。在小说中，这种办法似欠妥当，因为我们要真实地表现，便非从一个人的各方面与各种情态下表现不可。她没有不泪光点点的时候么？她没有闹气而不闲静的时候么？第二，这一段全是修辞，未能由现成的言语中找出恰能形容出黛玉的字来。一个字只有一个形容词，我们应再给补充上：找不到这个形容词便不用也好。假若不适当的形容词应当省去，比喻就更不用说了。没有比一个精到的比喻更能给予深刻的印象的，也没有比一个可有可无的比喻更累赘的。我们不要去费力而不讨好。

比喻由表现的能力上说，可以分为表露的与装饰的。散文中宜用表露的——用个具体的比方，或者说得能更明白一些。庄子最善用这个方法，像庖丁以解牛喻见道便是一例，把抽象的哲理作成具体的比拟，深入浅出地把道理讲明。小说原是以具体的事实表现一些哲理，这自然是应有的手段。凡是可以拿事实或行动表现出的，便不宜整本大套的去讲道说教。至于装饰的比喻，在小说中是可以免去便免去的。散文并不能因为有些诗的装饰便有诗意。能直写，便直写，不必用比喻。比喻是不得已的办法。不错，比喻能把印象扩大增深，用两样东西的力量来揭发一件东西的形态或性质，使读者心中多了一些图像：人的闲静如娇花照水，我们心中便于人之外，又加了池畔娇花的一个可爱的景色。但是，真正有描写能力的不完全靠着这个，他能找到很好的比喻，也能直接地捉到事物的精髓，一语道破，不假装饰。比如说形容一个癞蛤蟆，而说它"谦卑的工作着"，便道尽了它地生活姿态，很足以使我们落下泪来：一个益虫，只因面貌丑陋，总被人看不起。这个，用不着什么比喻，更用不着装饰。我们本可以用勤苦的丑妇来形容它，但是用不着；这种直写法比什么也来得大方，有力量。至于说它丑若无盐，毫无曲线美，就更用不着了。

（三）句：短句足以表现迅速的动作，长句则善表现缠绵的情调。那最短的以一二字作成的句子足以助成戏剧的效果。自然，独立的一语有时不足以传达一完整的意念，但此一语的构成与所欲给予的效果是完全的，造句时应注意此点；设若句子的构造不能独立，即是失败。以律动言，没有单句的音节不响而能使全段的律动美好的。每句应有它独立的价值，为造句的第一步。及至写成一段，当看那全段的律动如何，而增减各句的长短。说一件动作多而急速的事，句子必须多半短悍，一句完成一个动作，而后才能见出继续不断而又变化多端的情形。试看《水浒传》里的"血溅鸳鸯楼"：

"武松道：'一不作，二不休！杀了一百个也只一死！'提了刀，下楼来。夫人问道：'楼上怎地大惊小怪？'武松抢到房前。夫人见条大汉入来，兀自问道：'是谁？'武松的刀早飞起，劈面门剁着，倒在房前声唤。武松按住，将去割头时，刀切不入。武松心疑，就月光下看那刀时，已自都砍缺了。武松道：'可知割不下头来！'便抽身去厨房下拿取朴刀。丢了缺刀。翻身再入楼下来……"

这一段有多少动作？动作与动作之间相隔多少时间？设若都用长句，怎能表现得这样急速火炽呢！短句的效用如是，长句的效用自会想得出的。造句和选字一样，不是依着它们的本身的好坏定去取，而是应当就着所要表现的动作去决定。在一般的叙述中，长短相间总是有意思的，因它们足以使音节有变化，且使读者有缓一缓气的地方。短句太多，设无相当的事实与动作，便嫌紧促；长句太多，无论是说什么，总使人的注意力太吃苦，而且声调也缺乏抑扬之致。

在我们的言语中，既没有关系代名词，自然很难造出平均美好的复句来。我们须记住这个，否则一味地把有关系代名词的短句全变成很长很长的形容词，一句中不知有多少个"的"，使人没法读下去了。在作翻译的时候，或者不得不如此；创作既是要尽量地发挥本国语言之美，便不应借用外国句法而把文字弄得不自然了。"自然"是最要紧的。写出来而不能读的便是不自然。打算要自然，第一要维持言语本来的美点，不作无谓的革新；第二不要多说废话及用套话，这是不作无聊的装饰。

写完几句，高声地读一遍，是最有益处的事。

（四）节段：一节是一句的扩大。在散文中，有时非一气读下七八句去不能得个清楚的观念。分节的功用，那么，就是在叙述程序中指明思路的变化。思想设若能有形体，节段便是那个形体。分段清楚，合适，对于思想的明晰是大有帮助的。

在小说里，分节是比较容易的，因为既是叙述事实与行动，事实与行动本身便有起落首尾。难处是在一节的律动能否帮助这一段事实与行动，恰当的，生动的，使文字与所叙述的相得益彰，如有声电影中的配乐。严重的一段事实，而用了轻飘的一段文字，便是失败。一段文字的律动音节是能代事实道出感情的，如音乐然。

（五）对话：对话是小说中最自然的部分。在描写风景人物时，我们还可以有时候用些生字或造些复杂的句子；对话用不着这些。对话必须用日常生活中的言语；这是个怎样说的问题，就是要把顶平凡的话调动得生动有力。我们应当与小说中的人物十分熟识，要说什么必与时机相合，怎样说必与人格相合。顶聪明的句子用在不适当的时节，或出于不相合的人物口中，便是作者自己说话。顶普通的句子用在合适的地方，便足以显露出人格来。什么人说什么话，什么时候说什么话，是最应注意的。老看着你的人物，记住他们的性格，好使他们有他们自己的话。学生说学生的话，先生说先生的话，什么样的学生与先生又说什么样的话。看着他的环境与动作，他在哪里和干些什么，好使他在某时某地说什么。对话是小说中许多图像的联接物，不是演说。对话不只是小说中应有这么一项而已，而是要在谈话里发出文学的效果；不仅要过得去，还要真实，对典型真实，对个人真实。

一般的说，对话须简短。一个人滔滔不绝的说，总缺乏戏剧的力量。即使非长篇大论的独唱不可，亦须以说话的神气、手势及听者的神色等来调剂，使不至冗长沉闷。一个人说话，即使是很长，另一人时时插话或发问，也足以使人感到真像听着二人谈话，不至于像听留声机片。答话不必一定直答所问，或旁引，或反诘，都能使谈话略有变化。心中有事的人往往所答非所问，急于道出自己的忧虑，或不及说完一语而为感情所阻断。总之，对话须力求像日常谈话，于谈话中露出感情，不可一问一答，平板如文明戏的对口。

善于运用对话的，能将不必要的事在谈话中附带说出，不必另行叙述。这样往往比另作详细陈述更有力量，而且经济。形容一段事，能一半叙述，一半用对话说出，就显着有变化。譬若甲托乙去办一件事，乙办了之后，来对甲报告，反比另写乙办事的经过较为有力。事情由口中说出，能给事实一些强烈的感情与色彩。能利用这个，则可以免去许多无意味的描写，而且老教谈话有事实上的根据——要不说空话，必须使事实成为对话资料的一部分。

风格：风格是什么？暂且不提。小说当具怎样的风格？也很难规定。我们只提出几点，作为一般的参考：

（一）无论说什么，必须真诚，不许为炫弄学问而说。典故与学识往往是文字的累赘。

（二）晦涩是致命伤，小说的文字须于清浅中取得描写的力量。Meredith（梅雷迪思）① 每每写出使人难解的句子，虽然他的天才在别的方面足以补救这个毛病，但究竟不是最好的办法。

（三）风格不是由字句的堆砌而来的，它是心灵的音乐。叔本华说："形容词是名词的仇敌。"是的，好的文字是由心中炼制出来的；多用些泛泛的形容字或生僻字去敷衍，不会有美好的风格。

（四）风格的有无是绝对的，所以不应去摹仿别人。风格与其说是文字的特异，还不如说是思想的力量。思想清楚，才能有清楚的文字。逐字逐句的去摹写，只学了文字，而没有思想作基础，当然不会讨好。先求清楚，想得周密，写得明白；能清楚而天才不足以创出特异的风格，仍不失为清楚；不能清楚，便一切无望。

（原载 1936 年 12 月 16 日《宇宙风》第 31 期）

---

① 现通译梅瑞狄斯（George Meredith，1828—1909），英国小说家和诗人。

"幽默" 的危险

　　这里所说的危险，不是"幽默"足以祸国殃民的那一套。

　　最容易利用的幽默技巧是摆弄文字，"岂有此埋"代替了"岂有此理"，"莫名其妙"会变成了"莫名其土地堂"；还有什么故意把字用在错地方，或有趣地写个白字，或将成语颠倒过来用，或把诗句改换上一两个字，或巧弄双关语……都是想在文字里找出缝子，使人开开心，露露自家的聪明。这种手段并不怎么大逆不道，不过它显然的是专在字面上用工夫，所以往往有些油腔滑调；而油腔滑调正是一般人所谓的"幽默"，也就是正人君子所以为理当诛伐的。这个，可也不是这里所要说的。

　　假若"幽默"也会有等级的话，摆弄文字是初级的，浮浅的；它的确抓到了引人发笑的方法，可是工夫都放在调动文字上，并没有更深的意义，油腔滑调乃必不可免。这种方法若使得巧妙一些，便可以把很不好开口说的事说得文雅一些，"雀入大水化为蛤"一变成"雀入大蛤化为水"仿佛就在一群老翰林面前也大可以讲讲的。虽然这种办法不永远与狎亵相通，可是要把狎亵弄成雅俗共赏，这的确是个好办法。这就该说到狎亵了：我们花钱去听相声，去听小曲；我们当正经话已说完而不便都正襟危坐的时候，不知怎么便说起不大好意思的笑话来了。相声，小曲，和不大好意思的笑话，都是整批的贩卖狎亵，而大家也觉得"幽默"了一下。在幽默的文艺里，如 Aristophanes[1]，如 Rablais[2]，如 Boccaccio[3]，都大大方方地写出后人得用 ×× 印出来的事儿。据批评家看呢，有的以为这种粗莽爽利的写法适足以表示出写家的大方不拘，无论怎样也比那扭扭捏捏的暗示强，暗透消息是最不健康的。（或者《西厢记》与《红楼梦》比《金瓶梅》更能害人吧？）有的可就说，这种粗糙的东西，也该划入低级幽默，实无足取。这个，且当个悬案放在这里，它有无危险，是高是低，随它去吧；这又不是这里所要说的。

　　来到正文。我所要说的，是我自己体验出的一点道理：

　　幽默的人，据说，会郑重地去思索，而不会郑重地写出来；他老要嘻嘻

---

　　① 即阿里斯托芬。
　　② 即拉伯雷。
　　③ 薄伽丘（1313—1375），意大利文艺复兴时期作家。

哈哈。假若这是真的，幽默写家便只能写实，而不能浪漫。不能浪漫，在这高谈意识正确，与希望革命一下子就成功的时期，便颇糟心。那意识正确的战士，因为希望革命一下子成功，会把英雄真写成个英雄，从里到外都白热化，一点也不含糊，像块精金。一个幽默的人，反之，从整部人类史中，从全世界上，找不出这么块精金来；他若看见一位战士为督战而踢了同志两脚，似乎便有点可笑；一笑可就泄了气。幽默真是要不得的！

浪漫的人会悲观，也会乐观；幽默的人只会悲观，因为他最后的领悟是人生的矛盾——想用七尺之躯，战胜一切，结果却只躺在不很体面的木匣里，像颗大谷粒似的埋在地下。他真爱人爱物，可是人生这笔大账，他算得也特别清楚。笑吧，明天你死。于是，他有点像小孩似的，明知顽皮就得挨打，可是还不能不顽皮。因此，他有时候可爱，有时候讨人嫌；在革命期间，他总是讨人嫌的，以至被正人君子与战士视如眼中钉，非砍了头不解气。多么危险。

顽皮，他可是不会扯谎。他怎么笑别人也怎么笑自己。Rabelais，当惹起教会的厌恶而想架火烧死他的时候，说：不用再添火了，我已经够热的了。他爱生命，不肯以身殉道，也就这么不折不扣地说出来。周作人《知堂》先生的博学，谁不知道呢，可是在《秉烛谈序言》中，他说："今日翻看唱经堂杜诗解——说也惭愧，我不曾读过全唐诗，唐人专集在书架上是有数十部，却都没有好好地看过，所有一点知识只出于选本，而且又不是什么好本子，实在无非是《唐诗三百首》之类，唱经之不登大雅之堂，更不用说了，但这正是事实……"在周先生的文章里，像这样的坦白陈述，还有许许多多。一个有幽默之感的人总扭不过去"这是事实"，他不会鼓着腮充胖子。大概是那位鬼气森森的爱兰·坡吧，专爱引证些拉丁或法文的句子，其实他并没读过原书，而是看到别人引证，他便偷偷地拉过来，充充胖子。这并不是说，浪漫者都不诚实，不过他把自己一滴眼泪都视如珍宝，那么，假充胖子也许是不可免的，他惟恐泄了气。幽默的人呢，不，不这样，他不怕泄气，只求心中好过。这么一来，他可就被人视为小丑，永远欠着点严重，不懂得什么叫作激起革命情绪。危险。

他悲观，他顽皮，他诚实；哼，他还容让人呢，这就更糟。按说，一个文人应当老眼看六路，耳听八方，有个风声草动，立刻拔出笔来，才像那么一回子事。战斗的时候，还应当撒手就是一毒气弹，不容来将通名，就给打闷了气。人家只说了他写错一个字，他马上发现那个人的祖宗写过一万个错字，骂了祖宗，子孙只好去重修家谱，还不出话来。幽默的人呀，糟心，即使他没写错那个字，也不去辩驳；"谁没有个错儿呢？"他说。这一说可就泄了大家的劲，而文坛冷冷清清矣。他不但这样容让人，就是在作品之中也是不肯赶尽杀绝。他看清了革命是怎回事，但对于某战士的鼻孔朝天，总免不了发笑。他也看资本家该打倒，可是资本家的胡子若是好看，到底还是好看。这么一来，他便动了布尔乔亚的妇人之仁，而笔下未免留些情分。于是，他自己也就该被打倒，多么危险呢。

这就是我所看出来的一点点意思，对与不对都没关系。

（原载 1937 年 5 月 16 日《宇宙风》第 41 期）

「幽默」的危险

老舍

大时代与写家

　　每逢社会上起了严重的变动，每逢国家遇到了灾患与危险，文艺就必然想充分地尽到她对人生实际上的责任，以证实她是时代的产儿，从而精诚地报答她的父母。在这种时候，她必呼喊出"大时代到了"，然后她比谁都着急地要先抓住这个大时代，证实她自己是如何热烈与伟大——大时代须有伟大文艺作品。

　　就是在过去的几年中，大时代与伟大文艺的呼喊已经是不止一次了。虽然伟大文艺仍差不多是白卷，但文艺想配合着时代去扩大充实自己的这点勇气与热诚是值得称赞与同情的。

　　拿今天的抗战比起以前的危患，无疑的，以前的大时代的呼声是微弱得多了；无疑的，伟大文艺之应运而生的心理也比以前更加迫切而真诚了。

　　可是，伟大文艺是否这次不再交白卷呢？

　　我不敢回答这个问题。是，否，我都不敢说。

　　我所要作的只是凭着一些过去的事实，来供献一点意见；即使这点意见不无可取之处，她仍然不过是许多意见中的一个，并不敢自信这就是到伟大之路的惟一秘诀。

　　在文学史中，我们看到很多特出的写家怎样的在文艺工作之外去活动，莎士比亚写剧本，也拴班子与演戏；但丁是位政客，密尔顿是秘书，摆仑①为争希腊独立而死。往近里看，自五四后我们所产生的几部较有价值的著作，也几乎都是作家们参加革命或其他实际工作的追忆与报告。于是，我们知道文艺与活动是怎样的密切相关。于此，我们知道等待着伟大文艺的来临是怎样的一种可怜的空想。活动不妨碍想象，而反是想象的培养与滋生。

　　再往真确里一点说，伟大文艺中必有一颗伟大的心，必有一个伟大的人格。这伟大的心田与人格来自写家对他的社会的伟大的同情与深刻的了解。除了写家实际的去牺牲，他不会懂得什么叫作同情；他个人所受的苦难越大，他的同情心也越大。除了写家实际的参加时代所需的工作，他不会了解他的时代；他入世越深，他对人事的了解也越深。一个广大的同情心与高伟的人格不是在安闲自在中所能得到的，那么，伟大文艺也不是一些夸大的词句所能支持得住的。思想通过热情才成为情操，而热情之来是来自我们对爱

---

　　① 现通译拜伦。

人爱国爱真理的努力与奋斗，来自我们对一种高尚理想的坚信与活动。在活动奋斗之中把我们的经验加多，把我们的人格提高，把我们的同情扩大。有了这种理想、信心与经验，再加以文学的修养，自然便下笔不凡了。反之，我们只关在屋里，抱着胸中的那一丁点热气，也许遇到一股凉风便颤抖起来了。

专用文字去讨好的方法已经太旧了，要不然八股文也不会死灭。文学既是活东西，她就必须蜕出旧壳，像蜻蜓似的飞动在新鲜空气之中。因此，写家的企图必是想打破旧的方法与拘束，而杰作永远是打破纪录之作。哪里去找此种打破纪录的法宝？体验。把自己放在大时代的炉火中，把自己放在地狱里，才能体验出大时代的真滋味，才能写出是血是泪的文字。这种文字必不会犯脆弱、空洞与抄袭等毛病。崇高的理想使写家立在大时代的前端，热烈地挣扎使他能具体地捉摸住当代普遍的情感；这样，他的思想与感情便足以代表当时的企冀与生活，所以她的著作才能作此时代的纪念碑。正如但丁的《神曲》，不管是上天堂入地狱，其中老有作者的影子与人格。

是的，大时代到了；这是伟大文艺的诞辰，但写家的伟大人格必须与她同时降生。行动，行动，只有行动能锻炼我们的人格；有了人格作根，我们的笔才会生花。

我看见一位伤兵，腿根被枪弹穿透。穿着一身被血、汗、泥浸透糊硬的单衣，闭目在地上斜卧，他的创伤已不许他坐起来。秋风很凉，地上并没有一根干草，他就在那里闭目斜卧，全身颤抖着。但是，他口中没有一句怨言，只时时睁开眼睛看看轮到他去受疗治没有。他痛，他冷，他饥渴，他忍耐，他等着！

好容易轮到他了，他被一位弟兄背起，走进了临时医疗所。创口洗净，上了药，扎捆好，他自己慢慢地走出来。找了块石头，他骑马式地坐下。一位弟兄给了他一支烟卷。点着了烟，还是颤抖着，他微笑了一下："谢谢！"也许是谢谢那支烟卷，也许是谢谢那些护士与医生，也还许是谢谢他已能在块石头上骑坐一会儿了！他已上了十字架，还要感谢那小小的一点他所该得的照料！

什么样的笔能形容出这种单纯、高尚、坚忍、英勇、温和与乐观呢？什么话也没有，只是"谢谢"！神圣的战争，啊，这位战士是这神圣战争的灵魂与象征。他也许一字不识，单纯得像个婴孩；但是他作到了一切。他是服从着神圣战争的神旨，去受饥寒痛苦；一口香烟喷在面前，他仿佛是面对面地与神灵默语：他牺牲了一切，他感谢一切！在行动中，他的单纯的赤子之心光显了神圣的呼召，证实了我们忍无可忍而挺身一战的牺牲与自信，在牺牲中看见了光明，在单纯中显示了奇迹。

我们怎能了解这样单纯圣洁的战士呢？啊，只有我们也去作些与此类似的事情。我们有千言万语，来自书本，来自理论；真正的战士却作到了一切而一言不发。我门应当道出他所不肯与不会说出来的热情与真纯，这难道还不是可歌可泣的事么？哼！这，岂止是可歌可泣呢？但是我们必须先把我们的理想与信仰施诸实际的行动，我们的心才能跳得与他一样的快，我们的笔才能与他的默然和微笑一样微妙与崇高。经验不仅是想象的泉源，她也是坚定我们的信仰与加高我们的热情的火力。全面抗战须全体国民总动员；袖手旁观的是等死，还说什么伟大的文艺？作一分事，便有一分话可说；现在该作的事太多了。写家们！你怎能说出十分的话，而半分事也不去作呢？当你的爱人死去的时候，你晓得什么是悲痛；当你伺候一位伤兵的时候，你明白了什么是英雄。在凄风苦雨之中，你去由战场抬回一位殉国志士的尸身，你便连风之所以"凄"，雨之所以"苦"，也全领略到了。在全民族的苦战挣扎中，事事是前此未有的，事事给予新的印象与刺激；前此一切文章的旧套与陈腔全用不上了，要创作便须在面前的血泪生活中讨取生活；先有了新的生活，而后有创作的新内容与新形式。浮浅的观察是消极的，万物静观皆自得，本是无所动于心，怎能写出动心的文字呢？工作产生热情；我相信，不久那些英勇的战士之中必有会写出一些高伟热烈的文章来的。谁写出好文章也值得钦佩，但是写家——以文艺为神圣事工的写家——岂不觉得害羞？忌妒是没有用的，谁作了事谁便有真的感情与真的言语；写不出什么来的只好自怨自惭为何不及时地作些救国的事情。救国是我们的天职，文艺是我们的本领，这二者必须并在一处，以救国的工作产生救国的文章。朋友们，去作点什么！爱国不敢后人，咱们才有话说。否则大时代的伟大文艺却只有那位伤兵的"谢谢"；我们将永远不能了解这两个字的意义，而我们所写的将永远不着边际。

抗战文艺产自抗战写家，而抗战的事工正自繁多，我们满可以自由去选择与投效。

（原载 1937 年 12 月 1 日《宇宙风》第 53 期）

未成熟的谷粒

一

我最大的苦痛，是我知道的事情太少。使我心里光亮起来的理论，并不能有补于创作——它教给了我怎么说，而没教给我说什么。啊，丰富的生活才是创作的泉源吧？

二

照着批评者的意见去创作，也许只能掉在公式阵中吧？创作饥歉，批评便也瘠瘦；随着瘠瘦的理论去学习，怎能康健呢？还是勇于创作，多方去试验吧！

三

想起来就头疼呀：到底是应当按着民众的教育程度，去撰制宣传文字呢？还是假设民众已经都在大学毕业，而供给高深莫测的作品呢？

四

我时常想写诗，而找不到合适的字。旧诗中的词汇太腐，鼓词旧戏中的词汇好多都欠通；上哪里找足以使我满意，而又使人爱念的字呢？这没有诗的社会啊！

五

艺术都含有宣传性，偏重宣传又被称为八股。怎办好？

六

吸不起香烟了，买来个烟斗，费事，费火柴，又欠干净。发明烟卷的人该死!

七

越忙越写不出东西来，文艺仿佛是"闲而后工"。

八

写通俗的文艺，俗难，俗而有力更难。能作到俗而有力恐怕就是伟大的作品吧?

九

诗的形式太自由了，写完总疑心——是诗吗?戏剧的形式太不自由，写完老不放心——是戏剧吗?还是小说容易像样儿。

十

诗与散文的界限为什么那样不清楚呢?用尽力量写成的几行诗，一转眼便变作散文，颇想自杀!

十一

友人善意地说:你写了不少抗战的文字，为何不写点关于建设的呢?这是好话!然而，哪一项建设不需要许多时日去仔细观察呢?去观察，去学习，谁给饭吃呢?噢，那么，抗战文字必是八股了?惭愧得紧!

十二

写信与开会是两件费时间的事。可是，私心里却极愿接读友人们的信，也愿去到会场和友人们见面谈一谈;这就无法声冤了!

十三

把散文分成短行写出就是诗，虽然没人敢这样主张，可是的确有人这样办了，危险!

十 四

生平不讲究吃喝，只爱穿几件整洁的衣服，流亡中，连这点讲究也牺牲了。虽然也没多大的苦痛，可是身上一痒，就疑心是有虱子！

十 五

不许小孩子说话，造成不少的家庭小革命者。

十 六

想写一本戏，名曰最悲剧的悲剧，里面充满了无耻的笑声。

十 七

伟大文艺之所以伟大，自有许多因素，其中必不可缺少的是一股正气，谓之能动天地，泣鬼神，亦非过誉。至若要弄点小聪明，偷偷地骂人几句，虽足快意一时，可是这态度已经十分的卑鄙。

十 八

骂人并不是件容易的事。欲骂某人必洞悉其恶。若仅东拉西扯，说些闲白儿，是谓无中生有，罪在造谣，既骂不倒别人，反使自己心脏口臭。

十 九

文人相轻是件极自然的事。每个文人都多少有点才气。每个文人在创作的时候都愿把全力用来。这样，他的辛苦使他没法不自信自傲，看不起别人和不易接受别人的批评，几乎是理当如此。能闯过这由卖力气而自傲的一关，进到虚心大度，才能由自傲而自尊，才能觉得认清自己的毛病，承认自己的短处，正是自策自励所当取的态度——这可不很容易。

二 十

哲人的智慧，加上孩子的天真，或者就能成个好作家了。

二十一

中玉来信说，继续研究文学理论。告以整旧难以见新，以新衡旧亦难得当，未若努力介绍新的，使大家多看到一些。

二十二

实际去批判一本书，胜于读批评理论十卷。专凭读书，成不了医生，治文艺批评者或亦类是。

二十三

晚会中，大家朗读新诗，极有趣。新诗读法，尚无规定，亦永难规定，不妨多方面试验。光未然先生有腔调有姿式，将来若有诗剧上演，必用此法。朱铭仙与高兰二先生清楚亲切，宜于警劝激励之作。我自己读诗如说话，取其自然流利，只宜于十数人的晚会中，在广大听众前必定失败。

二十四

无聊的话虽每起于：（一）以甲衡乙；（二）以己度人。前者，譬如说：甲乐善好施，而论者遂讥乙不如甲，不知甲为富翁，而乙乃寒士，怎能相比。后者，自己好名，遂以为稍具名声者必都高视阔步，得意非常，故当责骂以泄自己无名之怨。前者可称为善意的错误，后者卑劣的想象。

二十五

我应当受苦。没有任何专门学识，只凭一点点想象力去乱写胡诌；受苦是当然的惩罚。青年朋友们，别因为算术或外国语不能及格，而想作个写家呀！

二十六

早晨吃豆浆与油条也须花两角多了！自元旦起，废止朝食。空着肚皮写作，脑子似乎倒更清楚。和尚们有每日只进一餐的。由写家而出家，照现在的情形看来，倒许是条顺路。

（原载 1940 年 2 月 5、9、14 日《新蜀报》）

我的 “话”

二十岁以前，我说纯粹的北平话。二十岁以后，糊口四方，虽然并不很热心去学各地的方言，可是自己的言语渐渐有了变动：一来是久离北平，忘记了许多北平人特有的语调词汇；二来是听到别处的语言，感觉到北平话，特别是在腔调上，有些太飘浮的地方，就故意的去避免。于是，一来二去，我的话就变成一种稍稍忘记过、矫正过的北平话了。大体上说，我说的是北平话，而且相当地喜爱它。

三十岁左右的五年中，住在英国。因为岁数稍大，和没有学习语文的天才，所以并没能把英语学习好。有一个时期，还学习了一点拉丁和法文，也因脑子太笨而没有什么成绩。不过，我总算与外国语言接触过了。在上一段中，我说明了怎样因与国内的方言接触，而稍稍改变了自己的北平话；在这里，就是与外国语接触之后，我便拿北平记——因为我只会讲北平话——去代表中国话，而与外国话比较了。

最初，因英语中词汇的丰富，文法的复杂，我感到华语的枯窘简陋。在偶尔练习一点翻译的时候，特别使我痛苦：找不着适当的字啊！把完好的句子都拆毁了啊！我鄙视我的北平话了！

后来，稍稍学了一点拉丁及法文，我就更爱英文，也就翻回头来更爱华语了，因为以英文和拉丁或法文比较，才知道英文的简单正是语言的进步，而不是退化；那么以华语和英语比较，华语的惊人的简单，也正是它的极大的进步。

及至我读了些英文文艺名著之后，我更明白了文艺风格的劲美，正是使着简单自然的文字来支持，而不必要花枝招展，华丽辉煌。英文《圣经》，与狄福①、司威夫特等名家的作品，都是用了最简劲自然的，也是最好的文字。

这时候，正是我开始学习写小说的时候；所以，我一下手便拿出我自幼儿用惯了的北平话。在第一二本小说中，我还有时候舍不得那文雅的华贵的词汇；在文法上，有时候也不由得写出一二略为欧化的句子来。及至我读了《艾丽司漫游奇境记》等作品之后，我才明白了用儿童的语言，只要运用得好，也可以成为文艺佳作。我还听说，有人曾用 “基本英文” 改写文艺杰作，虽然

---

① 现通译笛福（Daniel Defoe，1660—1731），英国小说家。

用字极少，也还能保持住不少的文艺性；这使我有了更大的胆量，脱去了华艳的衣衫，而露出文字的裸体美来。在当代的名著中，英国写家们时常利用方言；按照正规的英文法程来判断这些方言，它们的文法是不对的，可是这些语言放在文艺作品中，自有它们的不可忽视的力量，绝对不是任何其他语言可以代替的。是的，它们的确与正规文法不合，可是它们原本有自己的文法啊！你要用它，就得承认它的独立与自由，因为它自有它们的生命。假若你只采取它一两个现成的字，而不肯用它的文法，你就只能得到它的一点小零碎来作装饰，而得不到它的全部生命的力量。因此，我自己的笔也逐渐的、日深一日的，去沾那活的、自然的、北平话的血汁，不想借用别人的文法来装饰自己了。我不知道这合理与否，我只觉得这个作法给我不少的欣喜，使我领略到一点创作的乐趣。看，这是我自己的想象，也是我自己的语言哪！

避免欧化的句子是不容易的。我们自己的文法是那么简单，简直没有法子把一句含意复杂的话说得圆满呀！可是，我还是设法去避免，我会把一长句拆开来说，还教它好听、明白、生动。把含意复杂的一个长句拆开来说，恐怕就不能完全传达那个长句所要表现的意思了，句子的形式既变，意思恐怕也就或多或少总有些变动；即使能够不多不少的恰切原意，那句子形式的变动也会使情调语气随着改变。于此，欧化的语句有时候是必不能舍弃的，特别是在说理的文章里。不过，我自己不大写说理的文章，我所写的大多数是诗歌小说之类的东西。这类的东西需要写得美好，简劲，有感动力。那么，语言之美是独特的无法借用，有不得不在自己的语言中探索其美点者。谈到简劲，中国言语恰恰天然的不会把句子拉长；强使之长，一句中有若干"底""地"与"的"，或许能于一句中表达迂回复杂的意念，有如上述；但在文艺作品中这必然的会使气势衰沉，而且只能看而不能读，给诗歌与戏剧中的对话一个致命伤。在一个哲学家口中，他也许只求他的话能使人作深思，而不管它是多么别扭、生硬、冗长，文艺家便不敢这么冒险，因为他虽然也愿使人深思细想，可是他必定是用从心眼中发出来的最有力、最扼要、最动人的言语，使人咂摸着人情世态，含泪或微笑着去作深思。他要先感动人。这从心眼中掏出来的言语，必是极简单、极自然、极通俗的。媳妇哭婆婆，或许用点儿修辞；当她哭自己的儿女的时候，她只叫一两声"我的肉"，而昏倒了！文字的感动力是来自在某个场合中必然的说某种话——这个话是最普遍常用的，绝难借用外国文法的。一个哲学家，与一个工友，在他痛苦的时节，是同样的只会叫"妈"的。

我明白了上述的一点道理——对不对，我可不敢说——我就决定放弃了翻译工作。这工作是极要紧的，但是它使我太痛苦——顾了自己，便损害了别人；顾及别人，便失落了自己。言语的不同没法使彼此尽欢而散。同时，我写作小说也就更求与口语相合，把修辞看成怎样能从最通俗的浅近的词汇去描写，而不是找些漂亮文雅的字来漆饰。用字如此，句子也力求自然，在自然中求其悦耳生动。我愿在纸上写的和从口中说的差不多。到了这个地步，有时候我颇后悔我曾经矫正过自己的北平话了；有许多好的词汇，好的句法，因为怕别人不懂而不用，乃至渐渐地忘记了。是的，中国话确是太简单了，词与字真是太不够用了；把文言与白话掺合起来用，或者还能勉强应付；可是我立志要写白话，不借助于文言，岂不是自找苦吃？况且，我又忘了许多北平话呢！

我要恢复我的北平话。它怎么说，我便怎么写。怕别人不懂吗？加注解呀。无论怎说，地方语言运用得好，总比勉强的用四不像的、毫无精力的、普通官话强得多。至于借用外国文法，我不反对别人去试验，我自己可是还无暇及此，因为我还没能把自己的语言运用得很好哇！先把握住自己的话，而后再添加外来的材料，也许更牢靠一些。

近来有件伤心的事：我练习着写诗，把自己憋得半死！我知道，诗是语言的结晶。我写的是白话诗，自然须是白话的结晶。可是，这结晶不成；知道的白话是那么少啊！而且所知道的那一些，又运用得那么拙笨啊！我还是不敢多向外国语求救，可是文言不住地对我招手。我本想置之不理，给它个冷肩膀吃。但是，没了米，也只好吃面粉了，还能饿着吗？唉，对白话我有点不忠之罪！是白话不够用吗？是白话不配上诗的园里去吗？都不是！是自己无才，而且有点偷懒啊！我以为，从诗的言语上说，假若"刁骚""歧路""原野""涟漪"……等无聊的词汇不被铲除了去，白话诗或者老是一片草地，而排列着许多坟头儿，永远成不了美丽的林园。

不过，近来也有桩可喜的事：我在练习写话剧。话剧太难写了，我当然不会一蹴而成功。但是，且不管剧中旁的一切，单就对话来说，实在使我快活。我没有统计过，在一出三幕或四幕剧中，用过多少个字。我可是直觉地感到，我用字很少，因为在写剧的时节，我可以充分地去想象：某个人在某时某地须说什么话，而这些话必定要立竿见影地发生某种效果；用不着转文，也用不着多加修饰，言语是心之声，发出心声，则一呼一嗽都能感人。在这里，我留神语言的自然流露，远过于文法的完整；留神音调的美妙，远过于修辞的选择。剧中人口里的一个"哪"或"吗"，安排得当，比完整而无力的一大句话，要收更多的效果。在这里，才真实的不是作文，而是讲话。话语的本来的文法，在此万不能移动；话语的音节腔调之美，在此须充分地发扬。剧中人所讲的是生命与生活中的话语，不是在背诵文章。

我没有学习语言的天才，故对语言的比较也就没有任何研究。我也没研究过文法，而只知道自己口中所说的话自有文法，很难改创。对语文既无所知，可是还要谈论到它们，不过是本着自己学习写作的经验说说实话而已，说不定就是一片胡言啊！

我的『话』

老

舍

201

（原载 1941 年 6 月 16 日《文艺月刊》第 11 年 6 月号）